Монгол, Нүүдэлчний охин

유목민의 딸

VERMILION

Орчуулагч,
Номын нүүр зурагт Ц.Буянзаяа (Улаанбаатар дээд сургуулийн шавь)
공동번역, 표지모델/체, 보양자야 (울란바타르대학 필자의 제자)
худалдаа/Монгол. Солонгос (판매보금/몽골.한국)

유목민의 꿈과 사랑

Монгол, Нүүдэлчний охин

Монгол хэл · Солонгос хэл | 몽골어 · 한국어
КимХанъчан роман

김한창 소설집

VERMILION

바밀리온

작가 프로필

1999. 문예사조 신인상 등단 (단편/뒷집막내. 패하지 않는 자의 고백)

□ **저서**
· 소 설 집 : 『접근금지구역』『묘법연화』
· 중단편집 : 『핑갈의 동굴』『사슴 돌』『몽골,유목민의 딸』한-몽골어 번역판
· 장편소설 : 『바밀리온』『솔롱고』『무지개』상·하권. 『영혼의 빛깔』
· 신문연재 : 『꼬막니』전주일보

□ **수상**
· 노천명문학상소설본상. 몽골문학상. 몽골문학연맹90주년문학훈장. 전북문학상. 전라북도문화상(미술부문), KBS지역대상(역사문화), 『表現문학』평론신인상.

□ **논저**
· 몽골. 원시시대부터 21세기까지, 『한-몽 문학』창간호 부록

□ **평론**
· 한국과 몽골의 소설문학『한국-몽골 소설선집』백종선 소설집『푸른 돛배가 뜬다』박종식 장편소설『잃어버린 세월』상, 하권, 소설집『녹차 꽃은 떨어지고』『부서진 시간의 조각들』몽골 냠일학와 페렌레이『하이닥 암낙타』서닝바야르『보름달 물결』

□ **국제활동**
· 2010,한국문화예술위원회 제1차 아시아거점 몽골문학레지던스 소설작가 선정, 몽골 울란바타르대학 연구교수 파견. 학과소설강의 및 문학특강과 집필활동. 2011,동대학 주최 초·중·고. 대학부 한국어문학경진대회 운영위원장. 몽골 알탕구루스 국제문인대회. 한국-몽골 문학교류 (2012~현재)

□ **역임**
· MBC 혼불문학상심사위원, 전북도민일보신춘문예 소설부문 심사위원, 예원예술대학교 미술디자인학과 객원교수. 전북문학관 소설창작강의 교수, 전북소설가협회 회장.

□ **현재**
한국작가교수회. 한국소설가협회중앙위원. 몽골문학연맹회원. 국제울란바타르대학 종신객원교수, 『저널소설가』잡지사 대표, 『한국-몽골 교류문집』발행인. 表現 편집위원

□ 이메일 : kumdam2001@hanmail.net.

TEL : (010) 6439-2405 집필실 (063) 253-2405 펙스 (063) 255-2405

몽골. 작품 발원지 탐사 중의 필자

Эрхэм зохиолчид барих сэтгэлийн <хадаг>

Яруу найрагч Намбарын Пүрэв

Тэрээр миний мэдэх Монголыг сонирхогч гадаад зохиолч, судлаачдаас Монгол орныг хамгийн сайн мэддэг, тэр чинээгээрээ эртний түүхтэй Монгол орныг зүрх сэтгэлээсээ хайрлан Монголд тоолж баршгүй олон удаа зочилсон нэгэн билээ. Улаанбаатар дээд сургуульд эрдэм шинжилгээний профессороор ажиллаж, лекц уншдаг байсан бөгөөд одоо зөвлөх профессороор ажилладаг. Монгол улсад ажиллаж амьдарч байхдаа өөрийнхөө зохиол бүтээлд хэрэгтэй бодит мэдээллээ олж мэдэхийн төлөө Монгол орны хөдөө хээрээр олонтаа явж монголчуудын амьдралыг ойр дотноос мэдэрсэн болой. Нэмж дурдахад тэрээр Монголын тухай бичлэг, эссэ, монгол хадны сүг зураг дээр үндэслэн『Солонго』романаа бичиж хэвлүүлсэн бөгөөд уг бүтээлийг монголын уншигчид таатайгаар хүлээн авч сонирхон уншицгаажээ. Ким Ханъчан зохиолч нь Монгол оронд хайртай олон монгол судлаачдын дунд ховор тохиолдох гадаадын зохиолч бөгөөд монгол уран зохиолыг Солонгос уншигчдад танилцуулах, Солонгос уран зохиолыг Монголд сурталчлах зорилгоор『Солонгос-Монголын уран зохиол』номыг тогтмол хэвлэн гаргах ажлыг 10 гаруй жил хийж ирсэн. Зохиолч, утга зохиолын шүүмжлэгч, зураач ноён Ким Ханъчаны талаар Монголын уран зохиолчид төдийгүй хоёр орны уншигчид ч сайн мэддэг.

Намбарын Пүрэв

작가에게 마음의 <하닥>을 펴며

시인 남바르푸렙

몽골에 남다른 깊은 애정과 꿈을 가지고, 그는 옛부터 무궁한 역사가 깃들어있는 몽골을 수없이 찾았다. 또, 집필하는 작품발원지를 찾아 초원 여러 곳을 탐방하며 글을 쓰며, 울란바타르대학 연구교수로 강의를 했고, 지금은 종신객원교수이다. 그리고 몽골에 대한 기록과 엣세이와, 몽골전설의 암각화를 소재로 장편소설 『솔롱고』를 집필하여 발표했다. 그 작품은 이미 몽골독자들이 받아들였다. 김한창 작가는 몽골을 좋아하는 외국작가이자, 많은 몽골연구자 중 보기 드문 유일한 한 분으로 『한국•몽골문학』을 꾸준히 발간하여 몽골문학을 한국독자들에게 소개하고, 한국문학을 몽골에 알리는 일을 10년이 넘도록 해온 작가다. 소설가이면서 문학평론가이며 화가이기도 한 미스터 김한창은 몽골문단은 물론, 독자층에도 널리 알려져 있다.

남바르 푸렙

Эмээлийн богц дүүрэн Монголын түүх

Яруу найрагч Г.Сонинбаяр

Таны гар дээр очиж буй энэхүү зохиол нь Монгол орны эртний түүх соёл, шашин шүтлэг, Монгол орны өнгөрсөн ба одоо үеийг бүгдийг багтаасан бүтээл бөгөөд уран бүтээлчийн тууштай чиг хандлага, бүтээл туурвих хүсэл эрмэлзэл шингэсэн байна.

Юун түрүүнд өөрийн уран бүтээлийн гол үндсэн сэдвээр Монгол орны тухай туурвидаг уран бүтээлчийн хүсэл тэмүүлэл, гаргаж буй уран бүтээлийг нь ихэд хүндэтгэж байна. Монголын түүхэн соёл, зан заншлыг чин сэтгэлээсээ судалдаг Солонгосын зохиолч, монгол судлалд өөрийнхөө хувь нэмрийг зориулж ирсэн хүндэт зохиолч Ким Ханъчан зохиолчийн дараагийн бүтээлийг бид тэсэн ядан хүлээж байна.

Монгол оронд гадаадын олон зохиолчид зочилдог боловч түүн шиг монголчуудын амьдралын гүнрүү орж бичдэг зохиолч ховор гэхэд хилсдэхгүй. Тэрээр Солонгос, Монголын ард түмний түүх, ёс заншил, урлаг, уран зохиолыг хоёр орны зохиолч, уншигчдад харилцан танилцуулдаг соёлын элч бөгөөд монгол орны талаар уран зураач хүний сониуч, эрэлхийлэгч зангаар эрж уудлан эмээлийн богц дүүрэн уран бүтээлийн олз омогтой байгаа хэмээн хүсэн ерөөж байна.

Г.Сонинбаяр

말안장가방에 가득담은 몽골문화

시인 강벌드,서닝바야르

여기 몽골 인들을 이야기한 소설책이 여러분 손에 있다.

몽골 옛 역사와 문화, 종교와 신앙, 그리고 과거와 현재를 망라하여 이렇게 많은 몽골의 색상과 리듬을 가지고 함축하여 형상화한 이 작품집은, 몽골에 대한 작가의 집요한 도전정신과 창작의욕에서 비롯된다. 몽골연구를 꾸준히 해오며, 온 마음을 몽골에 던진 작가의 정열에 먼저 경의를 표한다. 몽골역사문화와 풍습을 열심히 연구하는 한국의 소설가이자, 몽골연구에 심혈을 기울여온 유일하게 존경하는 김한창 작가의 다음 작품을 기다린다. 많은 문인들이 몽골을 찾지만 이처럼 강한 작가정신을 가지고 몽골인의 삶에 대하여 깊게 파고들어 글을 쓴 사람은 극히 드물다. 한국과 몽골민족의 역사와 풍습, 예술과 문학을 소개하는 문화대사이며, 문화교류의 징검다리가 된 작가의 지성적인 탐구 길에, 문학작품의 말안장가방이 가득 차기를 바란다.

강벌드,서닝바야르

|| *Зохиогчийн үг* ||

Энэхүү өгүүллэг түүврийн номондоо 「Буган чулуу」 зохиолын номноос түүвэрлэхийн сацуу шинэ бүтээлүүд нэмэн оруулсан нүүдэлчдийн амьдрал ялангуяа зөвлөлтийн коммунизм социализмын шууд нөлөөгөөр нэгдэлжих хөдөлгөөн нэрийн дор бүх мал хөрөнгөө хураалгасан нүүдэлчин малчин ардын амьдралын зовлон түгшүүрт он жилүүдийн талаар бичсэн болно.

1990 оны ардчилсан хувьсгалын үр дүнд, улс орон бүү хэл хувь хүний амьдралыг 70 гаруй жил хянан зохицуулж ирсэн МАХН-ын үзэл бодол, эд хөрөнгөө хураалгаж, олон хүнийг баривчилсан уучилшгүй хэргүүдийг эсэргүүцэн Ардчилсан хувьсгалыг тайван замаар хийж, ялуулж болдгийг харуулж чадсан юм. Социализмын нөлөөгөөр эд баялаг, өв соёлыг устгаад зогсохгүй 14,000 ламыг харгис хэрцгийгээр хөнөөж, 6,000 лам нарыг шоронд тарчлаан зовоож, биет бус соёлын өвийг устгасан. Монгол орны юугаар ч сольшгүй үнэт зүйл 2,000-д жилийн тэртээгээс хадгалагдаж ирсэн нүүдэлчин амьдралын ахуй соёлд оршдог. Социализмын үзэл бодлыг эсэргүүцэж байсан нүүдэлч малчид хил даван зугтахаас аргагүй болжээ. Хөдөөнөөс мал хөрөнгөө хураалгаж, үгүйрч ядарсан малчид амьдрах арга хайж Улаанбаатар хотод бөөгнөв.Зохиолч би вээр 6.25 Солонгосын дайны үеэр солонгосчууд ямар хүнд хэцүү амьдрал туулсныг биеэрээ мэдэрч туулсан хүний хувьд, нүүдэлчдийн ахуй амьдралд тохиолдсон зовлонг адилхан мэдэрч байна. Одоо бол 21-р зууны эрх чөлөөт Монгол орон ! Эзэн Чингис хааны үр сад Монголын алдар суу мандан бадрах болтугай.

Ким Ханъчан

　지금 내놓는 글은 중단편소설집 『사슴 돌』에서 선정한 작품과 신작을 더하여 묶은 작품집으로 유목민의 생활상과 특히, 몽골이 소련의 위성국가로 사회주의로 표변되면서 공산주의집단화정책으로 모든 가축재산을 빼앗긴 유목민들의 애환과 꿈을 중점으로 다룬 내용이다.

　1990년 자유몽골로 전환되기까지 70년의 세월 속에 몽골인민혁명당의 정책에 반대하는 소요사태, 재산몰수와 대량체포 등으로 국민적인 대저항이 일어난다. 이것은 단순한 억압이 아니라 대량학살이었다. 사회주의정책은 물질적 부富와 유산을 파괴했을뿐만 아니라 14,000명의 라마들을 잔인하게 살해하고 6,000명의 수도사를 감옥에서 고문하고 무형문화유산을 파괴했다. 몽골의 부富를 지탱하는 것은 2,000년 전부터 유지해온 자유로운 유목문화에 있다. 어떻게 집단화정책으로 유목이 번성할 것인가. 사회주의반대운동을 벌이는 유목민들은 시베리아로 끌려갔고 국경을 넘어 도망쳐야만했다. 배고픈 유목민들은 살길을 찾아 울란바타르로 수도로 몰려들었다. 한국이 6,25 전쟁을 겪으면서 공산화위기에 처할뻔했던 과거가 있으므로 필자는 모든 가축을 빼앗긴 지난 과거에 유목민들의 아픔을 알고 있다. 21세기가 된 지금의 자유몽골! 옛 칭기즈 칸의 후예들이 영광을 누리는 대몽골이 되기를 기원한다.

김한창

// дэс дугаар //

// 차례 //

1

Хар Цэцэг

1

흑화 黑花

Хар Цэцэг

1

"Занданхүү, охин минь Дундговийн Онгийн хийд рүү яваад ирдээ, ах нь тэнд амьд хүлээж байгаа ч юм бил үү."

гэж аав хониноос ирэхдээ хэлэв.Монгол орны зүүн хэсэгт байрлах Дундговь аймаг руу мориор явбал хэдэн өртөө газар, явах зам бартаатай олон хоног явж хүрнэ.

Ах бид хоёрын, төрсөн нутаг Архангай аймгийн Өндөр-Улаан сум бол олон мянган жилийн турш нар салхинд элэгдсэн уулсын ар хормойд үзэсгэлэнтэй уул, ус цэцэгсийн өлгий тал хөндий нутаг юм. Алсаас харахад цадталаа идсэн аварга том анаконда могой мушгиран хөдөлж байгаа мэт харагдах гол бол Ихтамирын гол.

Би долоон настайдаа ахаасаа хагацсан билээ. Манайх

흑화 黑花

1

"잔당후, 만달고비 엉깅사원寺院을 다녀오너라. 네 오빠가 살아있을지 모른다."

양떼를 방목하고 돌아온 아버지가 말했다. 그 곳을 가자면 항가이를 벗어나 몽골남쪽 돈드고비아이막 만달고비까지 쉬지 않고 말을 몰고 달려도, 몇날 며칠이 걸릴지 모르는 장도長道였다.

오랜 세월, 태양과 바람에 조각된 부드러운 잿빛바위산맥을 배경으로 펼쳐진 대지를 휩쓴 흔적은, 바람이 남기고간 발자국이다. 시야의 각도 안으로 들어오지 않는 드넓고 아름다운 흑화黑花의 땅, 이곳 아르항가이 엉더르올랑 초원에서 오빠와 나는 태어났다. 멀리 내려다보이는 배불리 먹고 꿈틀거리는 거대한 아나콘다 한 마리는 이흐타미르 강줄기다.

олон адуутай элбэг хангалуун амьдралтай айл байв. Өвс ургамлын шимтэйг даган Дундговь аймгийн Өлзийт сум хүртэл нүүдэллэн ирж тэндээ суурьшихаар туслах малчныхтайгаа цуг гэрээ барьж төвхнөв. манай ээж хаа ч очсон байнга л завгүй хонь мал, сүү сааль гэж явдаг хүн .

Очиж төвхнөөд удаагүй байтал гэнэт нэг өдөр Мандал сумын захиргаанаас ханцуйндаа улаан даавуу хадсан хэсэг хүмүүс оросын ачааны машинтай ирээд манай аав ээжийг, туслах малчинтай хамт аваад явчихлаа. Таван хоногийн дараа туслах малчин, ээж хоёр ирсэнгүй, харин аав нөгөө хүмүүстэй цуг эргэж ирэв. Морьтой ирсэн тэр хүмүүс манай бүх малыг дээрэмчид шиг л туугаад явчихлаа. Тэднийг явсны дараа аав эзгүй гэртээ ороод цурхиртал уйлахыг сонссон ах намайг тэвэрч тайтгаруулав.

Би өсч том болж юмны учир гадарладаг болсныхоо дараа л тухайн үед коминтерний удирдамжийн дагуу коммунистууд баячуудын хөрөнгийг хурааж байсныг мэдсэн юм.

Хожим сонсоход манай мал сүргийг хурааж явсан улаан туузтай хүмүүс бол Дундговь аймгийн феодалын хөрөнгө дахин хураах комиссынхон гэх хүмүүс байсан юм. Аавд мал хөрөнгөө хураалгасан гэсэн баримт бичгээс өөр юу ч

흰빛자작나무 숲 저 편에 무리에서 뒤쳐진 사슴과에 속하는 야생몽골가젤한마리가 몸부림을 치더니 잠깐 만에 새끼를 쳤다. 기우뚱거리며 일어선 새끼를 핥아주며 무리쪽으로 향하는 자연의 생명력을 바라보며 길을 떠난 나는, 오빠의 말한 필을 끌고 돈드고비를 향해 말을 몰았다. 오빠와 헤어진 것은 내가 일곱 살 되는 해였다. 수많은 가축을 소유한 우리가족은 부유했다. 풀이 풍성한 초원영지營地를 찾아 돈드고비아이막 만달고비 얼지쁘까지 내려와, 목축지를 정한 조부와 아버지는 그곳에 게르를 세우고 가축을 방목했다. 어디를 가나 어머니는 종일 양젖 짜기에 바빴다.

어느 날, 아이막소재지 만달 솜에서 붉은 완장을 팔에 두른 사람들이 소련제트럭을 몰고 나타나 조부와 우리부모를 데려 갔다. 그리고 닷새가 지나서야 조부와 어머니는 보이지 않고 아버지만 붉은 완장 사람들이 다시 데려왔다. 말을 타고 몰려 온 그들은 우리의 가축 떼를 모조리 몰고 날강도처럼 사라져 버렸다. 그들이 떠나자 텅 빈 게르에서 아버지는 대성통곡했다. 덩달아 울음을 터트리자 오빠는 나를 안고 달래었다.

이 모든 것은 내가 더 자란 후에 알게 된 일로, 코민테른 지침을 세운 공산정권은 맨 먼저 부자들의 재산을 몰수했다.

하지만 공산화이후 오랫동안 유목의 특성상 목축만큼은 수

үлдсэнгүй.

Улс төрийн хэлмэгдүүлэлт, шашин шүтлэгийг устгах, хувийн өмчийг хураах зэрэг социализмын үеийн Монгол улс нүүдэлчин малчдынхаа эд малыг хураан авсан нь Монголд тохиолдсон нэгэн сүйрэл байв. Монгол улсын нийт хүн амын 8-13 хувийг хэлмэгдүүлэн хөнөөж, насанд хүрсэн эрчүүдийн 20 хувийг хувьсгалын эсэргүү гэсэн хилс хэргээр баривчилж, буудан алж цусан толбо үлдээсэн билээ.

Би тэр үед хувьсгалын эсэргүү гэж юу болохыг мэдэхгүй ч ээж туслах малчин хоёрыг бусад малчидтай цуг эсэргүү хэмээн баривчлагдсан гэдгийг ааваас сонсож, ахтайгаа хоёул ихэд айн уйлж байснаа санадаг юм.

Гэнэт ийнхүү ээжийг, туслах малчинтай цуг хэлмэгдэн баривчлагдсанд аав бид нар хэдэн өдрийн турш уй гашууд автав. Тэднийг ийнхүү авч явсан нь үхсэнтэй ялгаагүй гэдгийг аав сайн мэдэж байсан билээ. Сар шахам ийм байдалтай байсны дараа аавын уй гашуу арай гайгүй болж Батцэнгэл ахад

"За хүү минь аавынхаа хэлэхийг сайн сонс. Амьд нь аргаа бодохоос өөр аргагүй цаг иржээ, мал хөрөнгөө хураалгасан

년 동안이나 손대지 않다가 갑작스럽게 목축 집단화라는 정책을 발효하고, 몽골전역 유목민들의 모든 가축을 몰수하기 시작한 것이다. 당시 우리가축을 몰수해 간 붉은 완장 사람들은 목축 집단화를 집행하는 만달고비의 사유재산몰수위위원회 간부들이라는 것도 후에야 알았다. 아버지의 손에는 몰수한 가축 수가 기록된 증명서 한 장만 달랑 쥐어져있었다. 몽골인민공화국이 선포된 후, 몽골성인남성 20%가 희생되는 피바람을 겪었다. 온갖 정치적 박해와 무계급, 무종교, 사유재산몰수 등 사회주의로 전환되는 과정에서 몽골경제를 지배하는 유목민들의 가축몰수는 몽골에 닥친 또 하나의 대 격변이었다.

반동분자라는 말이 무슨 말인지 나는 몰랐다.

조부와 어머니는 반동분자로 몰린 다른 유목민들과 소련 붉은 군대에 의해 시베리아로 끌려갔다는 아버지의 말에, 오빠와 나는 겁을 먹고 얼마나 울었는지 모른다. 가축을 빼앗기지 않으려는 조부와 어머니의 격렬한 항의에 동화된 다른 유목민들이 집단으로 들고 일어서는 사태가 벌어지자, 선동자로 몰려 본보기로 끌려간 것이다. 졸지에 조부와 어머니를 잃은 아버지는 며칠 동안이나 슬퍼했다. 분함을 견디지 못했다. 물론 더 자라서 알게 되었지만 시베리아로 끌려가는 것은 곧 죽음을 의미한다는 것을 알았다. 살아 돌아온 사람이 없기 때문이다.

хүмүүс амьдрахын эрхээр бүгд Улаанбаатар хот руу явцгааж байна. Аав нь ч бас дүүг нь дагуулаад Улаанбаатар хот руу явья. Харин чи нэг хэсэгтээ Онгийн хийд рүү очоод байж бай. Биднийг очоод хөлөө олтол хүү минь тэр хийдэд аргалаад байж бай. Эрхбиш өлсөөд үхчихгүй байлгүй.”

гэж хэлээд хоёр ширэн богцонд дүүртэл хүнс хийж “замдаа өлсөхөөрөө идээрэй.”

гээд өгөв.

Аав өөрийн гараар хийсэн энэхүү ширэн богцыг морины эмээл дээр хосоор нь тохвол богц болж харин уяг нь тайлаад мөрөндөө үүрвэл мөрөвчтэй цүнх болно. Аав цаашид яахыг урьдчилан тааварлаж мэдэхгүй юутай ч ийм арга олжээ. Тэгж л би аавыгаа дагаж Улаанбаатарт ирж, харин ах минь тэндээ үлдсэн юм.

2

Говийн элс салхинд хийсэн нүд амруу шавхуурдсан тэр өдөр, аав дүү хоёрынхоо араас бараа тасартал нь харж зогссон Батцэнгэл Онгийн хийд рүү зүглэлээ. Явах замд нь хуурай газрын цайз шиг чулуун уулын доохно, шороон

한 달이 다되어 분노와 슬픔이 진정되고, 마음을 추스른 아버지가 바트쳉겔 오빠에게 말했다.

"바트쳉겔, 아버지의 말을 잘 들어라. 가축을 빼앗긴 사람들이 살길이 없어 모두 울란바타르로 가고 있다. 아버지는 어린 네 동생을 데리고 그들을 따라갈 것이다. 당분간 너는 가까운 엉깅사원으로 가있어라. 자리가 잡히는 대로 데리러 오마. 그 때까지만 참고 기다리고 있어라. 사원에 몸을 붙이고 있으면 당장 밥을 굶지는 않을 것이다."

그러면서 말 잔등 양편에 걸치는 안장가방대용으로 아버지가 만든 고갈 색 낙타가죽걸망에 마른음식을 가득 담았다.

그것을 하나는 나에게 매어주고 또 하나는 오빠의 어깨에 매어주며 다시 일렀다.

"가는 길에 배가 고프거든 꺼내먹어라."

아버지가 손수 만들어 사용하는 두개의 낙타가죽주머니는 서로 이어서 물건을 넣고 말 잔등에 걸치면 벅츠[1]가 되고 중간 매듭을 풀어 따로 쓰면 머르체쯔슝흐[2]가 되었다.

앞일이 불안했던 아버지는 그렇게 먹는 입 하나를 덜었다. 그 때 나는 아버지를 따라 울란바타르로 들어갔다. 오빠와는 그렇게 헤어지게 되었다.

---

1) 벅츠 Богц / 말안장가방
2) 머르체쯔슝흐 Мөрцээж Цүнх / 걸망

хананы нуранги дунд говь газрын хуурай агаар мандалд ялзраагүй, хорчийн хатсан лам нарын цогцос байхыг хараад ихэд айжээ.

Элсэн шуурган дунд бүдэг бадаг харагдаж байсан хийд бараг л балгас гэмээр. Айж цочирдох зэрэгцсэн Батцэнгэл хүчтэй салхинаас халхлах санаатай дотогш ортол түүнийг харсан нэг хүн хашхиран цааш зугтахад Батцэнгэл ч давхийн цочив. Айж болгоомжлон дотогш ороход нэгэн лам цааш хана руу харан бөмбөгнөтөл чичрэн зогсож байлаа. Хир тортогт баригдсан хүрэн бор орхимжоор биеэ ороосон хөгшин туранхай лам гэрэлгүй харанхуй буланд харагдана. Сайтар ажиглан харвал өөр хэдэн лам хана дагуу бүгд нэг хүн шиг чив чимээгүй толгойгоо орхимжоороо ороон сууж байхыг харлаа. Өлсөж цангасандаа царай нь хувхай цайсантэд Батцэнгэл хүүг хараад бүгд айж ширвээтсэн байлаа.

Чимээгүй хотхонд байгаа мэт чимээ аниргүй энэ газар гэнэт орж ирсэн хүнээс үхтлээ айсан тэд Батцэнгэл хүүг хараад арай тайвширцгааж гайхан ширтэцгээхэд, нэг лам нь хохимойгоор хийсэн нэг зүйлийг үргэлжлүүлэн зүлгэж

2

반사막대지고비사막 모래알이 바람 속에 날렸다. 떠나는 동생 잔당후와 아버지의 뒷모습을 바라보며 바트쳉겔은 엉깅사원으로 향했다. 그러나 자갈 섞인 반사막거친 대지에 요새와 같은 돌산 아래 붉은 흙벽잔해 속에, 건조한 대기로 썩지도 않고 그대로 말라버린 승려들의 쌓여있는 시신을 본 바트쳉겔은 질겁했다. 모래먼지 속에 희미하게 보이는 법당은 폐허였다. 바람을 피할 만큼의 방하나가 건물한쪽에 겨우 붙어있었다. 거친 황사바람이 휘몰아쳤다. 무서움과 실망 속에 바람을 피해 방안에 들어선 바트쳉겔을 본 누군가가 깜짝, 겁에 질려 내지르는 비명소리에 바트쳉겔은 반사적으로 놀라 소스라쳤다. 조심스레 안으로 들어서자 겁에 질려 소리를 질렀던 승려하나가 컴컴한 방구석에 등을 돌리고 바르르 떨었다.

그곳에는 땟국에 절은 오래된 고갈 색 승복으로 몸을 감싼 아주 늙고 깡마른 고승이 햇볕이 없는 어둠 속에 보였다. 그리고 황사먼지를 뒤집어 쓴, 몇 안 되는 또 다른 젊은 승려들이 벽 구석에 하나같이 머리를 박고 앉아있었다. 굶주림에 바싹 말라 눈만 감으면 송장 같은 핏기 없는 얼굴에 어린 바트쳉겔의 등장에 모두 겁을 먹은 표정이다.

эхлэв. Түүний нүдний гал цог нь унтарч эцэс төгсгөлгүй ямар нэг маань амандаа бувтнана.

"Хаанаас хаа хүрч явна."

гэж хамгийн ахмад лам асуух нь тэр ламын ухаан санаа бусдыгаа бодоход арай эрүүл саруул байгаа гэлтэй.

"Хар цэцэгтээс ирсээн." гэж Батцэнгэл хариулахад.

"Хар цэцэгтээс гэв үү?" хэмээн лавшруулан асуухад нь Батцэнгэл мөн л

"тийм ээ би хар цэцэгтийнх." гэхэд мөнөөх лам

"би ч бас хар цэцэгтийнх. Чи тэнд төрсөн хэрэг үү? Тэгээд энд юугаа хийж яваа билээ"

гэж ихэд олзуурхан асуусан лам миний ярьсныг эхнээс нь дуустал сонсоод

"за тэгвэл аавыгаа эргэж иртэл энд бай даа. Эндхийн 2 мянгаад лам хороогдож бурхны авралаар бид амьд гарсан ч ухаан санаа гэж авах юм алга. Тэгэхдээ одоо зөвлөлтийн цэргүүд дахиж ирэхгүй байх."

"……"

"өлсөж яваа байлгүй?" хэмээн өөр нэг залуухан лам чулуу

무간지옥無間地獄에 갇혀있는 것 같은 음산한 방안에, 갑자기 들어선 어린 바트쳉겔을 보고서야 안심한 듯 모두는 감정 없는 퀭한 눈빛으로 바라본다. 마음이 놓였는지 그 중 한 승려는 해골하나를 한 손으로 틀어잡더니 열심히 닦기 시작했다.

 바트쳉겔의 육안에도 더는 닦을 필요가 없는 해골을 손에 익은 똑같은 동작으로 닦는 것이다. 그는 넋이 나간 눈빛이었다. 끊임없이 고개를 주억거리며 똑같은 다라니陀羅尼[3])경 구절을 쉬지 않고 암송하기 시작하는 어린승려의 초점 잃은 눈빛 또한 넋이 나가있기는 매 한가지였다.

"어디에서 왔느냐?"

 고승이 물었다. 고승의 정신은 멀쩡해 보였다.

"하르체첵(黑花)."

 바트쳉겔은 흑화라고 대답했다. 그러자,

"방금, 흑화라고 했느냐?"

 하며 눈을 크게 뜨며 되물었다. 바트쳉겔이 고개를 끄덕였다.

"흑화는 내 고향이다. 네고향도 흑화더냐?"

 바트쳉겔이 또 고개를 끄덕였다.

"어떻게 여기까지 왔느냐."

 자초지종을 들은 고승이 다시 말했다.

---

3)다라니경陀羅尼經 : 불교의 산스크리트 문장을 번역하지 않고 음 그대로 적은 비밀스러운 주문

шиг болтлоо хатсан тавагтай бяслаг дөхүүлэв. Тэгэхэд нь Батцэнгэл аавынхаа бэлдэж өгсөн богцтой хуурай идэх юмыг задалж дуусаагүй байхад нөгөө хэдэн лам хатангир туранхай гараараа булаацалдан шүүрцгээлээ.

"хямгадаж идэцгээгээрэй." гэж ахимаг настай лам тэдэнд хандан хэллээ.

Батцэнгэл энд ирсэндээ харамсавч дэндүү оройтож, аав дүү хоёр нь аль хэдийн явчихсан болохоор эргэж буцах аргагүй. Хийдийн дотор муудаж илжирсэн лам нарын хүүрийн муухай үнэр хамар цоргиж, ухаан санаа нь самуурсан хэдэн лам нарын дунд аавыгаа эргэн ирэхийг хүлээхээс өөр арга зам байсангүй. Эндээс өөр газарлуу явбал аав дүү хоёртойгоо дахиж уулзаж чадахгүй гэж бодохоор хөөрхий балчир хүүд өөр гарц үлдсэнгүй. Гэхдээ аавыгаа тун удахгүй ирж авна гэдэгт хүү итгэж байлаа.

3

Засгийн газрын ордон хоймөрт нь байрлах Сүхбаатарын талбай хөдөөнөөс ирсэн ажил төрөлгүй, орон гэргүй малчин гаралтай хүмүүсээр дүүрчээ. Өдрөөс өдөрт хүмүүсийн тоо олширч, мал хөрөнгөө алдсан малчин

"아버지가 올 때까지 기다려라. 2천 명의 승려들이 모두 총살을 당했다. 천행으로 우리만 겨우 살아남았지만 모두 제정신이 아니다. 이젠 다시 소련군이 오지 않을 것이다."

"……."

"배고프냐?"

정신이 좀 멀쩡한 한 승려가 묻고서 딱딱하게 말라비틀어진 치즈 한 토막을 내밀었다. 그러자 바트쳉겔이 아버지가 낙타 가죽걸망에 담아준 마른음식을 바닥에 쏟아놓기 바쁘게 먹을 걸 본 뼈만 남은 손들이 일시에 뻗는다.

"아껴먹어라."

고승이 말했다.

바트쳉겔은 절망했다. 아버지와 동생 잔당후는 이미 떠났다. 뒤따라가기는 이미 틀린 것이다. 토벽 안에 쌓여있는 메마른 시신에서 날려 온 냄새가 코를 찌르고, 넋 나간 사람들이 몰려있는 이곳에서 오직 아버지를 기다리는 수밖에는 없었다.

이곳을 떠난다면 아버지와 동생을 다시는 보지 못할 것이다. 아직 어린 바트쳉겔에게는 그 어떤 방법도 없었다. 하지만 머지않아, 곧, 자리를 잡은 아버지가 데리러 올 것으로 바트쳉겔은 믿었다.

3

ардууд өдөрт улсаас үнэгүй өгдөг хоолоор өдөр хоногийг аргацааж хэрчсэн гурилтай шөлтэй хоол, юухан хээхэн олж гол зогоох бөгөөд тэр нь ч бас мал хөрөнгөө хураалгасан бичиг баримттай хүмүүст олддог байв.

Нүүдэлчин малчин ардын тэвчээр барагдаж үймээн самуун дэгдэж ажилгүй, идэх хоол, орох оронгүй болсон хөдөөнөөс ирсэн хүмүүс ядарч туйлдахын эцэст хүрч байв.

Хоёр жил орон гэргүй, ажилгүй байсны эцэст аав шинэ ажилд арайхийн оров. Мал хөрөнгөө хураалгасан баримт бичгийн ачаар дулаан цахилгаан станцын барилгын ажилд оров. Улаанбаатар хотын баруун урд зүгт Зөвлөлтийн барьж өгсөн дулааны цахилгаан станц нь цахилгаан дулаанаар нийслэл хотыг хангана.

Барилгын ойролцоо ажилчдын гэрт хоёр хүн унтах ор хувaарилуулж авав. Аав ахад нэг ор авах гэсэн боловч бүтсэнгүй. Бүх зүйл нарийн хяналтан дор явагдаж, одоохондоо байр сууриа сайн олоогүй болохоор ахыг авчрах боломжгүй л байлаа.

Биднийг энд ирсний дараа Онгийн хийдийн бүх лам нарыг буудан хороосон гэж сонссон аав бас л гашуудан, хэнгэнэтэл санаа алдаж ахыг үхсэн амьдыг нь мэдэх

의회건물과 정부청사가 들어서 있는 지금의 울란바타르 수흐바타르 광장에는 살길을 잃고 몰려든 가련한 유목민들로 넘쳐흘렀다. 숫자는 매일매일 늘어났다. 환난의 도가니였다.

가축을 빼앗기고 살길이 없어 몰려든 유목민들은 하루 한 차례 배급되는 음식으로 끼니를 때웠다. 저민 양고기를 반죽한 밀가루에 감싸 튀긴 어른 손바닥 크기의 호쇼르[4] 한 장을 하루 한차례 배급했다. 그마저 몰수가축증명서가 있어야만 배급을 받을 수 있었다. 견디다 못한 목민들의 폭동이 일어나면 광장에 주둔된 소련군탱크들이 굉음을 내며 포신을 휘둘렀다. 때로 총소리와 비명이 들렸다.

자유몽골이 아니었다. 노동에 동원되지 못해 잠자리마저 배정받지 못한 유목민가족들은 노숙자가 되었다. 노숙세월이 꼬박 2년을 넘기고서야 비로소 아버지에게 생업이 주어졌다.

몰수가축증명서 한 장은 아버지에게 화력발전소건설노동자 자격을 던져준 것이다. 울란바타르 서쪽에 소련이 건설하는 화력발전소는 전기를 생산하고, 도시건물의 중앙난방구실을 한다고 했다. 그리고 건설현장 가까운 곳에 마련된 집단 게르에 두개의 침대를 배정받았다. 모든 생활은 집단생활로 개인 생활은 보장되지 않았다. 아버지는 오빠의 침대를 배정받기를 원했지만 인정하지 않았다. 모든 인민을 통제했다.

여행증명서도 발급해주지 않았기 때문에 오빠를 데려올 엄

---

4)호쇼르 Хуушуур / 밀가루 반죽에 양고기를 넣고 납작하게 만들어 기름에 튀긴 음식

аргагүй болохоор дэмий л санаа зовж өдрийн бодол шөнийн зүүд болж байв.

Зөвлөлт Холбоот Улсын удирдлага дор засгийн газар нийслэл хот болон бүх аймагт социализмын үзэл суртал, соёлын соён гэгээрүүлэх томоохон хөдөлгөөнийг эхлүүлсэн. Сүхбаатарын талбайд барьсан олон том гэрүүдэд нүүдэлчин малчин ардын бичиг үсэггүй хүүхэд залуусыг шинэ үеийн эрдэм ба орос, кирилл үсэг болон нийгмийн үзэл бодол гэх хичээлүүд заадаг байлаа.

Ийнхүү социалист нийгэмтэй хөл нийлүүлэхээр суралцаж байх хооронд нийслэл хотод аж үйлдвэрүүд олноор бий болж ажилчдад зориулсан нийтийн байрууд ч баригдаж эхэллээ. Энэ үеэс мал аж ахуй эрхлэн нүүдэллэн амьдардаг байсан монголчууд суурин амьдралд шилжсэн билээ. Хотын нэг хэсэгт гэр хуаран барьж хөдөөнөөс ирсэн малчдыг хотод зам барилгын ажилд дайчилснаар орон гэргүй, ажилгүй хүмүүс харагдахаа больжээ.

4

두는 내지도 못했다. 더구나 이곳에 온 뒤, 모든 사원의 승려들을 모조리 총살했다는 말을 뒤늦게 듣고서, 아버지는 엉깅 사원으로 오빠를 보내고 온 것을 눈물로 탄식했다.

생사마저 알 길이 없자 여러 날 밤잠을 이루지 못했다. 소련의 주도하에 정부는 울란바타르 수도를 중심으로 모든 아이막[5])에 이르기까지 대규모 사회주의국민문화 계몽운동을 전개했다.

수흐바타르 광장마당에 세워진 여러 개의 커다란 게르에서는 문맹일 수밖에 없는 유목민자녀들에게 신학新學과 러시아 키릴문자와 사회주의사상학습을 가르쳤다.

그렇게 사회주의를 배우며 내가 성장하는 동안 울란바타르 수도는 공업화가 진행되고, 공무원과 노동자들에게 배급되는 조립식아파트가 건설되었다. 그것은 몽골거주정착문화의 시발점이 되었다. 이때쯤 이르자 울란바타르에 몰려온 유목민들은 도심을 이어주는 도로건설에도 동원되었다. 나중에는 도시 변두리에 가족단위로 게르 한 채 씩이 주어지자 노숙자들이 더는 눈에 띄지 않았다. 그것은 사회주의질서가 어느 정도 잡혀간다는 것을 의미했다.

4

5)아이막аймаг : 우리의 道단위 명칭

Хонгорын элсний шовх оройтой үргэлжилсэн алтан шаргал уулсын дундах нүүр нүдгүй шуурга хаашаа гэх чиглэлгүй элсээр шавхуурдана. Харин Онгийн хийдийн ойр хавийн дээлийн бүс шиг үргэлжилсэн шаргал элсний дунд салхи шуурга арай намдуу.

Өгсөхөд элс нураад хэцүү ч Батцэнгэлийн энэ бүүдгэр амьдралд найдвар өгдөг хоёр зүйл тэнд байдаг тул өдөр бүр хүчээр элсэн уул өөд гарна. Элсэн уулын дээрээс харахад бүх зүйл гарын алган дээр тавьсан мэт харагддаг тул өөрийг нь авахаар ирэх хүнийг харуулдах нөгөө нь тэнд гарч хилэнцэт хорхой, гүрвэл олж идэж өлсгөлөнгөө дарах.

Их говийн элсэн манханд ус, өвс ховордсон болохоор тууварчид малчид ийшээ ирэхээ байсан бололтой.

Ялангуяа их баривчилгаа, хөрөнгө хураалтаас хойш малчид энэ нутаг руу мал тууварлан ирэх нь нүдний гэм болсноос элсэн говьд хүний бараа харагдахгүй уджээ.

Ядарч туйлдсан зарим лам хуврагууд өлсөж харангадаж үхэхийг харах болгондоо энэ говьд өлсөж харангадаад үхчихгүйн тулд царцаагаар хооллохоос өөр аргагүйд хүрчээ. Хажууханд нь тарни уншиж суусан залуухан ламхай суугаагаараа таг болоод тэр чигээрээ өнгөрсний

끝없이 넓은 홍고린사막은 끊임없이 부는 바람에 시시각각 지형이 바뀐다. 하지만 엉깅 사원 가까운 고비사막은 벨트처럼 이어진 동편 산맥이 턱이 되어 세찬바람이 불어도 크게 변하지 않는다. 산맥위에서 바라보면 사막의 끝이 시야에 들어온다. 바트쳉겔이 경사진 모래능선에서 미끄러지면서도 끝내 사막위로 기어오른다. 그가 모래판에 눈을 박고 헤매는 것은 배가 고프기 때문이다. 모래표면에 드러난 전갈이나 도마뱀의 발자국을 보고 그것을 찾아 잡아먹는 것이다.

고비사막주변대지는 풀이나 물이 부족한 반사막지대여서 집단목축장도 들어서지 않았다. 더더욱 목축 집단화 후에는 어쩌다 가축 떼를 몰고 이동하는 유목민도 더는 볼 수 없었다. 사람하나 눈에 띄지 않는 유배지 같은 황량한 대지가 되어버린 것이다. 그가 고비사막에서 유일하게 도마뱀을 잡아먹을 수 있었던 것은 필연적 동기에서 비롯되었다.

그동안 사원의 배고픈 궁상窮狀들이 하나씩 죽어갔다. 감은 눈을 뜨지 않으면 그것은 곧 주검이었다. 똑같은 다라니구절을 끊임없이 암송하던 어린수좌首座가 암송을 멈추고 시들거리더니 이틀이 지나도록 눈을 뜨지 않는다.

고승이 말했다.

"어린수좌가 길게 잠 들었구나, 바트쳉겔, 독수리들에게 육공양肉供養이 되도록 고비사막모래언덕에 끌어다 놓아라. 기다

дараа мөнөөх хөгшин лам

"лам бурхны орон руу явчихлаа. Элсэн уулын оройд аваачиж хаяад ир. Бүргэд шувуу хооллог, идэхгүй бол элсэнд булчихаарай." гэв.

Өлсөж турж үхсэн болохоор цогцос хөнгөн тул тэр дор нь аваачиж бүргэд шувуунд хаяж өгсөн ч хатаж хорчийн шувуу идэх зүйл байхгүйг мэдсэн хэдэн бүргэд нисэн ирж тоншсон ч яснаас өөр юмгүйд нисэн холдов.

Ийнхүү өлсөж харангадан үхсэн лам нарын цогцсыг зөөж хаяж явахдаа Батцэнгэл элсний царцаа хорхой олж идэх арга олсон аж. Өргөн уудам хонгорын элсэн цөлд ч эсвэл хангай хээрийн Өвөрхангайн Өлзийтөд ч царцаа жаран хөлт хаа сайгүй элбэг ч түүнийг иднэ чинээ санасангүй.

Батцэнгэл өнөөдөр хатсан өвс үрэн гал гаргаж ойрхон гүйж яваа нэгэн гүрвэлийг барьж аван шарж идэж үзлээ. Тэрийг идээд өлсгөлөнгөө дарахгүй нь ойлгомжтой боловч түр ч атугай хорхойгоо дарж авна. Тэрээр ертөнцийн амьдралаас бүрэн тасарсан мэт ямар ч мэдээ мэдээлэл байхгүй, хорвоо ертөнцөд юу болж байгаа, аав дүү хоёр нь яаж явааг мэдэхгүй хөмөрсөн тогоон дотор байгаа мэт

렸다가 독수리들이 가거든 육골을 모래 속에 묻고 오너라."

독수리들에게 육 공양을 올린다지만 피골이 상접된 메마른 시신은 독수리들이 뜯어먹을 살점하나 붙어있지 않았다.

영양실조를 견디다가 말라 죽은 시신은 먼지처럼 가벼웠다. 무거울 이유가 없었다. 시신을 고비사막 높은 모래언덕으로 옮겼다. 곧 몇 마리의 독수리가 몰려왔지만 먹을 만한 살점이 붙어있지 않았던지 '톡톡톡' 부리가 뼈를 찍는 소리만 몇 차례 허공에 들리더니 곧 사라져버렸다.

그렇게 여러 시신을 독수리들에게 공양을 올리는 동안 모래 표면에 보이는 전갈과 도마뱀의 발자국이 굶주린 바트쳉겔의 구미를 당겼다. 드넓은 홍고린 사막이나 고비 사막이나, 아니면 어워르항가이 몽골중심 얼지뜨 사막에서도 지네나 벌레의 발자국까지도 미세하게 드러난다. 바트쳉겔의 눈에 사막의 자연생태가 눈에 띄었던 것이다.

오늘도 바트쳉겔은 마른풀 섶에 부싯돌로 불을 피운다. 연기가 피어오르며 불이 붙었다. 그는 팔딱거리는 도마뱀 한 마리와 전갈을 구워먹었다. 그렇다고 굶주림이 해결되는 것은 아니다. 배고픔을 견디다 못한 최후의 연명일 뿐이다. 그는 바깥소식을 알 수 없었다. 세상이 어떻게 변했는지, 아버지와 동생의 소식마저도 알 수 없는 아스라이 지나간 세월 속에, 그의 나이 서른을 훨씬 넘겼다. 하나밖에 없는 여동생 잔당후는 어

хорвоогийн өдөр хоногийг өнгөрүүлж байх ахуйд түүний нас хэдийнэ гуч гарсан байлаа. Сүүлдээ ганц охин дүү, аавaaсaa хагацаж холдсоноо бараг мартаж эхлэв.

5

Занданхүү хээрээр гэр хийж хэцээр дэр хийн хагас сар шахам явж Өвөрхангайн Өлзийтөд ирлээ. Унтах газар олдохгүй үед модон дотор унтаж, айл дайралдвал үнэн учраа хэлээд хоноглож явав. Архангайгаас Өлзийтөд ирсэн нь ахынхаа байгаа Онгийн хийд хүртэлх замын талд орж байгаа нь энэ. Энэ үе бол 1989-90 оны эхэн үе бөгөөд Зөвлөлтийн цэргүүд Монголоос бүрмөсөн гарч монголчууд ардчилсан нийгэмд шилжиж эхэлсэн үе бөгөөд би 29 нас хүрч ах минь 35 хүрч байгаа билээ. Нисэх мэт өнгөрсөн он жилүүдэд би ахынхаа төрхийг бүүр түүр санаж, ахтайгаа уулзвал нэгнийгээ таних болов

уу гэж бодохоор улам яарна.

Монголд 1990 оны цагаан морин жил ардчилсан хувьсгал гарч, Монголын коммунист дэглэмийг нурааж, хүний эрх, эрх чөлөөг баталгаажуулж, улс төрийн хилс хэрэгт хэлмэгдэгчдийг цагаатгаж, нийтдээ 32 мянга орчим

떻게 변했는지 어릴 적 모습만 아른거렸다.

5

세차게 초원을 질주하기도 하고, 때로는 천천히 말을 몰며 보름 만에 도착한 곳은 얼지끄 초원이었다. 잠자리를 찾지 못하면 삼나무가장귀에 걸린 북극성을 바라보며 나는 노숙을 했다. 때로는 가다가 만난 유목민 게르에서 잠자리를 얻어 자기도 했다.

그렇게 아르항가이를 벗어나 어워르항가이로 접어든 것이다. 오빠를 두고 온 만달고비 엉깅까지 절반이상을 온 셈이다.

이렇게 말을 타고 여행증명서도 필요없이 몽골 땅 대초원을 자유롭게 누빌 수 있었던 것은 1989년부터 90년 사이에 몽골에 주둔했던 소련군이 모두 철수하고 자유몽골이 되었기 때문이다. 이제 내 나이 스물 아홉이다. 오빠 나이 35세가 되는 해였다. 장구한 세월이 아스라이 지난 지금, 어릴 적 오빠의 모습은 성장을 멈춘 정지된 어린얼굴로 기억될 뿐이었다. 오빠를 만나면 서로 알아 볼 수는 있을지 노파심도 앞섰다.

공산주의인민혁명당이 급기야 사퇴한 것은 지난 1990년 3월이다. 그러더니 자유총선이 실시되는 몽골에 대변혁이 일어났다.

хэлмэгдэгч цагаадав. Аав тэр нэгэн өдөр баяртайгаар.

"манай улс ардчилсан улс болсных мал хөрөнгөө хураалгасан малчин ард иргэдэд мал хөрөнгийг буцаан олгоно гэсэн сураг байна." гэж хэлсэн нь яваандаа үнэн болж таарлаа.

Их хурлын шийдвэрээр тэр жилийн 5 сард коммунизм социализмын үеийн нэгдлийг тарааж малыг малчдад хувьчилсан юм. Хувьчлах шийдвэр гаргасан засгийн газар 1993 он гэхэд малыг малчдад хувьчлах ажиллагаагаа амжилттай дуусгалаа.

1990 онд улсын нийслэл Улаанбаатар хотод анхны ардчилсан тайван жагсаал цуглаан болж, Монгол улсад ардчилал, хүний эрх жинхэнэ утгаараа хэрэгжиж ардчилсан улс болов. Нийгэм зах зээлийн тогтолцоонд шилжиж Монгол улс дэлхийтэй хөл зэрэгцэн алхах боломж нээгдлээ. Монголд хувийн хэвшлийг чөлөөтэй болгож шашин шүтэх эрх, хувийн өмчтэй болох хүний эрхүүдийг хуульчлан баталснаар монгол хүн эрх чөлөөгөө шинээр оллоо.

Тэр шөнө би ээжийгээ, ахыгаа, туслах малчинаа санаж шөнөжин уйлсан юмдаг.

Жагсаалаас шөнө орой буцаж ирсэн аав минь олон жил

아버지가 말했다.

"잔당후, 우리몽골이 자유화가 되면 가축을 되찾을지 모른다는 소문이 나돈다."

아버지가 듣고 온 그 소문은 현실이 되었다. 국민소회의에서 이듬해 5월, 사회주의가축공동사육 네그델[6])을 철폐한 것이다. 그리고 사유화결정을 내린 정부는 1993년까지 사유화 분배를 모두 끝냈다. 유목민들에게 몰수했던 가축을 되돌려주는 정책이었다. 이렇게 되자 아버지는 들떴다. 자유화가 된 울란바타르 수도 수흐바타르 광장에는 가축을 몰수당하고 살길을 잃고 몰려들었던 유목민들의 함성으로 가득 찼다.

반면 시베리아로 끌려간 조부와 어머니의 생사조차 알 수 없는 지금, 유목민들의 함성은 나의 가슴 속을 후벼 팠다. 그 함성은 밤 늦게까지 들렸다. 그날 밤 나는 조부와 어머니와 오빠 생각에 뜨겁게 눈물을 흘렸다. 함성의 대열 속에서 집으로 돌아온 아버지가 희망가득 찬 표정으로 말했다.

"오늘 몰수가축증명서를 관계기관에 제출하고 분배신청을 했다."

"그럼 몰수한 가축을 모두 돌려주나요?"

"아니다. 누구에게나 50%를 돌려주고 나머지는 국영화한다는 구나."

6)네그델 Нэгдэл : 통일. 단일화, 배급주의.

мөрөөдөж явсан хүсэл нь биелж, итгэлийн оч сэтгэлд нь гэрэлтэж буй нь илт байв.

"өнөөдөр аав нь мал хөрөнгөө хураалгасан иргэдийн жагсаалтад бүртгүүлчихлээ."

"хурааж авсан бүх малын тоо толгойгоор нь буцааж өгөх юм болов уу?"

"үгүй л болов уу, гэхдээ тал хувийг нь буцааж өгсөн ч их юм байхгүй юу."

"тэгвэл цөөхөн хэдэн мал авах нь ээ."

"тэр үед хураагдсан хөрөнгийн тал хувь гэж бодвол уул нь нилээн их мал бололгүй яахав. Баримт бичигт 180-д мал гэсэн байгаа болохоор 90 толгой мал буюу 300-аад хонь, 40 толгой үхэр, 20-иод тэмээ, 20-иод тооны сарлаг болох байж."

"малаа тэгээд хаанаас авах юм бол?"

"мал хөрөнгөө хураалгасан аймагтаа очиж баталсан баримт бичиг аваад, төрөөс олгосон тогтоолын дагуу өөрийн төрсөн харьяа газраасаа буцаан авах ёстой гэнэ."

"тэгвэл нутаг руугаа буцаж явах болох нь ээ."

"тэгэлгүй яахав, төрсөн нутаг уул ус, хар талын Өндөр-Улаандаа очно доо."

"그럼 얼마 되지 않잖아요?"

"그래도 빼앗긴 가축 수가 많아서 절반을 돌려받아도 충분하다. 몰수증명서에 말이 180마리니까 90필을 받는다. 양洋은 300두, 소가 40두. 낙타 20두에 야크도 20두나 된다."

"어디로 가서 돌려받아요?"

"목자등록이 되어있는 아이막 솜에서 확인서를 받아 정부에서 발급한 분배명령서를 가지고 정해주는 집단목축장으로 가면 바로 되돌려준다는 구나."

"그럼 고향으로 가야 하겠네요?"

"그래, 네 오빠와 네가 태어난 하르체첵(흑화)으로 가는 거다."

돌이켜 보면 고향을 떠나 만달고비로 갔던 때가 내 나이 일곱 살 이었으므로 20여 년의 세월이 흘렀다. 그 세월 속에 조부와 어머니와 모든 가축을 사회주의에 빼앗겼다. 오빠 또한 사회주의에 빼앗긴 것과 다름 아니다. 행복했던 우리가족은 그렇게 철저하게 공산주의에 해체되어버렸다.

비로소 울란바타르를 떠나 나의 고향 하르체첵으로 다시 돌아가는 데에는 30년 가까운 세월 끝에 보름이 걸렸다.

6

Төрж өссөн хар талаасаа гарснаас хойш их ч юм үзэж, коммунистуудад ээжийгээ, ахыгаа бас эд малаа алдаж хохирчээ. Би долоон настай байсан гэж бодохоор 20-иод жилийн хугацаанд их зүйл болж өнгөрчээ. Элэг бүтэн сайхан амьдарч байсан манай гэр бүлийг коммунистууд ийнхүү сарнин бутаргаж хагацал өнчрөлд автуулсан юм.

6

Монгол оронд ийнхүү өөрчлөлт шинэчлэл эхэллээ. Гэхдээ бас хувирч өөрчлөөгдөөгүй зүйлс ч байсаар байлаа.

Тэр бол Онгийн хийдэд аавыгаа ирж авахыг цөхөртлөө хүлээж суугаа Батцэнгэлийн амьдрал. Хорвоо дэлхий эргэдгээрээ эргэж, аавыгаа энэ хорвоогоос одсон уу, амьд уу гэдгийг мэдэхгүй ч цаг үргэлж аавыгаа харуулдан хүлээх тийм л орчинд Батцэнгэл оршсоор авай.

Хуучирч нурах дөхсөн хийдээс гарч элсэн уул руу мацан гарч, алс хол зэрэглээтэн харагдах зүг рүү нүдээ хөхөртөл харуулдсан ч улайстлаа халсан элсэн манхан, наршин харласан гүрвэл, хагарч хагсатлаа хатсан заг сухайнаас өөр амьтай голтой амьтан тэсэхийн авралгүй энэ газар өдрөөс

몽골 땅이 그렇게 변했다. 하지만 아직도 변하지 않은 삶이 있다. 그것은 오직 처절하게 기다려야만 하는 삶, 엉깅 사원 폐허에서 아버지를 기다리는 바트쳉겔의 삶이다. 세월이 더 흐르고, 아버지가 이승을 떠나버려도, 그것을 모르는 바트쳉겔은 언제까지라도 기다릴 것이다. 그 기다림은 그렇게 강박이 되어있었다. 두뇌 깊이 폐허의 사원건물더미 속에서 흙벽사이로 멀리 보이는 메마른 대지를 퀭한 두 눈을 껌벅거리며 바라본다.

핏기도 말라버린 송장 같은 바트쳉겔의 곁에는 이제 아무도 없다. 처음 그가 이곳에 왔을 때, 눈만 감으면 송장 같았던 승려들의 몰골처럼 바트쳉겔은 그렇게 변해버렸다. 말한 마디 건넬 대상도 없는 혼자만의 세계에서 언어를 상실해버린 것은 당연한 것인지 모른다. 정지되어있는 의식 속에는 단 두 가지 개념 밖에는 없다. 하나는 기다리는 강박개념이요. 또 하나는 고승의 해골을 미친 듯이 닦는 병적인 강박개념이다.

고승이 말했다.

"네 고향이 흑화라고 했지?"

바트쳉겔이 고개를 끄덕였다.

"내 수명이 왜 이리 질긴지 모르겠다. 젊은 수좌들은 독수리에게 육공양을 올리고 모두 떠났는데, 내 육신만 공양을 못올리고 있으니……."

"……."

өдөрт цонхийж ядарч, эцэж туйлдан буй түүний хажууд одоо хэн ч байхгүй. Ярилцъя гэсэн ч ярилцах хүн байхгүй тул хэлгүй юм шиг л санагдах болсон түүний ой ухаанд хоёрхон зүйл тод үлджээ. Нэг нь эцэс төгсгөлгүй хүлээлт нөгөөх нь хохимой толгой арчиж зүлгэж суудаг хөгшин ламын захиас.

"чи хар талын хөндийд төрсөн гэл үү?"

гэж бараг байнга асуухад нь Батцэнгэл толгой дохино. Тэр лам нэг өдөр.

"миний гол тасрахгүй их зовж байна даа, залуу лам нар ч бүгд шувуу нохой хооллоод бурхны орон руу одсон байхад би гэж амьтан ингээд байгаад байдаг……."

"……."

"хүү минь чамаас нэг зүйл гуйя. Би мөд бурхны орон руу явах байх. Чи миний цогцсыг бүргэд шувуунд хаяж өгөөрэй. Харин гавлын ясыг минь аваад нутагт минь аваачиж оршуулаарай, хойд насандаа ч болов төрсөн нутаг хар талдаа очих минь."

гэж хэлээд уртаар амьсгаа авч нүдээ аниад тэр чигээрээ байсаар нас эцэслэв. Тэр өдөр салхи бүр ч хүчтэй шуурч, дуу цахилгаантай бороо орлоо.

"듣거라. 이제는 내가 가야겠다. 지금 내가 눈을 감거든 내 육신을 독수리먹이로 공양을 올리고, 모래 속에 묻어두고 육탈 肉脫이 되거든 머리를 깨끗이 닦아뒀다가 흑화의 땅에 묻어 다오. 죽어서는 고향을 가고 싶구나."

그러면서 긴 호흡을 한번 내쉬고 눈을 감았다. 다시는 눈을 뜨지 않았다. 찬바람이 불어와 고승의 몸을 스쳐갔다. 그날따라 흑운黑雲이 대지를 뒤덮고 천둥이 울었다.

오늘도 바트쳉겔은 고승의 해골을 닦는다. 얼마나 닦았는지 윤이 흘렀다. 어제도 닦았고 내일도 닦을 것이다. 바트쳉겔의 의식은 단순화되어버렸다. 이제 누구를 기다리고 있는 것인지도 모른다. 다만 기다려야한다는 것, 그 강박일 뿐이다.

정신질서가 무너져 혼미해져버린 그에게, 시베리아로 끌려가 죄 없이 처형당한 조부와 어머니에 대한 슬픔이나, 아버지와 동생의 그리움이 남아있을 리 만무하다. 그는 피골이 상접되어있었다. 의식의 성장도 멈추어있었다.

육신도 정신도 성장하지 못했다. 단순화되어버린 의식 속에 그가 아끼는 소중한 물건하나가 있다. 아버지가 마른음식을 담아주었던 낙타가죽걸망이다. 바트쳉겔은 고승의 윤이 나는 하얀 해골을, 걸망 속에 넣어 가슴에 안고 잠이 든다. 웅크린 육신은 단 한줌도 되지 않았다.

Батцэнгэл түүнээс хойш нөгөө ламын гавлын ясыг зүлгэх ажлыг хийсээр энэ үйлдлээ өнөөдөр ч, өчигдөр ч хийсэн маргааш ч бас хийсээр байх болно.

Одоо тэр хэнийг хүлээж байгаагаа мэдэхгүй ямартай ч хэн нэгнийг хүлээх ёстой гэдгээ бүүр түүр мэдэж байгаа. Ухаан санаа нь орж гаран байгаа түүнд баригдаад явсан хөөрхий ээж, эргэж ирээд авна гэсэн аав дүү хоёрыгоо санах гээд бүгд мартагдаж эхэлж байгаа билээ. Тэр зүгээр л хэлхээтэй араг яс болон хувирч байлаа. Хэдийгээр ингэж бүх юмаа мартагнан ухаан санаа нь самуурсан ч ганц юмыг маш сайн нандигнаж байв.

Хамгийн сүүлд аавынхаа хуурай идэх юм дүүртэл хийж өгсөн арьсан богцонд, арчсаар байгаад гялалзсан ламын гавлын ясыг хийн тэвэрч унтана. Одоо тэр хоёр л түүний хань бас аврал мэт.

7

Явах тусам газар орны байдал хэцүү болж ирлээ. Мандалговь ойртож байгаагийн дохио бас ахтайгаа уулзах дөхөж буйг илтгэнэ. Энд тэнд тэмээн сүргүүд харагдах бөгөөд энэ олон тэмээний эзэд хаана байгаа юм бол гэж

갈수록 대지는 거칠어졌다. 반사막으로 접어든 것이다. 그것은 만달고비가 가까워진다는 것을 말한다.

곧 오빠를 만난다는 것을 말하는 것이다. 초원저편에 낙타떼들이 몰려있다. 저 많은 낙타의 주인은 이제 누구일까. 지축이 울리더니 멀리 야생말떼무리가 모래먼지를 일으키며 선봉마馬를 따라 질주했다. 이제 집단목축이 아닌 가축들에게도 주어진 자유의 땅이다.

목이 마르다. 내가 타고 온 말은 물론, 오빠가 타고 올 말도 목이 마를 것이다. 유목민들이 파놓은 우물을 겨우 찾았다.

두레박에 퍼올린 지하수는 차가웠다. 길 다란 물통에 퍼 올린 물을 말들이 고개를 박고 한참 동안이나 목을 적신다. 우물가 너럭바위에 앉아 망망 대지를 바라보며 지난날을 회상했다.

지난날 어릴 적에, 흑화의 땅 아르항가이 엉더르올랑에서 오빠는 나를 업고 양 우리에 들어가 처음으로 양을 만져보게 했다. 내가 졸랐기 때문이다. 아버지는 몸이 가벼운 오빠에게 경주마훈련을 시켰다. 나담[7])이 다가오면 아버지는 오빠의 승마훈련을 더욱 강화시켰다. 오빠는 매번 우승권에 들었다.

---

7) 나담надаам / 몽골 중세기 15개부족 때부터 이어온 전통축제.

бодогдоно. Занданхүүгийн ам ихэд цангаж морьд ч бас ус уухыг тэсэлгүй ихээр хүсэж байгаа бололтой.

Ашгүй малчдын ухаж гаргасан бололтой худаг дайралдахад ховоогоор ус хутган нэгэн амиар шүдээ хага таштал залгилахад ус харсан морьд ч шунган дайрав.

Биднийг бага байхад ахыг хурдны морь унуулж наадам ойртоход аав тэр хоёрын ажил жигтэйхэн ихэсдэг байв. Манай морьд хэд хэдэн удаа түрүү авч, би бага байсан болохоор ээждээ үүрүүлэн ахыг түрүүлж ирэхийг хараад

"хурдлаарай ахаа би Занданхүү байнаа."

гээд л хашгирдаг байв. Морио цоллуулчихаад ах бидэн дээр ирж, түрүү моринд зүүж өгдөг цэнхэр хадагтай алтан үсэгтэй медалийг миний хүзүүнд зүүж өгөөд

"хөөх энийг зүүчихсэн чинь миний дүү бүүр хөөрхөн болчихлоо, миний дүү наад шагналууд чинь бүгд чинийх шүү, ах нь дүүдээ өгч байгаа юм."

гээд түрүүлсэн мориндоо намайг мордуулан гэртээ ирж байж билээ. Би одоо ч ахынхаа өгсөн тэр хадаг, медалийг нандигнан хадгалж, ахыгаа санах бүрдээ тэр нандин зүйлсээ гаргаж уйлдаг байв. Ах бид хоёр хонинд хамт явах дуртай, ганц гэрээрээ нутагладаг нүүдэлч малчдын

오빠가 우승을 한 날, 우리가족은 맨 앞에서 어린 승마선수들이 달려오는 것을 바라보고 있었다. 나는 엄마 등에 업혀 오빠를 기다렸다. 그 때 맨 먼저 달려오는 오빠가 자랑스럽게 소리쳤다.

"잔당후-, 잔당후-."

시상이 끝난 오빠는 엄마의 등에서 나를 내리더니 우승마의 이마에 걸어주는 황금색으로 장식된 황마黃馬가죽패넌트와 푸른 하닥[8])을 풀어 내 목에 걸어주고 손뼉을 치며 환호했다.

"와우-이걸 걸어주니까 내 동생 잔당후 예쁜 것 좀 봐."

그러면서 오빠는 다시,

"잔당후, 황마가죽패넌트랑 하닥, 이제 모두 네 꺼야, 이 오빠가 줄게."

그리고 오빠는 자신의 우승마에 나를 올려 태우고 말을 끌고 집으로 돌아왔다. 오빠가 준 황마가죽패넌트와 푸른 하닥을 나는 소중하게 다루었다. 나는 지금도 그것들을 고이 지니고 있었다. 오빠생각에 그것들을 꺼내어 펴볼 때마다 그리움에 눈물이 흘렀다. 나는 조금도 게르에 혼자 있으려고 하지 않았기 때문에, 오빠는 양몰이를 갈 때마다 말 잔등에 나를 태우고 양떼를 몰았다. 이웃이 없는 초원의 목축지에서 의지할 벗이 없는 나는 오빠를 의지할 수밖에 없었다.

8) 하닥хадаar / 존경의 의미와 웃어른께 올리는 푸른 비단천.

амьдралын жамаар ганцаардах надад ах минь хань болж,

надад морь унахыг сургаж билээ. Ах бид хоёрын жаргалын дээд бага насны дурьтгалуудаа эргэн бодсоор газар дөтөлнө. Говийн элсэн манханд нүүр нүдгүй шуурга тавьж, хүчтэй шуурганд мориноосоо уначихгүйг хичээн эмээлийнхээ бүүрэгнээс барин тонгойж, элсний ширхэгээс нүүр амаа халхлан урагшиллаа. Явсаар Онгийн хийдийн нутагт орж ирлээ.

Ойртох тусам ахтайгаа уулзана гэхээр сэтгэл догдлон улам яарч байлаа. Тэнгэр бага зэрэг цэлмэсэн ч шуурга намжих шинжгүй.

8

Амьд амьтны ул мөр харагдахгүй Онгийн хийд дотор нэгэн хүн нааш цааш яаруу сандруу ямар нэгэн юм хайх бөгөөд ойртон очвол Занданхүү байлаа.

2000-д лам байсан гэх энэхүү хийдийн балгас болсон дээвэргүй олон ханануудын дунд орон, онгичин ухаж хайж байснаа нэг юм хараад цочин зогтусав. Бөөн овоорсон араг ясыг харсан Занданхүү дуу алдан хойш унаснаа эргэн бослоо.

내가 말을 타게 된 것도 오빠가 가르쳐줬기 때문이다.

고비사막에 모래폭풍이 천지를 뒤덮었다. 황사바람이 휘몰아 친다. 단 몇 발짝 시야도 보이지 않았다. 몸을 잔뜩 숙이고 말을 몰았다. 모래알이 얼굴을 할퀴었다. 나는 가까스로 가축을 몰수당했던 얼지프 초원을 거쳐 엉깅으로 방향을 잡았다. 그렇게 다가 갈 수록 오빠를 만난다는 설레는 기쁨은 어떤 고초도 능히 이겨낼 수 있었다. 하늘은 푸르지만 대지를 덮고 날리는 황사바람은 잦아지지 않았다.

8

인적 없는 엉깅 사원 무너진 흙벽사이를 정신없이 헤매는 그림자가 있다. 잔당후였다. 흔적만 남아있는 2,000명의 승려가 안거했던, 지붕도 없이 남아있는 수 많은 토벽사이를 헤매던 나는 화들짝 놀라 넘어졌다. 토벽 안마다 오래되어 바스라진 인골人骨이 뒤엉켜 쌓여있고, 해골무더기가 나딩굴고 있는 것을 본 것이다. 순간에 놀라 파랗게 질려버린 나는 다시 일어났다. 그리고 토벽 안으로 휘몰아치는 황사바람 속에서 미친 사람처럼 해골무더기를 파헤쳤다. 오빠가 죽었을까, 해골무더기 속에 오빠의 유골이 있을 것만 같았다. 온몸이 떨렸다.

나는 미친 듯이 오빠를 불렀다.

Тэгснээ араг яснуудыг галзуурсан хүн шиг нэг нэгээр
нь эргүүлж тойруулж үзэв. Ахыгаа байх вий гэхээс айж
эмээхээ умартан энэ бүгдийг хийнгээ.

"ахаа-, ахаа-."

Тэрхэн хоромд бараг ухаанаа алдсан мэт хэсэг онгичиж
байгаад лагхийтэл суун уйлж

эхлэв.

Хүчтэй шуурга зогсож элс шороо будрах нь намжихад
ойролцоох хадны хажууд багана нь хазайж нурах шахсан
гол сүмийг олж харангуутаа ямар нэг юм олсон мэт яаран
тийш зүглэв. Хүчтэй салхи шуурганд цохигдон унах
шахаж, дөнгөн данган тогтож байгаа хаалгаар дотогш
орвол тас харанхуй өрөөнд тоос тортог элс шороонд
дарагдан хорчийсон нэгэн араг яс харагдав. Цогцсыг хараад
хамаг бие хөшчих шиг болж салганасан гараараа эргүүлж
харуулан хөдөлгөж үзэв. Хатангиршиж хуурайшин
удсан тэр цогцос юутай ч ах нь биш, Тэрээр биеэ хүрэн
орхимжоор ороосон байв.

Ах минь хаачсан юм бол? Энд ирээд хэцүү байсан
болохоор өөр тийшээ явчихсан ч байж магадгүй гэж

"아흐아-, 아흐아-,"

(axaa-axaa- / 오빠,오빠,)

한순간에 넋이 나간 나는 눈물을 글썽였다.

황사바람이 잦아지고서야 모습을 드러낸 바위산 턱에 한쪽 지붕이 붙어있는 기울어진 법당건물을 본 나는 떨리는 가슴을 쥐고 경사진 그곳으로 미친 발걸음을 떼었다.

세찬바람에 걷어차여 곧 떨어질 듯 겨우 매달려있는 문틈사이 어두운 방구석에, 온통 황사먼지에 덮여있는 고개가 처박힌 웅크린 시신한구가 눈에 띠었다. 시신을 보자 내 몸에 전율이 흘렀다.

떨리는 손으로 그를 흔들어 본다. 피골이 상접된 깡마르고 소년처럼 왜소한 시신은 분명 오빠는 아니다. 더구나 그 시신은 몸에 맞지 않는 퇴색된 고갈 색 낡은 승복으로 몸을 감싸고 있었다. 내 오빠는 어디로 갔을까. 한두 세월이 아니기 때문에 진즉 이곳을 떠난 것일지도 몰랐다. 눈물을 훔치며 체념으로 돌아설 때, 어둠에 익어진 눈에 보인 것은 시신이 가슴에 안고 있는 눈에 익은 낙타가죽걸망이었다.

나는 마른음식과 수태채를 담아온 어깨에 멘 걸망을 시신이 안고 있는 걸망 옆에 놓았다. 아버지가 만든 똑같은 낙타가죽걸망이다. 아- 순간에 현기증이 일었다. 나도 모르게 시신의

бодонгоо нулимсаа арчин дахин эргэн тойрноо гүйлгэн харав. Харанхуйд нүд нь дасахад дахин сайтар харвал нөгөөх цогцосны цээжинд танил богц харагдлаа.

Хуурай идэх юм, цай хийж ирсэн богцоо мөрнөөсөө буулган тэр богцны хажууд тавилаа.

Яах аргагүй аавын хийж өгсөн хос богц, суун тусан орхимжноос нь татаж нүүрийг нь сайн ажиглан харав. Үс нь урт ургаж мөрөнд нь хүрсэн байх бөгөөд ширэлдсэн урт үс нь нүүрлүү нь унжин үсний завсраар харагдах торомгор хар нүд, цусгүй хатаж цонхийсон цонхир царай, атгын чинээ болтлоо жижгэрсэн түүний бие охин хүүхдийнх мэт харагдан ахыгаа биш байгаасай гэж бодсон ч харах тусам ахынх нь багын төрх улам тодрох шиг болов. Ах минь мөн байлаа.

Түрүү мориныхоо медаль хадгийг миний хүзүүнд зүүж өгөөд баярлаж байсан ах минь яахын аргагүй мөн байв.

"Эвий ах минь, ах минь."

хэмээн би хэдийн хөшиж хатсан биеийг нь тэврэн цурхиран уйллаа. Энхрийлэх мэт хацрыг нь илэн хэсэг хугацаанд харж суув. Гэнэт миний санаанд нэгэн бодол орж ирэв.

옷자락을 당겨 얼굴을 확인했다. 자르지 못해 어깨까지 덮여 내린 뒤엉킨 머리칼사이로 보이는 깊게 감은 눈, 피골이 상접되어 해골에 거죽만 붙은 얼굴, 한줌도 안 되는 소년 같은 왜소한 체구의 그가 오빠가 아니기를 바랐지만, 보면 볼수록 어릴 적 모습이 드러났다. 그는 나의 오빠였다. 우승마의 황마가 죽 패넌트와 푸른 하닥을 내 목에 걸어 주며 좋아했던 오빠가 분명했다.

"아흐아-, 아흐아-(오빠아-),"

의식 없는 시신을 마구 흔들며 소리쳤다.

거듭 소리를 지르던 나는 오빠라는 확신을 갖게 되자 포효를 거듭했다. 포효가 멈춰지지 않았다. 시신을 꼭 껴안고 나는 종래 한참동안을 짐승처럼 울부짖었다. 하지만 불현 듯 이렇게 울고 있을 것은 아니라는 생각이 미치었다. 아직 시신이 굳어 있지 않았기 때문이다. 마음을 추슬렀다. 그리고 걸망 속에 담아온 수태채가 담긴 휴대용 덤붜[9]를 꺼내어 뚜껑에 따라 입을 벌리고 입안으로 넣었다. 목으로 넘어가지 않고 입가로 흘러버렸지만 계속 반복했다. 그렇게 뜬눈으로 하룻밤을 지 샌 나는 오빠의 얼굴을 다시 확인했다. 오빠의 얼굴이라는 확신이 섰다. 수태채를 먹이면서 손가락으로 입을 벌릴 때 보이는 치아를 보고, 나는 오빠라는 것을 확신할 수 있었다.

---

9) 덤붜 домбоо /구리주전자

Яаран босож богцондоо байх сүүтэй цайг аяганд хийгээд өөрөө балгаснаа ахынхаа амруу хийв. Балгахгүй байгаа болохоор цай амруу нь орохгүй завьжаар нь буцаж асгаран хүзүү рүү нь урсаж байгаа ч дахин хэд хэдэн удаа энэ үйлдлээ хийв. Ингэсээр бараг бүтэн өдөр өнжиж ахыгаа ажиглаж хүлээзнэн хонохоор шийдэв. Маргааш өглөө нар мандах үеэс дахин ахынхаа ам руу бага багаар цайгаа хийж өгсөөр үдийн алдад гэнэт ахын зовхи нь үл мэдэг чичирхийлэн татганахыг харав. Ахынхаа мөрнөөс нь зөөлөн өргөөд чихэнд нь.

"ах аа, ах аа, Батцэнгэл - Батцэнгэл -"

гэж дуудахад нүдээ сулхан нээлээ.

Энэ хүн бол хорвоо дээрх миний ганц ах яах аргагүй мөн байлаа. Ах минь бага байхад

"ах нь том болоод малчин болж олон малтай болохоороо талыг нь дүүдээ өгнөө. Чи харин сайн хүнтэй суугаарай. Ах нь танай нөхөртэй цуг малаа өсгөөд сайхан амьдарцгаанаа."

гэж хэлж байсан нь санаанд орж би асгаруулан уйлав. Ах нүдээ алгуурхнаар нээн ямар ч гал цоггүй харцаар харсан нь намайг туйлын ихээр баярлуулав. Ухаан орж амруу нь бага багаар цай уулгахад эрүүгээ арайхийн хөдөлгөх

고비사막을 가로 막고 있는 바위산맥위로 해가 떠올랐을 때 수태채를 다시 먹였다. 이럴 때 낙타 젖으로 만든 비상약이 있었다면 조금이라도 도움이 되었을 테지만 이런 사태는 상상하지도 못했다.

정오가 되었다. 의식이 없던 오빠의 눈이 조금 열렸다. 초점 없는 물기마른 동공이 보였다. 나는 그가 알아 듣도록 뼈만 남은 어깨를 흔들며 더 큰 소리로 오빠와 이름을 불렀다.

"아흐아, 아흐아, 바트쳉겔-바트쳉겔-"

다시 눈을 감을까 봐 더 큰 소리로 불렀다. 가슴이 두근거렸다. 이 세상 하나밖에 없는 나의 피붙이다. 어렸을 때 오빠가 말했었다.

"잔당후, 내가 자라서 아버지의 목축을 상속받으면 절반을 뚝 떼어 네게 줄 거야. 너는 그것으로 시집을 가고 네 남편과 이 오빠랑 양떼를 몰며 같이 살자."

그 생각에 하염없는 눈물이 흘러내렸다. 오빠의 동공이 초점을 찾았다. 느리게 눈동자를 굴렸다. 그리고 어딘가를 바라보는 시선, 자아自我를 찾는 것처럼 보여 지는 표정과 바라보는 눈길은 나를 일순 기쁘게 만들었다. 초미의 의식도 없었지만 하루가 다 갈 무렵에는 마른음식을 씹어 입안에 넣어주면 턱을 조금 움직이기까지 했다. 이대로라면 조금이나마 회복을

боллоо. Ийм байдалтай явна гэхэд ах минь төрсөн нутагтаа хүрч дийлэхгүй гэж бодохоор энд нь байлгаж хэд хоног тэнхрүүлмээр. Гэвч ахын бие дээрдэх шинжгүй. Харин тэвэртээ байх богцыг огт тавихгүй түүний бүх зүйл, амь амьдрал нь тэнд байгаа мэт харагдах бөгөөд юм ярина гэх горьдлого алга.

Би дэмий л ахад өнгөрсөн амьдрал аж байдлынхаа талаар давтан ярьж, түүнээс ямар нэг хариу хүлээвч найдлага тасарлаа.

9

Хажууд нь байгаа намайг хэн гэдгийг ч мэдэхгүй, ямар ч хариу үйлдэл үзүүлэхгүй ахыгаа харах тусам миний өр өмөрч ахыгаа өрөвдөн би энэ хүний төрсөн дүү энэ хүн миний төрсөн ах яадаг ч байсан ахыгаа авч явахаар эрс шийдлээ. Би явахаар яаравчлан бэлдлээ.

Хоол унд идээгүй хичнээн ч удсан юм хөөрхий ах минь цаас шиг л хөнгөхөн байлаа. Өөрийн ухаангүй ахыгаа хүүхэд шиг эмээлийнхээ урдуур суулган тэвэрч явахаар зэхэв.

Дотор нь ямар нэг чухал эд зүйл байгаа мэт тас тэвэрсэн

시켜, 엉더르올랑, 흑화의 땅 고향으로 오빠를 데려가는 것도 가능할지 몰랐다. 하지만 오빠는 그 이상의 신체변화를 전혀 보이지 않았다. 다만, 껴안고 있는 무엇인가 들어있는 낙타가 죽걸망을 병적으로 놓지 않는 것과, 그동안 살아온 삶의 이야기를 천만언어千萬言語를 동원한들 다 못할 테지만, 언어구사가 전혀 없는 함묵 증을 보이는 이상행동뿐이었다. 때문에 나는 추정만 할 뿐, 도저히 사람이 살 수 없는 이렇게 험악한 폐허에서 이렇게나마 어떻게 목숨을 부지했는지, 처절하게 살아왔을 이야기를 단한마디도 들을 수 없었다.

9

자신의 눈앞에 있는 내가 누구인지조차도 모르는 전혀 반응을 보이지 않는 표정 없는 함묵에, 나의 눈시울이 뜨거워질 뿐이었다. 하지만 나는 그의 동생이며, 그는 나의 오빠라는 사실만큼은 분명했다. 그리고 오빠를 데려가야 한다는 것이었다. 나는 서둘러 떠나기로 마음먹었다. 먹지 못해 성장하지 못한 단 한줌도 안 되는 근골이 앙상하게 드러난 새털처럼 가벼운 몸뚱이를 번쩍 들어, 나의 말안장앞자리에 앉혔다.

육신을 지탱하지 못하는 의식도 희미한 그를, 어린애처럼 앞가슴에 안고 가야했다. 무엇이 들어있는지, 애지중지 손을 떼

богцтой хамт, ахыгаа мордуулахаар бэлдэж ирсэн хөтөлгөө морио хөтөлсөөр хөдөлцгөөв. Гэвч ах минь төрсөн нутагтаа, угаасан гол мөрөн, хар талынхаа хөндийд эргэн ирж чадалгүй говийн шуурган дунд миний гар дээр амьсгал хураав. Хоромхон хугацаанд надад хань болж надтай салах ёс хийсэн бололтой.

"Ах аа- ."

хэмээн эзгүй говьд хичнээн хашгираад ч эзгүй говийн тэнгэрт эргэлдэх шувуунаас өөр сонсох харах амьтан даанч алга. Аав наран ээвэр газар ахыг оршуулав. Ахын богцонд байсан гавлын ясыг бас хажууханд нь нүх ухан оршуулав. Эргэн очихгүйгээр үхэж болохгүй газар шороо гэж хүнд байдагсан бол ахын минь хувьд тэр газар нь энэ л хар талын хөндий нь мөнөөсөө мөн билээ.

21-р зуун гарсан ч Онгийн хийдэд тэр үеийн эмгэнэлт явдлын ул мөр хэвээр бөгөөд жил бүрийн зуны улиралд энд амь үрэгдсэн лам нарын хойдхыг уншиж лам нар ном хурал хурдаг болжээ. Товшуур морин хууртай туульчид тууль хайлж сүнсийг нь аргадан говийн их бурхад хуран чуулнам. Тэрхүү уншлага ном, тууль хайлах үйл ажиллагаанд би

지 않는 자신의 걸망을 어깨에 멘 채였다. 오빠의 빈 말을 끌고 천천히 길을 나섰다. 오빠를 그렇게 찾았지만 오빠는 고향 흑화의 땅을 결코 밟지 못했다. 고비사막에서 날려온 황사먼지 속에 사원폐허가 희미하게 보이는 구릉 능선에서 그곳을 벗어나지 못하고 내 앞가슴 품에서 그대로 숨을 거둔 것이다.

잠시 눈을 떴던 것은 일시적인 현상일 뿐이었다. 망가진 육신은 더 이상 지탱이 불가능한 죽어가는 최후의 과정에 있었던 것이다.

"아흐아(오빠아)-."

짐승처럼 울부짖는 절규가 고비사막의 하늘을 찔렀다.

아버지는 양지바른 곳 땅을 파헤치고 그곳에 오빠를 묻었다. 오빠의 걸망 속 하얀 해골은 그 곁에 묻었다. 아버지와 이웃 목동들이 오빠의 무덤 터에서 말떼를 몰고 질주했다. 흙이 뒤집히고 흙먼지가 하늘을 가렸다. 오빠가 묻힌 곳은 알 수 없었다.

21세기가 된 지금, 엉깅 사원 폐허는 지금도 흔적만 그대로 남아있다. 하지만 매년 여름이면 이곳에서 죽어간 영혼들을 위한 스님들의 위령제가 열린다. 톱쇼르와 머링호오르[10])를 연주하고 토올치들이 토올을 노래하며 영혼을 달랜다.

그 소식을 접한 나는 오빠를 잊지 못하고 매년 여름이면 이

10) 톱쇼르Товшуур와 머링호오르морин хуур / 2현으로 된 현악기로 머링 호오르는 마두금을 말한다·

өөрийн биеэр очиход ахын минь дуу хоолой сонсогдох мэт болдог билээ.

"Занданхүү, ах нь том болоод малчин болж олон малтай болохоороо талыг нь дүүдээ өгнөө. Чи харин сайн хүнтэй суугаарай. Ах нь танай нөхөртэй цуг малаа өсгөөд сайхан амьдарцгаанаа."

*

Хар талын хөндийд тайван нойрсох Батцэнгэл нутгийн лам хоёрын зүгт хоёр од харваж харагдлаа. <Төгсөв>

곳을 찾는다. 살아있는 듯 오빠의 말소리가 들린다.

"잔당후, 내가 자라서 아버지의 목축을 상속받으면, 절반을 뚝 떼어 네게 줄 거야. 너는 그것으로 시집을 가고 네 남편과 이 오빠랑 양떼를 몰며 같이 살자."

*

흑화의 땅 허공을 유영하던 바트쳉겔과 고승의 두 영혼이, 오로라처럼 에머럴드 형광 빛을 발하더니 찰나에 사라졌다.

〈끝〉

2

Нүүдэлчний охин, Сараана

2

유목민의 딸, 사라나

Нүүдэлчний охин, Сараана

1

- Чи, солонгост байгаа юм уу? Солонгост очоод багштай уулзсан уу?-

хэмээн Батсүрэнгийн нүүр номдоо оруулсан зургийн дор Сараана ихэд сонирхсон янзтай бичжээ. Сараана гэдэг нь Лили буюу Товрууш цэцэг гэсэн утгатай үг л дээ.

- уулзалгүй яахав.-

гэж Батсүрэн гайхуулах аястай хариу бичив.

- Багш маань сайхан хүн шүү, багшийг их санаж байна шүү. Чи багштай холбоо баривал намайг ярьсан гэж хэлээрэй -

гэж Сарааныг бичихэд.

- за тэгнээ, чи хүнтэй суусан уу? -

- үгүй ээ. -

- тийм үү? Чамтай хамт зурган дээр байгаа хүүхэд хэний хүүхэд юм бэ? -

- багшийн хүүхэд гэвэл чи итгэхгүй л байх даа. Гэхдээ багш өөрөө бараг мэдэхгүй байх. Нүүр ном ашигладаг бол хүүхдээ гэж

유목민의 딸, 사라나

1

- 너, 거기 한국이야? 한국에서 교수님 만났어? -

바트수랭이 사진 한 장을 페이스 북에 올린 것을 본 사라나가 반색된 표정의 글을 댓글달기에 올린다. 사라나는 백합을 뜻하는 꽃 이름이다.

- 그럼, 만났지! -

바트수랭은 자랑스럽게 댓글을 올리고 둘은 이렇게 대화를 이어간다.

- 나도 교수님 보고 싶다. 교수님 참 멋지셔. 난 꼭 봐야해. 연락이 되면 내이야기 좀 해줄래?-

그러면서 사라나는 이미지한 장을 올린다.

- 알았어! 그런데 너 결혼했어? -

- 아니. -

- 그래? 그럼 방금올린 사진의 어린애는 누구야? -

- 실은 이아이가 교수님아이야. 만약 교수님이 페이스 북을 이용하시면 언젠가는 보시고 몽골로 달려오실 거야. -

мэдээд Монголд ирэх болов уу гэж боддог.

- юу гэнээ? Үнэн юм уу? Чи тэгээд энийгээ энд бичиж болж байгаа юм уу? -

- солонгосоор бичиж байгаа юм чинь монгол хүн анзаарч мэдэхгүй шүү дээ. -

- тэгэхдээ л. Чи оюутан байхдаа багшид их сайн байсан, тэгээд хүүхдийг нь гаргасан байх нь ээ? нээрэн сайн харахаар багштай адилхан юмаа. -

- адилхан байгаа биз? Харин чи яаж Солонгосруу явсан юм бэ?-

- аан,төгсөхөөсөө өмнөхөн багшаас солонгос явахад туслахыг хүсэхэд, шууд Солонгосруу татаж авсан шүү.-

-аан тийм үү, чи Солонгост ямар ажил хийж байгаа юм бэ?-

- Сөүлд багшийн оруулж өгсөн орчуулгын товчоонд ажиллаж байгаа. Бидний төгссөний дараа жилээс эхлэн багш жил бүр, улирлын эцсээр Монголд очиж сургалт явуулдаг байсан, тэр үед чи багштай ерөөсөө уулзаагүй юм уу?-

- юу? семестр болгоноор ирдэг байсан гэнээ? Би төгсөөд л шууд төрсөн нутаг Увс аймагтаа очиж 7 жил болчихоод саяхан хотод ирсэн. -

- тийм үү? Увсад байсан бол багштай уулзах боломжгүй байжээ. Чи тэгээд нутагтаа очоод ямар ажил хийгээ вэ? -

- Увсад очоод хүүгээ өсгөнгөө аавыгаа дагаж мал малласан. Аав минь өөд болж, өвс хадлан бэлдэхээс эхлээд хэцүү болохоор нь малаа ихэнхийг нь зарж үлдсэнийг нь авга ах, ээж хоёртоо

- 뭐라고? 너 정말이야? 왜 이런 말을 공개되는 창에 올리니! -

- 한국어니까 몽골사람은 읽지 못해. -

- 그래도 그렇지. 학교 다닐 때 교수님을 퍽 좋아하더니 그렇게 됐구나. 그렇게 말하니까 교수님 닮은 것 같다. -

- 당연하지. 한국으로는 어떻게 갔어? -

- 응, 졸업할 무렵 교수님께 부탁했는데 이듬해 바로 한국으로 불러주셨어. -

- 그럼 한국에서 뭐하고 있어? -

- 서울에서 교수님이 소개해준 번역사무소에서 일하고 있어. 우리 졸업하고서는 매년 학기마다 몽골에서 강의하고 오셨는데 그간 서로 연락 못했어? -

- 뭐? 학기마다 오신 거야? 그럼 학교로 바로 알아봐야겠다. 졸업하고 고향 옵스 아이막(우리의 道 단위) 올란곰으로 바로 갔거든. 이제 막 울란바타르(몽골수도)로 돌아왔어. 7년만이야 -

- 그래? 옵스로 갔으면 연락할 길이 없었겠구나. 고향에서는 그동안 뭘 했어? -

- 옵스에서 뭘 하겠어? 아이 기르며 아버지 따라 유목생활 했지. 아버님 돌아가시고 목동구하기도 힘들어서 가축일부 처분하고 나머지 외삼촌하고 어머니에게 맡기고 울란바타르로 나왔어. 아이학교문제 때문에, 어머님모시고 나오려고 했는데 몹시 편찮으셔서 아이만 데리고 나왔어. 올해 준비하고 내년에 입학시키려고.-

- 그랬구나. 난 곧 몽골로 들어 갈 거야. 고용계약이 끝나거든. 고향 체체를랙 고등학교교사로 교편을 잡게 되어서 곧 가

үлдээгээд улаанбаатарт ирсэн. Хүү сургуульд орох дөхөөд, ээжтэй цуг ирэх гэсэн чинь ээжийн бие тааруу тэгээд хүүтэйгээ хоёулаа ирсэн. Хүү минь энэ жил бэлтгэлд суугаад хойтон сургуульд орох гэж байгаа.-

- өө тийм үү? Миний гэрээний хугацаа дуусаж байгаа болохоор би удахгүй Монголруугаа буцах гэж байгаа. Би төрсөн нутаг Цэцэрлэг хотын дунд сургуульд монгол хэлний багшаар очих болсон. Багш харин завгүй, шинэ бизнесийн ажил эхэлсэн болохоор семестр бүрээр монгол явахаа больж байгаа гэсэн.-

- тийм үү? За багштай яривал надтай холбогдсон гэж хэлээрэй. Багшийн талаар мэдээ дуулгасанд баярлалаа. -

Тэрээр нүүр номын шинээр бий болсон үйлдлийг сурах санаатай сууж байгаад хоёр оюутан нь хоорондоо бичилцсэнийг ийнхүү олж уншлаа. Сарааныг нүүр номоос сургийг нь гэнэт гаргаад, баярласандаа тэр хоёртой бичилцэх гэтэл зураг дээр байгаа хүүхэд өөрийнх нь хүүхэд гэдгийг мэдээд таг хөшиж орхив. Тэр гэнэтийн энэ мэдээнд сандарч догдолсон сэтгэлээ дарж тайвширах хэрэгтэй байлаа. Сарааны ярьснаар Увс аймгаас түүнийг анх хотод ирж байх үед зам харгүй муу, машин тэрэг ховор байсан болохоор хотоос бараг нэг сар шахам явж ирж очдог Монгол улсын хамгийн баруун хязгаарт оршдог алс зэлүүд аймаг билээ.

야해. 그런데 교수님 이제부터 학기마다 몽골에 가시지 못할 거래. 계절특강 때만 가신다고 했거든.-

– 그래? 알았어. 내 소식 좀 꼭 전해줘. 교수님소식 고마워. –

그가 막 개설한 페이스 북 기능을 익히다가 우연히 보게 된 두 제자의 대화내용이다. 사라나를 본 반가움에 바로 끼어들어 문자를 올리고 싶지만 이미지의 아이가 자신의 아이라는 충격에 마우스 잡은 손이 일순 경기를 일으킨다. 그는 불현듯 닥친 흥분을 먼저 가라앉혀야 했다. 그녀가 말하는 옵스아이막을 가자면 몽골수도인 울란바타르에서 한 달이 넘게 걸리는 몽골의 서북간방 끝자락인 먼 곳이다.

2

그가 몽골 울란대학 연구교수로 부임한 7년 전 일로, 학과의 학생들에게 어릴 적 고향이야기를 써오도록 소설 창작 과제로 내준 그녀의 글에서 자신의 고향이 옵스아이막 올란곰이라는 것과, 한번 가려면 한 달이 넘게 걸리는 먼 거리여서 고향을 떠난 뒤 한 번도 가지 못했다는 것을 그는 처음 알았다.

목축가정 대부분의 학생들은 도심학생들과 달리 유목생활의 특성과 지역여건으로 늦공부를 하게 되는 경우가 많기 때문에 나이들이 좀 든 편이었고 예쁜 미모의 사라나는 전통몽골인이라기보다 정숙하고 지적인 한국여인상에 가까웠다.

2

Тэрээр Монголд

- "Олон улсын улаанбаатар их сургууль"-

д томилолтоор анх очиж байсан 7 жилийн өмнөх үерүүгээ эргэн очих шиг болов. Хичээл ордог оюутнууддаа бага нас, төрсөн нутгийнхаа тухай бичиж ирэх даалгавар өгөхөд тэр охин өөрийн төрсөн нутаг Увс аймгийн тухай бичиж, тэр үед хотоос нутагруугаа ирж очиход заримдаа бараг сар шахуу хонон өнждөг байсан болохоор Сараана оюутан болоод нутгаасаа гарснаас хойш ганц ч удаа буцаж яваагүй гэдгийг мэдсэн юм. Хөөрхөн төрхтэй Сарааныг харахад монгол бүсгүй гэхээс илүүтэй, даруухан хөөрхөн Солонгос бүсгүй гэмээр. Монголд анх түүнийг очих үед гар утас сайн нэвтрээгүй, чухам тэр үеэс л улсын эдийн засгийн хөгжил, гадаадын хөрөнгө оруулагчид ихээр орж ирснээр үсрэнгүй хөгжиж алс хол амьдардаг хөдөөний малчид ч сүлжээ барьдаггүй муу утсаа ухаалаг утсаар солихуйц том хувьсал болж байсан юм даг. Хотод нилээн хэдэн жилийн дараа эргэн ирсэн Сараана өөрийн нүүр ном нээж, түүн дээрээ хааяа өсөж том болж байгаа хүүгийнхээ зургийг тавьдаг нь хэзээ нэг цагт хүүгийнх нь аав хараасай гэсийх. Сарааны нүүр номын зургийн сан руу нь орж хүүгийнхээ зурагнуудыг харлаа. Олон жилийн өмнөх явдал болохоор Сарааныг бараг л мартсан байсан тэрээр гар нь чичрэн компьютерийн гарыг хүчтэй дарсан байлаа.

2000년대 초반만 하여도 핸드폰의 기능도 허약했던 경제구조였지만 경제발전과 원활한 외자유입은 초원에서 목축을 하는 목동들이 터지지 않는 불편한 핸드폰을 내던지고 스마트폰을 자유로이 이용할 정도가 되었다. 긴 세월 끝에 울란바타르로 나온 사라나가 페이스 북을 개설하여 커가는 아이의 모습을 올려두는 것은 언젠가는 애 아빠가 볼 것이라는 막연한 기대에서다.

 페이스 북 사라나의 계정에서 이미지를 검색하며 그는 자신의 아이를 본다. 추억 속의 좋은 기억으로만 사라나는 남아있었을 뿐, 오랫동안 생각하지도 못한 일이어서 마우스를 잡은 떨리는 손이 커서의 방향을 방해한다.

 강의시간과 평소 그를 바라보는 눈길이나. 수업 중 학생인 그녀에게 당연하게 던지는 질문조차도 남다른 관심으로 보여졌을까, 그것을 질투하는 사라나의 옆자리에 앉은 또 다른 여학생은 어트겅체첵이었다. 둘은 농담반 진담반 그를 사이에 두고 장난스럽게 서로 던지는 순박한 질투는 때로 웃음도 자아냈고 강의실분위기도 한껏 띄웠다. 강의가 딱딱하게 여겨지지 않는 분위기도 연출되었지만 그에게 갖는 그녀들의 질투가 결코 장난이 아닌 진실인 것을 알게 된 것은 졸업식 날로, 대부분의 졸업식에서 가족들은 물론, 연인과 기념사진을 찍는 것은 상례지만 그녀들에게 연인으로 간주되는 사람은 없었다. 먼 고향의 가족들도 오기 어려웠고 유일하게 연인처럼 그와 단둘이 팔짱을 끼고 기념사진을 찍기를 그녀들은 원했다.

Хичээл дээр ч хичээлийн бус цагаар ч түүнийг арай өөр харцаар харж, хичээл дээр түүнээс асуух асуултаа бусдаас арай дотно маягаар асуудгийг гадарлан Сараанад гэмгүйхэн атаархдаг оюутан охиныг Отгонцэцэг гэнэ. Тэд тоглоом шоглоомоор нэгнээ цаашлуулж, хөөрхөн хошигнолдон хоёр биенээ явуулж ангийнхнаа хөгжөөнө. Хичээлийг сонирхолтой болгож байна л гэж боддог байсан тэд харин төгсөлтийн ёслол болох өдөр бүх үнэнийг мэдэцгээсэн юм. Ихэнх оюутнууд гэр бүлийнхэнтэйгээ бас дотно найзуудтайгаа дурсгалын зураг татуулж байсан ч хайр сэтгэлтэй хосууд ховор байлаа. Хол нутгаас ар гэрийнхэн нь ирэх боломжгүй төгсөлтийн ёслолд нь ирэх хүн бараг байхгүй Сараанатай түүнийг хайртай хосууд шиг зогсон дотноор зураг даруулахад найзууд нь тэрүүхэндээ атаархах гайхах зэрэгцүүлэн харцгаана. Тэр үдэш оюутнуудын төгсөлтийн үдэшлэгт нь оролцсон ч тэдэнд хэт оройтохгүй үдэшлэгээ тараад гэр гэртээ харихыг захиад явахдаа тэдэнтэй гадаад хүний хувьд бас багшийн хувиар хэн нэгийг нь арай илүү үнэлж дотно харьцсангүй. Би өөрийнхөө үзэл бодолд хэзээд үнэнч тиймээс ч томилгооны хугацаандаа судалгаа шинжилгээний ажилаа хийгээд л төрөлх нутаг руугаа ямар ч асуудалгүй буцах зорилготой хүн билээ.

3

Монгол орны тухай дөнгөж хэвлэлээс гарсан номыг авсан найз

그날 밤 학과학생들과 가진 클럽졸업파티에서도 그와의 스킨십기회를 더 많이 가지려고 서로 경쟁하는 모습을 보였다. 그는 적당한 시간에 파티를 끝내고 모두 집으로 돌아가도록 했고 애초부터 그는 그녀들에게는 외국인이며 교수의 바른 품위를 지녀야한다는 생각이 뿌리내려있으므로 어느 한편에 마음을 두고 생각해보거나 실행해보려는 마음 또한 당연히 없었다. 그것은 스스로 느끼는 자신의 보수성향과 언제나 바른 사고를 지향하려는 데에서 비롯되어있었다. 또 그는 임기동안 연구목적을 마치고 사고 없이 귀국하면 될 일이었다.

3

"밥 먹듯이 드나들면서 몽골에 씨는 안 뿌렸어?"

막 출판한 몽골에 관한 책한 권을 받아 든 친구가 건성으로 책장을 넘기면서 위로 치뜨고 묻는 눈이 적이 의심쩍다는 눈초리다.

"무슨 말을 그렇게 해. 씨를 뿌리다니."

"자넬 그냥 놔둘 몽골여자가 있을까?"

"계속 그렇게 수준 없이 말할래?"

일순 사라나가 기억 속을 스쳐간다. 그녀의 의식에 내심 군색해진 그는 일침을 가한다. 말문을 틀어막자는 것이다.

"알았어. 미안."

이때까지만 하여도 그는 사라나의 의식을 접어 넣고 친구에게 떳떳하게 말했었다. 학기마다 몽골을 들어가 강의를 하면

минь надаас.

"за чи тэгээд монголруу бараг л биднийг цай уух зуур ирж очоод байсан, учир ургуулаа л биз дээ?"

гэж асуухдаа харц нь цаанаа л нэг янзтай.

"учир ургуулсан уу гэдэг чинь юу гэж байгаа юм бэ?"

"чи монгол бүсгүйтэй яагаа ч үгүй гэх нь үү?"

"битгий дэмий юм яриад байгаач."

гэж хэлэнгээ Сарааныг хальтхан бодов.

Асуултанд нь цааргалан дуугаа хураасныг анзаарсан найз

"за за уучлаарай."

гээд чимээгүй болов.

Тэрээр Сарааны талаар бараг л мартаж орхисон болохоор найзынхаа өөдөөс юу ч бодолгүй тэгж хэлсэн билээ. Улирал болгон Монголд очиж уулзалт сургалт зохиодог байхдаа Сарааны талаар бодох зав ч гардаггүй, ер нь л таг мартаж орхиж. Монголд очоод ч дараагийн улиралд явуулах багш болон хичээлийн талаар сургуулийн нэгдсэн зард оруулах гэх зэрэг олон ажилд дарагдан байнгын л завгүй байсаар ирдэг байлаа. Дээр нь шинэ оюутнуудын элсэлтийн өөрчлөлтөд хамаг анхаарлаа хандуулна.

Тэрээр хичээлээ дуусгаад хэдэн өдөр амарчихаад сургалтын танхимруу орох гэхэд үүдний жижүүр, өөрт тань өгөөрэй гээд үлдээсэн юм гээд бэлэгний жижиг хайрцаг өглөө. Сарааны бичсэн захидал, оросд үйлдвэрлэсэн бал байв. Тэр захидалдаа

- Багшаа таньд их баярлаж явдаг шүү. Би удахгүй алс холын Увс

서도 사라나를 생각해 볼 여유나 생각마저 없었다. 다음 학기 교수계획서와 학점을 홈페이지에 올리고 와야 하는 등 여러 뒷처리에 돌아오기도 늘 바빴다. 또 새로운 학생들을 접하는 변화에 충실했다.

그러니까 그 때, 그녀가 졸업 후 이어진 방학며칠 뒤 연구실 건물로 들어서자 졸업생이 전해주고 간 거라며 출구사감이 자그만 선물케이스하나를 내밀었다.

사라나의 편지한통과 러시아제 만년필이 들어있는 선물이었다.

그녀는 편지에서 말하기를,

– 교수님 그동안 고마웠어요. 이제 가자면 한 달이 넘게 걸리는 고향 옵스 아이막으로 들어갈 거예요. 한번 들어가면 언제 또 나올지 몰라요. 가기 전에 교수님과 툽 아이막 어머니바위여행을 하고 싶어요. 어머니바위는 몽골 인들의 어머니예요. 어머니바위에 소원을 말하면 뭐든지 들어준대요. 지금 어머니바위를 찾는 때여서 준비하고 계시면 전화 드릴게요. 언젠가 수업하시면서 몽골어머니바위를 꼭 가고 싶다고 말씀하셨잖아요. –

하고 말했다. 가뜩이나 몽골토속문화나 몽골에 관한 글거리 소재가 여러 분야 아쉬운 터여서 사라나의 제안은 반가웠다. 방학 중 탐사와 체험이 필요한 그는 그녀의 요구에 응했다.

반면 그가 처음 마음먹은 것처럼 사라나에 대한 다른 이면의 생각은 없었다. 재학 중 옆자리 어트겅체첵과 가졌던 애정경쟁도 좋은 추억으로 남겨두었고 졸업과 동시 그것을 잊고 있었다.

руугаа буцах гэж байгаа. Хэзээ дахиж ирэхээ сайн мэдэхгүй болохоор
явахаасаа өмнө Төв аймагт байдаг Ээж хад руу таньтай цуг явж үзье
гэж бодсон юм. Ээж хад бол Монголчуудын шүтдэг шүтээн хад л даа,
та бараг мэднэ дээ. Ээж хадыг очиж үзмээр байна гэж нэг удаа ярьж
байсан шүү дээ Ээж хаданд хүслээ шивнэвэл бүгдийг нь биелүүлдэг
гэцгээдэг. Өдийд Ээж хадруу хүмүүс ид очдог үе.- гэсэн байлаа.

Монгол орны хөдөөгүүр байдаг эртний зүйлс, байгаль хүний
гараар бүтсэн уламжлалт зүйлсийг үзэхийг ихээр хүсэж явдаг
надад Сарааны энэ санал тун ч дажгүй сонин санагдлаа. Гадаадад
олон жил амьдрахаар хүн л болсон хойно байгалийн жамаар
эсрэг хүйстнээ хүсэх тохиолдол хааяа гарна Түүний хувьд анх
Сарааныг сонирхож байсан нэг тийм 'адын' сэтгэл нь одоо
бол замхран алга болжээ.Оюутан байхдаа Сараана цуг суудаг
Отгонцэцэгтэйгээ гэм зэмгүйхэн нэгнээ цаашлуулангаа хоёул
түүнийг сонирхдог байсан нь одоо бол зүгээр л дурсамж болон
үлджээ. Шөн дунд утас дуугараад сэртэл, унтраалгүй орхисон
зурагтаар YTN солонгос сувгаар хөгжим дуугарч байхыг нь
унтраагаад утсаа авлаа.

"Сараана байнаа, нөгөөдөр өглөө байрлуу тань очино, та юмаа
бэлдэж байгаарай багшаа."

Сараана тэр өглөө үүргэвчтэйгээ, хувийн хуучивтар элентра
машинаараа таксинд явдаг хүнтэй цуг ирлээ. Ингээд тэд хотоос
гарч Төв аймгийг чиглэн давхилаа. Байгаль дэлхий өнгөө засаж

외국생활을 많이 하다 보면 자연스럽게 받아들여야 하고 이성 관계가 만들어지는 경우가 있다. 물론 가려가며 어느 정도의 간격을 유지하려고 노력해야하지만……,

더구나 몽골대륙이 주는 여건이나 초원몽골인의 생활방식은 우리와 현격히 다르고 그간 몽골인의 삶 속에서 글거리를 찾아온 터여서 사라나와의 여행에서도 한계의 선을 긋고 글 바구니를 가득 채워올 심산이었다.

늦은 밤 헨드 폰이 울리고 그는 끄지 않고 잠든 티브이에서 유일하게 한국방송이 방영되는 YTN메인음악이 방해되므로 리모콘을 눌러 끄고 헨드 폰을 들었다.

"사라나예요. 모레아침 숙소로 갈게요. 준비하고 계세요."

그는 배낭을 꾸려두었고 그 날 아침 그녀는 영업용택시가 없으므로 자가용으로 영업하는 수입된 한국중고엘란트라 승용차를 가진 기사를 불러 숙소로 왔다. 그들은 울란바타르 도심을 벗어나 톱 아이막 어머니바위로 향했다. 계절이 늦기 때문에 밤 기온은 몹시 춥다. 하지만 초록은 대지를 덮기 시작하고 낮 기온은 여행하기로 좋은 계절이지만 1년 중 바람이 가장 많이 부는 때다. 뒷자리에서 붙어 앉은 사라나는 줄 곳 즐거운 표정을 지었다. 또 어트겅체첵과의 애정경쟁에서 승리한 어린애 같은 장난스런 기쁨을 누렸다.

"우리가 이런 걸 알면 어트겅체첵이 펄펄 뛸 거예요."

"어트겅체첵은 어디 있지? 고향으로 갔을까?"

"몰라요. 그건 왜 물어요?"

эхэлсэн ч дулаарах арай болоогүй тул оройдоо нилээн хүйтэн өдөртөө аяллаар явахад таатай сайхан цаг байлаа. Монголд жилийн яг энэ үе хамгийн их салхи шуургатай байдаг. Хойд талын суудал дээр зэрэгцэн суусан Сараана баяртайгаар инээмсэглэн яваа нь Отгонцэцэгийг ялсан гэж бодохоос хүүхэд шиг баясан яваа бололтой.

"биднийг ингэж явааг мэдвэл Отгонцэцэг бөөн юм болох байх даа."

"Отгонцэцэг хаана байгаа вэ? нутагруугаа явчихсан уу?"

"мэдэхгүй ээ, та яагаад түүнийг асуугаад байгаа юм бэ?"

"зүгээр л."

"Отгонцэцгийн талаар дахиж битгий яриарай." гэж дургүй байдалтай хэлэв.

4

Ээж хад нь 2 метр орчим өндөртэй монгол эмэгтэй хүний хувцастай ээж шиг харагддаг хад бөгөөд Монголчууд Ээж хаданд өдрийн сайныг сонгон очиж хүслээ шивнэх, өвчин эмгэгтэй хүмүүс биений өвчтэй хэсгээ хүргээд анагааж эдгээж өгөхийг сүслэн гуйдаг.

Дотор нь орвол төөрч будилахаар олон бөө нар ирсэн байх бөгөөд тэд хажууханд нь байх овоонд өргөл өргөж Ээж хадны өмнө өвдөг сөгдөн мөргөнө. Сүсэг бишрэлтэй олон хүмүүс

"아니, 그냥."

"이제 어트겅체첵 말씀하시지 말아요."

잔뜩 질투가 섞여있는 어투다.

4

높이 2m 남짓 되는 몽골어머니바위는 치마를 두른 어머니 모습으로 몽골사람들은 길일吉日이면 이곳을 찾아와 어머니바위에 기대어 소원을 말하거나 아픈 곳을 바위에 문지르며 치병을 소망한다. 길일 인만큼 많은 샤먼들이 바로 옆 커다란 어워(우리의 성황당)에 제물을 올리고 어워와 어머니바위 앞에서 굿판을 벌인다. 이날만큼은 공덕을 바라는 사람들이 몰려들고 샤먼들의 북소리와 제의를 올리는 모습들로 종일 분주하다.

사라나는 준비해온 공물을 어머니바위 앞 단위에 올리고 무슨 소원을 바라는지 한참동안 어머니바위에 얼굴을 묻고 빌었다. 어워 제의현장을 가서도 샤먼에게 얼마의 돈과 쪽지를 쥐어주며 축원을 부탁했다. 그리고 아주 열심히 정성스럽게 어워를 향해 엎드려 절을 올리고 어워 주변을 돌며 기도했다.

21세기 현대문명 속에서도 아직도 몽골 인들의 정신세계를 지배하는 원시자연신앙의 한 부분이다. 그렇듯이 신기 오른 수많은 샤먼들의 동작은 원시부족사회에서 의식을 주관하는 제상의 모습이다. 몽골에 솥단지를 걸어놓고 장기체류를 하지 않는 한 보기 드문 장면으로, 이 장면에서 몽골샤먼의 전통 흑

тэнд бужигнаж, бөө нарын цан хэнгэрэг дуугарч бүтэн өдөржин бужигналаа. Сараана бэлдэж ирсэн хадгаа Ээж хадны өмнө дэлгэн тавьж удаан гэгч нь хүслэ шивнэлээ. Овооны дэргэд очоод тэнд суух бөөд хэдэн төгрөг өгөөд жижиг нугалсан цаас өгөнгөө адис авлаа.

Тэгснээ дахин чин сэтгэлээсээ сүсэглэн овоонд мөргөж тойрон алхлаа. Хэдийгээр 21-р зуун ч монгол хүний сэтгэлд сүсэг бишрэл гүн бат хадгалагдан оршиж байгаагийн нэгэн илрэл гэлтэй. Тэнд байх олон бөө нарыг харсан ч үүнийг батлана. Монголын талаар ихийг мэдэж судлахыг хүсдэг хүнд бол нэн ховор тохиолдох олзуурхуустай үзэж сонирхох юм ихтэй байлаа.

Шашин шүтлэгийн анхдагч хэлбэр өвөг дээдсийн сүнс, тэнгэр, газрын эздэд итгэж бөө лам нарт итгэл сүсгээ даатгаж байгаль, ертөнц, хүн ба амьтдын цаана тэр бүгдийг харж ханддаг тусгай эзэн тэнгэр нуугдаж байдаг гэсэн ойлголттой байв. Бөө лам нарыг шүтэн бишрэх болсон нь яваандаа олон төрлийн сүсэг бишрэлийн хэлбэрийг бий болгосон бөгөөд шашин шүтлэг нь энэрэл нигүүлсэл сайн сайхныг хүмүүст түгээх зорилготой юм даа хэмээн бодолд автаж мэдлэгийн богцоо дүүргэж явав.

"Сараана чи юуг тэгтлээ их гуйж мөргөвдөө?" гэж Сараанаруу энхрийлсэн харцаар харан асуув.

"таньд хайртай гэдгээ хэлсэн юм аа." хэмээн Сараана цагаахнаар хариулахад нь тэрээр Сарааныг өхөөрдөн инээмсэглэв.

무당과 몽골에 라마가 들어와 제도적 학습으로 양산된 황 무당의 모습을 보면, 원시자연 속에서 파생된 흑 무당과 불교의 영향을 받은 황 무당의 복장을 견줄 수 있고, 유사하면서도 서로 다른 의식절차와 형식을 한자리에서 비교해볼 수 있는 학술가치를 그는 결과물로 자신의 글 바구니에 한 뭉치 담아올 수 있었다.

"사라나는 무슨 소원이 있어서 그렇게 정성을 드렸어?"

사라나에 대한 그의 어투는 언제나 정감이 배어있다.

"교수님에게 바라는 제 마음을 빌었어요."

사라나는 내심을 숨기지 않고 태연하게 말했다. 그는 애교로 받아들인다.

5

어머니바위를 찾은 사람들이 흩어지기 시작할 무렵 그가 사라나에게 물었다.

"우리가 타고 온 기사는 어디 있지?"

"네, 다른 손님 태우고 나갔어요."

"아니, 우리 나가야 하잖아?"

"오는 것 까지만 예약했어요. 우린 지금부터 툽 아이막 여행하는 거예요."

"아예 계획을 세웠구나."

"이제 먼 고향으로 가면 앞으로 교수님 보기 힘들어요. 임기 끝나면 교수님도 돌아가실 거잖아요."

5

Ээж хадыг зорьж ирсэн хүмүүс буцаж эхлэхэд Сараанаас

"бидний ирсэн машин хаана байгаа билээ?"

"аан, тэр машин өөр хүмүүс суулгаад хотруу буцчихсан. Би жолоочтой энд хүргэж ирээд буцахаар ярьж тохиролцсон юм. Одоо харин хоёулаа Төв аймгаар аялна даа, та дургүйлхэхгүй биз дээ?"

"хэхэ, айхтар төлөвлөгөө зохиожээ."

Сараана

"би удахгүй хол хөдөө нутаруугаа явчихвал таньтай дахиад уулзаж чадахгүй байх. Хугацаа чинь дуусахаар та ч бас буцна биз дээ?"

гэж асуух нь цаанаа нэг гунигтай ч юм шиг.

Бөө нар юм хумаа хамж, ирсэн хүмүүс ихэнх нь буцахад энгүй их талд тэр хоёр жижигхэн хар цэг болон хоцорлоо. Цэлийсэн уудам тал ногоон толботой хөнжилөөр хучсан мэт харагдана. Сөүл хот Кёнги аймгийн нутагт харъяалагддагтай адил Улаанбаатар хот Төв аймагтай нэгэн бүс болон орших бөгөөд уулс дундах талд цэмцийн

харагдаж, дэлхийд дээгүүрт орох шинэ нисэх буудал баригдаж, хотын урдуур мяралзан урсах Туул гол үзэсгэлэнт цэцэрлэгт хүрээлэн Тэрэлжээр өртөөлөн урссаар энэ хотыг чимнэ. Хотын урд хэсэгт дүнхийн харагдах Богд уулын урд өвөрт

샤먼들도 짐을 꾸리고 어머니바위에 붙어있던 사람들도 빠져나간 대초원에 그들은 두 개의 점으로 홀연히 남아있다.

드 푸르게 초록이 번진 대지는 한 장의 거대한 녹색양탄자가 덮여있는 것 같다는 표현 아니고는 달리 표현할 방법은 없다.

경기도중심에 서울이 있듯이 툽 아이막에 울란바타르 수도가 있고 적당한 산과 초원의 비율 속에 세계 10대공원으로 일컫는, 톨 강이 흐르는 아름다운 테렐지 공원이 있다.

사회주의시절 소련군들이 2000명의 라마들을 총살한 밍조르사원이 이곳에 있고, 그곳을 가면 음각된 바위에 채색된 일곱 기의 암채 화를 볼 수 있다. 사원에는 원시종교에서 사람을 재물로 바친 어린여자의 다리뼈로 만든 뼈 피리가 보존되어 있다.

6

멀리 구릉 능선에 깨알처럼 달라붙은 양떼를 보며, 때로는 천둥소리로 지척을 울리는 야생말떼들의 질주를 보며 그들은 대초원 흙길을 걷는다. 머링호오르馬頭琴 음율 속에 목동이 부르는 '미니 보랴드[1]'라는 노랫소리가 들려온다. 가사 끝마다 붙는 보랴드는 지명이다. 멀고먼 오지고향 보랴드를 그리는 목동의 찬가다. 스스럼없이 그의 손목을 잡은 사라나는 몽골인 특유의 고음으로 눈빛을 반짝이며 목동의 노래를 따라 부른다.

---

1)미니 보랴드(МИНИЙ БУРЯАД: 나의 보랴드(지명)

хэлмэгдүүлэлтийн үед олон тооны лам нарыг буудан хороосон Манзушир хийд байрлах бөгөөд музейн үзмэрт маш сонирхолтой өв соёлын зүйлс байх бөгөөд уулын энгэр дэх хадан дээр сийлбэрлэсэн том бурхадын зураг хүмүүсийн сонирхлыг ихээр татдаг. Хийдэд эртний хүнийг эд зүйлстэй нь цуг оршуулж, залуу эмэгтэйн дунд чөмгөөр хийсэн лимбэ зэрэг ховор нандин бүтээлүүд тавигдсан байдаг.

6

Тэртээх толгодын наана бэлчиж байсан хонин сүрэг малчин эзнийхээ исгэрэх дуугаар гэрийн зүг хуйлран эргэлээ. Морин хуураар 'Миний буриад' гэх дууг аялгуулан тоглож байгааг бид хэсэг сонслоо. Дуунд гарах Буриад нь нэгэн ястны нэр бөгөөд холын холд орших буриад нутгаа санагалзсан малчин хүний дуу бололтой. Түүний гараас хөтөлсөн Сараана, зөвхөн монголчууд л гаргаж чаддаг онцгой сонин дуу авиа хөөмийг шимтэн сонсож, дууг даган аялна. Өөрийнхөө аймгийн нэрээр үгийг нь солин.

Миний улаангом

Наранай харгын узуур – улаангом

Жэлэй эрьесын hүлдэ – улаангом

Арюухан Ононой эхин –улаангом

Алан-Гуа эжын түрэhэн – улаангом

자신의 고향 옵스아이막 올란곰으로 바꿔 부른다.

미니 올란곰
(МИНИЙ улаангом)
나랑나이 하르깅 오조르 - 올란곰
(Наранай харгын узуур - улаангом)
네렝레이 에리싱 호르데 - 올란곰
(Жэлэй эрьесын хүрдэ - улаангом) 〈생략〉

온통 지역사투리여서 번역이 쉽지 않지만 아름다운 선율이다. 얼마나 고향이 그리웠을까, 사라나는 고음의 노래 끝에 이슬을 비쳤다.

맑고 청명하던 하늘에 갑작스런 회색구름이 베일을 치기 시작했다. 예상도, 측정도 할 수 없는 갑자기 일변된 기후는 불안하다. 끊임없이 바람이 불었다. 당장 소낙비가 내릴 것 같으면서도 정작 비는 오지 않는다.

영하의 혹독한 겨울에도 글 뒤지를 채울 욕심으로 거친 몽골 땅을 겁 없이 홀로 탐사하던 근기와 체험이 축척되어있기에 그는 어떤 난관에도 겁이 나지 않는다. 이런 환경 속에서 그녀와의 편안한 여행을 마다 할 것은 없다. 다만 이런 경우, 혹은 하나의 목표를 가지고 해외생활에서 만들어지는 남녀이성 관계를 동성同性으로 여길 줄 아는 지혜가 있을 때. 불미스런 사고는 일어나지 않는다. 지난겨울, 그가 멀고먼 자르갈란트 선돌 암각화 군락지탐사를 갔을 때, 단둘이 동행하게 된 여교수와

Буриад үгтэй дуу болохоор утгыг нь сайн ойлгоогүй ч үнэхээр чихнээ сонсголонтой.

Гэрээ их санасан бололтой Сараана дууг сонсож дуусахад нүдэнд нь нулимс цийлэгнэсэн харагдана. Цэв цэлмэг байсан тэнгэрт гэнэт бараан үүл нүүгэлтэн бүрхэж эхэллээ. Тэнгэр муухайрна гэж санаагүй тул ямар ч бэлтгэлгүй гарсандаа сэтгэл бага зэрэг зовж байлаа. Хүчтэй салхилж аадар бороо орох шинжтэй байснаа бороо ч орсонгүй.

Монголын хасах хэмтэй хахир өвлийн хүйтэнд ч ганцаархнаа судалгааны ажилд хэрэг болох материал олж мэдэхээр хөдөө хээр явж байсан түүний хувьд энэ удаагийн байгалийн үзэгдэл тийм ч аймаар санагдсангүй.

Байгалийн ямар ч үзэгдэл болсон Сараанатай хамт байгаа болохоор түүнд тийм ч хэцүү санагдсангүй, харин түүнээс илүүтэйгээр хээр талд хоёулхнаа байгаа болохоор эр хүний байгалиас заяагдсан сэтгэл хөдлөл, үйлдлээ барьж дарах нь хэцүү санагдана. Өнгөрсөн өвөл тэрээр хотоос нилээд зайтай Жаргалантруу хадны сүг зураг судалгааны ажилаар эмэгтэй багштай хоёулхнаа аялж, малчин айлуудаар хоноглож заримдаа дотроо зуухтай дулаахан байшинд хонон өнжсөн ч тус тусдаа ор хөнжилтэй яваад ямар ч асуудалгүй аялаад ирсэн билээ. Энэ удаа ч Сараанатай аялахдаа асуудал гаргалгүй харих бодолтой байгаа ч, Сараана юу бодож байгааг яахин мэдэх билээ.

Өнөөдрийн аялал бол түүний хувьд зохиолч судлаач хүний

목적지초원의 유목민 게르에서 기거하면서도, 또 벽사이로 연통이 올라가는 따뜻한 방에서 탐사동안 기거하게 되면서도 결코 그들은 각자의 침대를 지키며 사고 없는 탐사로 결과물을 챙겨올 수 있었다. 그렇듯이 사라나와도 정해진 순서로 만들어지게 될 위험한 상황을 그렇게 비켜가려고 하는 그가 가진 생각과, 그녀 사라나가 생각하는 것은 지금 명료히 다르다. 왜냐면, 오늘의 여행은 사라나에게는 그와의 애정을 꽃피우는 것이 바람일 테고, 그에게는 작가로서의 체험으로만 매듭 지으려는 생각의 차이가 있기 때문이다.

7

그러나 운명의 미래는 언제나 한 불럭 빗나간 엉뚱한 곳에서 있기 마련이고 바라는 대로 배열되지 않는다. 겨울을 벗어난 계절에 눈발이 뿌렸다. 눈인지 하얀 양인지 구별되지 않을 정도로 뿌리는 눈발과 바람이 거세다. 물에 잠긴 고대 심해의 바위로 추정되는 희한하고 경이롭게 우뚝 선 황갈색바위투성이 사이에 몸을 서로 붙이고 불어오는 눈발을 피했다.

그 바위들은 마치 세계최대미스터리로 존재하는 영국 솔즈베리평원 스톤헨지(Stonehenge)를 연상하게 하는 푸른 초원대지에 그 바위들은 어디에서 온 걸까. 다만, 깊은 심해 속에서 파고드는 물결에 마모되며 형성된 바위라는 추정만 될 뿐, 스톤헨지유적처럼 지배계급의 무덤이나, 종교적 공간, 장례시설, 다양한 의견만 나왔을 뿐인 것 같은 인상을 던지는 그런

сониуч зангаар бүгдийг шимтэн сонирхож бусдыг умартахаар сонирхолтой байлаа.

7

Гэвч хувь тавилан гэдэг хүний бодсон санаснаас тэс өөр санаанд оромгүй зүйлсээр дүүрэн байдаг. Өвлийн улирал хэдийнэ өнгөрсөн ч гэнэт цас орж эхлэхэд хонь, цас нь ч ялгагдахгүй болж шууурганы эрч ширүүслээ. Далайн гүнээс цухуйх мэт харагдах үй түмэн жилийн турш хурц нарнаа шарагдан, хүрэн өнгөтэй болсон хэдэн шовх том хадны завсраар Сараана бид хоёр шурган орж хоёр биедээ нааладан зогсож цасан шууурганаас түр хоргодов. Тэр хаднууд эгээ л дэлхийн түүхийн тайлагдаагүй нууцуудын нэг Английн алдарт (Stonehenge) Стоунхенж хад монголын энэ их уудам талд хатан хааны булш, эртний бурхад булшнуудтайгаа ирчихсэн мэт сэтгэгдэл төрүүлнэ.

Сараана түүнээс

"даарч байна уу?" гэж асуунгаа бяцхан хүүхэд шиг энгэрт нь наалдлаа. Ингэхийг нь хүлээж байсан мэт тэр түүнийг чанга тэврэн.

"бага зэрэг даарч байна шүү." гэхэд

"таныг өнгөрсөн өвөл хасах 38 хэмийн хүйтэнд ганцаараа судалгааны ажилаар яваад, эргэж ирэхгүй алга болчихлоо гээд сургуулиар оюутнууд бөөн юм болцгоосон шүү. Ашгүй эсэн

바위들이었다.

"추워요."

하고서 사라나는 부끄러움을 타는 아이의 표정으로 그의 품
안에 든다. 당연한 듯이 안아주며 그가 말했다.

"응, 조금."

"교수님은 영하38도나 되는 지난겨울에도 혼자 탐사여행하
시면서 제때 돌아오지 못해 학교에 말썽을 내셨잖아요. 그때
학생들도 걱정을 많이 했어요. 다행히 멀쩡하게 돌아오셨지
만……."

그러면서 품속에서 올려다보는 사라나의 표정이 사랑스럽다.
일순 이성이 실뱀처럼 꿈틀댔다.

"사라나. 눈 감아볼래?"

"왜요?"

"감아 봐."

사라나는 눈을 감았다. 그는 본능적인 키스를 했다.

양 볼이 홍시빛깔이 된 사라나는 그의 아랫입술을 꼭 깨물고
오랫동안 놓아주지 않았다. 본시 그가 가졌던 마음은 이렇게
허물어져버리고,

"이제 고향 옵스 아이막 올란곰으로 갈 거야?"

하고 입술을 쪽- 빼면서 물었다.

"네,"

"고향 가는데 한 달이 넘게 걸리는 먼 곳이라지?"

"네, 옵스아이막에서 다시 올란곰 솜(군이나 읍)까지 이틀을
들어가야 해요. 목축하시는 부모님을 도우며 글을 쓸 거예요."

мэнд эргэж ирж сэтгэл амарсан······."

гэж хэлээд энгэрт нь яг л могой шиг асах Сараана дур булаам харагдаж байлаа.

"Сараана нүдээ ань даа?"

"яасан?"

"зүгээр нүдээ ань л даа."

Сарааныг нүдээ анихад тэрээр шуналтай үнсэж эхлэхэд Сараана түүний доод уруулыг хүчтэй гэгч сорж удаан үнсэлдлээ.

"чи удахгүй нутаг руугаа явах юм уу?"

"тэгнэ ээ."

"танай нутаг руу хотоос явахад сар шахам болдог байсан гэл үү?"

"тийм ээ, Улаангом ортол олон хонож хүрдэг байсан. Одоо бол тийм биш л дээ. Би нутагтаа очоод аав ээждээ туслангаа ном бичнэ гэж бодож байгаа."

8

Далай мэт цэлийсэн их талд орой болох тусам хүйтэрч байв. Үүргэвчинд хийсэн үнэгэн малгайгаа гаргаж өмсөхөд Сараана ч бас хар үстэй малгайгаа гаргаж өмслөө.

"Тээр харагдаж байгаа хоньчинтой очиж уулзъя. Тэднийд очиж хоногүй бол шөнө аймаар хүйтрэх шинжтэй."

Цасан шуурганд хонио тууг ад тонгойн явах малчин тэртээд

8

　바다 같은 망망 초원에 밤이 가까워 올수록 기온은 내려갔다.
배낭 속 늑대 털 말가이(모자)를 꺼내 눌러썼다. 샤라나는 검
은 양털말가이로 머리를 감쌌다.

　"저기- 양들이 가는 곳으로 가요. 그곳으로 가서 자야겠어요.
밤이 되면 견디기 힘든 추위가 와요."

　한 줄로 양떼가 가고 있고 말을 탄 목동이 눈바람에 고개를
숙이고 뒤따르는 모습이 눈발 속에 보였다. 양떼는 낮은 구릉
저편으로 사라졌다. 그 너머에서 낙타울음소리가 들려왔다.

　그들은 그곳으로 향했다. 구릉을 넘어가자 방대한 가축우리
에 말떼와 낙타 떼가 우리 안에 몰려있고, 우리에 양떼를 몰아
넣은 나이든 목동이 말머리를 돌리다가 그들을 바라봤다.

　가까이 간 사라나는 한참동안 그와 대화를 나눴고 말에서 내
린 목동은 고개를 끄덕이며 미소를 지었다.

　"셈베이노."

　그는 먼저 인사를 했다. 사라나가 말했다.

　"밥은 자기들과 먹으면 되지만 갑자기 날씨가 추워져서 우
리가 자는 게르에 어린양들을 넣어둬야 한대요. 그럴 수밖에
없어요."

　이 또한 초원의 체험이다. 체험은 항상 어려움 속에서 일어
나야만 남다른 체험이 된다. 게르 안에 난로를 피워 온도를 높
이고 목동을 도와 어린양들을 게르 안에 몰아넣었다. 한쪽에
는 작은 찬장과 탁자와 의자. 그리고 키 낮은 침대하나가 있었다.

харагдлаа. Хонин сүрэг нь цаснаас бараг ялгарч харагдахгүй байв. Гэтэл бас хаа нэгтээ тэмээ буйлах дуу сонсогдов. Тэд тэр зүгрүү чиглэн явж довтой хэсгийг өнгөртөл хонь, нилээд тооны адуу тэмээ тууж явсан ахимаг насны эр тэдний зүг мориины толгойг эргүүлэв. Сараана дөхөн очиж хэсэг ярилцсаны эцэст малчин эр мориноосоо бууж толгой дохин инээмсэглэв.

"Сайн байна уу?"

гэж тэр мэндлэв.

Сараана

"хоол унд энэ айл хийж өгч болно гэнэ харин бидний унтах гэрт, гэнэт хүйтэрсэн болохоор хурга ишгээ оруулна гэнэ."

гэж тайлбарлав.

Цаг агаарын ийм үзэгдэл бол малчдын амьдралд байдаг л энгийн үзэгдэл. Гэрт гал түлсэн болохоор дулаахан, хэнз хурга ишигнүүдийг гэрт оруулахад нь бид тусалж хориод тооны хурга ишиг гэрт орууллаа. Гэрийн нэг талд нь тавиур, жижиг ширээ сандал, намхандуу ор байна. Тэр айлд дунд эргэм насны эхнэр нөхөр хоёр амьдрах бөгөөд хүүхдүүд нь сумын төврүү сургуульд сурахаар явсан гэнэ. Эхээс нь салгасан нялх хурга ишигнүүд бөөн майлаан болж бүгдэд нь угжаар сүү өгсний дараа л майлах нь багасч гэдэс нь цадаж дулаацсан тэд нэгнийгээ дэрлэн чимээгүй хэвтэцгээснээр бид ч орондоо оров.

서른 마리 정도의 어린양들과 잠을 자게 되었다. 가족이라야 두 내외와 고용한 다른 목동 둘, 그리고 자녀들은 공부 때문에 인근 솜(군이나 읍)으로 내보냈다고 했다. 사라나 역시 다름 아니다. 공부 때문에 울란바타르에 나왔고. 학교에서 담임교수로 그를 만난 것이다. 어미 양이 보이지 않으므로 시끄럽게 굴며 보채는 어린양들에게 목동이 여러 개의 작은 젖통에 담아 넣어준 젖을 모두 먹이고 나자 어린양들은 서로 기대고 잠이 들고, 그때서야 그들은 난로에 재벌 땔감을 몰아넣고 침대에 몸을 붙일 수 있었다.

9

오늘 같은 자유로운 이 만남을 사라나는 기대해 왔는지 모른다. 지금 이 시간은 사라나의 계획이 맞아 떨어진 것일 테고, 그런 만큼 오늘 자신의 일정 안에 그는 그 대상이 되었다. 하므로 지금 1인용 작은 침대 옆에 바짝 몸을 곁붙이고 누운 사라나는 스스로 원하는 기대의 눈빛을 그에게 던지고 있는 것이다. 밤바람에 게르 외벽 눈발이 때리는 소리에 밤이 깊어가고 희미한 등잔불 빛 속에 수줍게 안겨드는 사라나에게 팔베개를 해주며 그가 말하기를,

"사라나를 사랑하는 것. 이 점만큼은 숨기지 않을게."

하고 말하자 여전히 수줍은 표정의 얼굴을 그의 품속에 묻는다.

"무슨 말이든 하고 싶은 말이 있거든 해 봐. 그동안 하고 싶어도 못했을 텐데."

9

Сараана яг л өнөөдрийнх шиг ийм эрх чөлөөтэй аз жаргалтай цаг мөчийг төлөвлөж, бүх зүйл төлөвлөснөөс нь ч таатайгаар эргэж байгаа нь тунчиг сайхан байгаа бололтой. Сараана нэг хүний орон дээр наалдан хэвтээд түүнийг халуу оргитол тэвэрч байлаа. Гадаа шуурганд өрхний оосор дээвэр цохилох дуу хааяахан гарч сүүмэлзэх лааны гэрэлд Сарааны хүзүүн доогуур гараа шургуулан зөөлхөн тэврэнгээ.

"Сараана би чамд хайртай шүү." гэж хэлээд нүүрээ цээжинд нь наав.

"чи надад хэлэхийг хүссэн юм байгаа л биздээ? Одоо хүссэн зүйлээ хэл л дээ."

"тиймээ, оюутан байхдаа хэлж ярих боломж гараагүй, одоо харин миний хэлсэн болгоныг биелүүлнэ биздээ?"

"миний чадах юм бол……."

"би, таниас хүүхэдтэй болмоор байна."

"юу? Сараана чи сая юу гэчихвээ? Миний томилолт дуусвал би нутагруугаа бүрмөсөн явчихна тэгэхээр чамд хэцүү шүү дээ."

хэмээн гэнэтийн энэ ярианд намайг бага зэрэг балмагдан хэлэхэд

"та ийм шалтгаанаар чадахгүй гэж байгаа юм уу? миний хувьд бол хайртай хүнийхээ хүүхдийг тээж өсгөнө гэдэг хэцүү асуудал бишээ."

"네, 재학 중에는 기회가 없었어요. 이제 졸업도 했는데 들어주실 거예요?"

"가능한 걸로……."

"네, 저-교수님 애하나 갖고 싶어요."

"뭐라고? 사라나, 무슨 말이야? 임기 끝나면 난 돌아가야 하는 걸. 그건 불가능한 일이야."

뜬금없는 요구에 그가 일순 놀라는 표정을 보이자 사라나는 얼른 말을 이었다.

"그뿐 이예요. 몽골은 태고부터 모계사회인걸요. 사랑하는 남자의 씨만 받으면 되요."

"뭐?"

"유목민의 오랜 관습이에요. 어디까지나 전 유목민의 딸이구요."

이 대목, 사라나의 실다운 대답에 수용을 했지만 그는 그것을 꼭 전제하지는 않았다. 또 전제할 수도 없는 일이었다.

어떻든 그날 밤 서로의 생각이 어쩔지언정 그들은 터지는 둘의 애성愛聲에 잠을 깨버린 어린양들의 눈치를 보며 이성본능의 숲 속 둠벙 속으로 퐁당 빠져버렸다.

부둥켜안고 잠든 깊은 잠을 깨운 것은 어린양들이었다. 높은 곳이라면 어디든지 오르기 좋아하는 어린양들이 온통 탁자며 의자며, 침대위로까지 올라와 이불을 덮어 쓴 그들을 짓밟고 시끄러운 소리로 아침을 알려줬다. 그 중 귀엽고 앙증맞게 생긴 아주 어린 녀석이 침대에 걸터앉은 어깨 위까지 기어올라

"юу?"

"миний хувьд энэ бол хэцүү асуудал биш. Би монгол нүүдэлчний охин шүү дээ."

Сарааны энэ зоримог хариултыг дотроо хүлээн зөвшөөрсөн ч энэ яриагаа умартан тэд шөнийн жаргалд умбаж, хорвоогийн нэгэн шөнийг хоёр биедээ уусан жаргаж хонов. Тас тэврэлдэн унтаж байсан тэд мөнөөх нялх хурга ишигний майлалдах дуунаар сэржээ. Өндөр юман дээр гарч тонгочин тоглох дуртай ишиг хурганууд сандал ширээ, унтаж байгаа орон дээр авиран гарч хөнжил дээр гишгэчиж сэрээлээ. Тэд нар дотроос нэг нялх ишиг бүр адтай гэгч нь мөрөн дээр авиран гарч хувцас өмсүүлэхгүй сандаргав.

Хурга ишигнүүдийн илчэнд гэр дулаахан байгаа учир гал түлээгүй байлаа. Нялх хурга ишгээ бэлчээрт гаргалгүй хашаанд нь угжиж тэжээнэ. Ийнхүү малчин айлын ажилд нь туслан тэднийд гурав хоносон тэд Улаанбаатарт ирээд нэгэн ресторанд хамт хооллоод хоёр тийш салсны дараа төрсөн нутагруугаа явсан Сараанаас ямар ч сураг дуулдаагүй билээ. Сараана хүссэн үедээ ирж очиход хэцүү алс холын нутагруугаа явчихсан болохоор түүний тухай дахин бодох цаг ч байсангүй, шинэ оюутнуудаа сургах ажилдаа цаг заваа зарцуулж бүхнийг умартсан билээ. Сараанатай нэг ангид сурч байсан ганц эрэгтэй оюутан Батсүрэнг солонгосд ирэхэд нь тусалж, солонгост ирсэн хойно

와 옷을 입지도 못하게 했다. 어린양들의 체온으로 난로는 피우지 않았다. 대부분의 어린양들은 추위 때문에 방목지로 내보내지 않지만 목동이 어린양 한 마리를 안고 나가는 것은 어린양의 몸통이 난로처럼 따뜻하기 때문이다.

어린양들을 밖으로 내보내고 목동들과 말에 올라 그들의 방목을 도우며 삼일을 지낸 그들은 울란바타르로 돌아와 고급 레스토랑에서 식사를 마지막으로 그녀가 옵스아이막 올란곰으로 떠날 때까지 장차 그와의 일에 대해서 어떤 언급도 사라나는 하지 않았다. 자신의 말처럼 모계사회여인으로써 원하는 남자의 씨만 받는 것으로 매듭지은 것일까……

그래서인지, 숫하게 몽골을 오가면서도 그는 냉철하게 사라나에 대해 깊이 생각하거나 그려본 적이 없었다. 더구나 사라나는 한번 가기도 어려운 멀고먼 고향 옵스아이막 올란곰에 가있을 것이므로, 어쩔 수 없는 체념으로 새로운 학생들의 강의에 열중했고 그 변화에만 충실했다. 사라나의 대학동창이라 할 수 있는 유일했던 학과의 단하나 남학생이었던 바트수랭을 한국으로 데려오고서도 그의 동창인 사라나의 소식을 묻지도 않았다. 그가 쌀쌀한 것인지 모르겠다. 전통적인 모계사회라지만 그것이 가능한 것일까. 그녀가 가지는 근본적사고가 그런 것인지, 하기는 학과에서 임신된 몸으로 공부하던 여학생이 뱃속아이의 아빠인 남자의 소식을 알려고 하지도 않았고, 원망 또한 하지 않고 졸업 후 부모의 목영지 시골로 들어가 아이를 낳아 기를 것이라고 태연하게 말하는 것에 적이 놀란 적이 있었다.

нь уулзалдсан ч Сарааны талаар асуугаагүй нь санаа зовоод гэх үү дээ.

Сараана хүүхэдтэй болсноо мэдсэн ч, түүнд хэлэлгүй бас түүнийг буруушаалгүй, нутагтаа аав ээждээ очиж хүүгээ төрүүлж өсгөсөн гэдгийг мэдсэн даруйдаа гайхан цочирдсон нь энэ болой.

10

Нүүр номоо нээгээд Сарааныг найзаасаа хасах уу эсвэл өөрийнхөө хувийн нүүр номыг устгах уу гэдгээ шийдэж ядан байлаа. Өөрийнхийгөө устгана гэхээр тэрээр өөрөө муу хүн болох юм шиг санагдах, тэгэхгүй гэхээр Сараанатай дахин холбогдвол тэрээр хүүгээ хайрлаж чадах эсэхдээ эргэлзэж байлаа. Азаар Сараана түүний хувийн нүүр номын хаягийг мэддэггүй бололтой. Сүүлийн үед түүний нүүр номын найзуудад монгол хүмүүс ихээр нэмэгдэж байгаа ч Сараана л харин өдийг хүртэл мэдээгүй байгаа бололтой.

Тэрээр хүмүүсийн сонирхол татахуйц зураг хөрөг, мэдээлэл барагтай оруулдаггүй болохоор тэр үү түүний нүүр номыг сонирдог хүмүүс тун ховор. Одоо харин тэр Сарааны нүүр номондоо оруулсан хүүгийнх нь зурагнууд, түүний зохиосон монгол шүлгүүдийг нууцаар харах тусам түүнийг санаж монгол

10

페이스 북을 열고 사라나의 계정에 소식을 전해야 할지 아예 자신의 계정을 삭제해버려야 할지 망설였다. 일부러 삭제해버린다면 통념상 자신은 나쁜 사람일 테고, 반면 이것을 통해서 소통이 이루어지고 사라나와 그녀가 낳은 자식에 대한 사랑과 애정이 치솟게 될 때 감내하기 어려운 상황의 봉착도 그로서는 견디기 힘들 것이다. 다행히 그의 계정을 사라나는 아직 보지 못한 모양이다. 날이 갈수 록 그의 페이스 북 친구들은 온통 몽골사람들로 구성되어가고 있지만 그녀만큼은 그의 계정을 결코 모르는 모양이다. 하기는 그가 올려놓은 자료가 많다면 모르되 관심을 끌만한 이미지나 자료가 없기 때문에 좋아요를 누르는 페이스 북 친구는 그리 많지 않다.

때로는 문득 사라나에 대한 솟구치는 애정과 그녀가 올려놓은 몽골에 씨를 뿌린 아들의 커가는 모습을 훔쳐보며 한편의 그리움에 애를 태우지만 몽골을 당장 들어갈 수도 없다.

11

번역사무소와 고용계약이 끝난 바트수렝에게 연락이 온 것은 그가 몽골로 돌아가기 전으로, 본시 몽골사람들의 특성은 우리와 다르다. 특히 학생들의 경우를 보면 약속을 잘 지키지 않거나 중요한 일도 태만 시 여기는 버릇이다. 유일한 단하나 남학생이었던 그 역시 마찬가지로 몽골에서 연구하는 지역탐

орон руу тэмүүлэх болсон ч монголруу явж чадахгүй байгаа нь нэн хяслантай.

11

Тэр анх монголд ирэхэд хамгийн хэцүү санагдсан зүйл нь монголчуудын бүхий л зүйл солонгосчуудаас тэс өөр байлаа. Ялангуяа оюутнууд сахилга батгүй, аливаа зүйлээс хойш суух зуршилтай. Тэр үед шавь нарын дунд ганц эрэгтэй оюутан байсан Батсүрэн ч бусадтай адил хөдөө сургалтын судалгаа хийх аялалд явна гэж тохирчихоод ирэхгүй алга болохоос авахуулаад олон удаа хэлж ярих нь зөрөх үйлдлүүд гаргадаг байсан боловч байнга хэлж сануулж байсных нилээн өөрчлөгдсөн билээ. Уул хүн нь муу хүн биш ч монголчуудын нийтлэг байдал тиймээс яалтай. Орчуулгын товчоонд гэрээгээр ажиллаж байсан Батсүрэн явахаасаа өмнө утсаар ярьсан нь

"багшаа би удахгүй монголруугаа буцах гэж байна. Надад тусалж дэмжиж байсанд их баярласан шүү."

"тийм үү? явахаасаа өмнө надтай уулзаад яваарай. Автобусанд суугаад манай дүүрэгрүү хүрээд ирэхгүй юу."

"за тэгье ээ, би яваад очиноо."

Тэр утсаар ярьж байхдаа Батсүрэнг Сарааны талаар эхлээд ярих болов уу гэж бодсон ч тэр хоёрын харьцааг мэддэг мөртлөө мэдэхгүй царай гаргаж нэр хичээсэн ч юм уу Сарааны талаар юу

사가이드약속을 해놓고도 펑크를 내거나 여러 차례 달래듯 잔소리를 늘어놓고서야 뜻을 받아주는 것이었다. 사람이 나빠서가 아니라 몽골인의 느긋한 생리가 그렇다.

그가 말했다.

"교수님 저 이제 몽골로 들어가요. 그동안 고마웠어요."

"그래? 가기 전에 나 좀 꼭 보고 갈래? 버스 타고 내려와."

"네. 다녀갈게요."

그 녀석은 사라나의 말을 먼저 꺼내주기를 바랐지만 모르는 채 하는 것인지, 체면 때문인지, 둘의 관계를 익히 알고서도 함구했다. 그렇다고 그가 먼저 사라나를 말하기는 그의 지도교수로서 자존심이 허락하지 않았다. 다녀가겠다는 대답을 해놓고서 그는 몽골로 그냥 들어가 버렸다. 사라나와의 관계에 대해서 일언반구도 없었다.

물론 아이의 학용품이나 여러 것을 꾸려 보내주고 싶었지만 사라나가 그의 아이를 가졌다는 말조차 알고서도 꺼내지 않고 떠나버린 것이다. 참 무심한 제자지만 착하고 유순하다.

몽골로 들어간 그는 자신의 고향 아르항가이 체체를랙 고등학교교사다. 글을 써오며 지도를 받아왔고 몽골문학연맹회원 자격으로 그는 그의 작품을 추천하여 문학 활동을 하게 했다.

이 메일로 글을 써 보내면 메일로 지도를 해준다. 바트수랭이 사는 곳과 사라나가 사는 지역과는 백 리의 열 곱절이 되는 천리 길이다.

ч ярьсангүй.

Гэтэл ирж уулзаад нутаг буцна гэж байсан Батсүрэн зав нь гараагүй чюм уу уулзалгүй нутаг буцсан байлаа. Ингээд Сарааны талаар найдвартай сураг гаргажчадсангүй хоцорлоо. Хүүдээ сурагчийн хувцас хунар үзэг бал, хэрэгтэй зүйлсийг нь өгч явуулья гэж бодогдсон ч Сараана түүний хүүхдийг тээж төрүүлсэн талаараа огт хэлээгүй болохоор шууд энэ бүхнийг хийнэ гэдэг арай л болчимгүй. Сарааныг бодохоор дэндүү хэнэггүй, дэндүү зоримог гэлтэй. Батсүрэн харин монголдоо буцаж очоод төрсөн нутаг Архангай аймгийн Цэцэрлэг хотод ахлах сургуульд монгол хэлний багшаар ажиллаж байгаа гэсэн. Өгүүллэг шүлэг бичсэнээ шалгуулж заавар зөвлөгөө авдаг бөгөөд монголын зохиолчдын холбооны гишүүн болсон тэрээр зохиолч болох ирээдүйтэй.

12

Өвөлдөө цасан далайн эх өлгий болдог Увс аймагт амьдарч байгаа, хурган лоовууз малгай өмссөн түүний багын төрхийг өвчсөн мэт дуурайсан хүүгийнхээ зургийг харлаа. Нилээн эрт энэ зургийг тавьсан бололтой. Хурган дотортой хөх дээл өмсөж жижигхэн хурга тэврэн авахуулсан зураг нь үнэхээр хөөрхөн. Яг одоо түүнийг тэврээд үнсэж эрхлүүлмээр. Зургийг томруулж харлаа. Зүрх хүчтэй цохилно. Яг л түүний багын төрхийг

12

그는 결코 사라나에게 나쁜 사람이고 싶지 않다. 하지만 비밀로 간직해야하는 이율배반적인 모순과, 눈덩이처럼 커져버린 남모르는 번민 속에, 이렇게 되어버렸다고 누구에게도 떳떳이 누설할 수 없는 고민 끝에, 차라리 보지말자며 오랫동안 방치해둔 페이스 북을 다시 열었다. 몽골어로 사라나라는 계정을 찾는다.

이 겨울, 설원의 초원 눈발 속 옵스아이막 올란곰 목축지 양우리 앞에서 양털 말가이(몽골전통모자)를 눌러쓴 더 어릴 적 자신의 아들을 본다. 오래전에 올려놓은 것 같다. 양털내피의 푸른색 델(외투)을 입고 어린양 한 마리를 안고 웃는 모습이 귀엽다. 당장 안아주고 싶다.

이미지를 저장해서 확대해 본다. 가슴이 뛴다. 아빠인 자신의 어릴 적 모습을 빼 닮았다. 계정에 푸른 표시가 없는 것을 보면 그녀는 페이스 북에 들어오지 않았고, 올린 자료의 날 자를 보면 오랫동안 페이스 북에 들어오지 않았다. 사라나의 모든 자료를 검색하고 아들과 찍은 이미지를 모조리 저장한다. 그리고 망설임을 벗고 그녀 계정에 친구신청을 하고 대화창에 견딜 수 없는 그리움을 전한다.

 - 안녕 사라나, 나, 한국 아빠야.-

дуурайжээ. Сараана нүүр номондоо байхгүй бололтой бөгөөд сүүлд оруулсан зургаас нь харахад нүүр номдоо ороогүй удсан бололтой. Сарааны нүүр номыг нэгбүрчлэн үзэж хүүтэйгээ авахуулсан зургуудийг нь хадгалж авав. Эцэст нь тэрээр Сарааны найзын хүсэлт. хэсэг дээр дарж, хоёулаа харилцан бичилцэх цонхонд.

- Сайн уу Сараанаа, Би хүүгийнх нь аав байна.-

хэмээн санасан сэтгэлээ илчлэн зориг гарган бичлээ. Ингэж бичиж үлдээгээд Сараана түүнийг нь уншиж хариу бичихийг хүлээлээ. Хүү нь сургуульд орсон болохоор мэдээж Улаанбаатар хотод байгаа байх, тэгэхээр гар утсанд нь шууд мэдээлэл очих ёстой. Хүлээлээ. Нилээн хэдэн өдөр хүлээж утсаа байнга л шалгавч Сараана түүний бичсэнийг ер уншсангүй. Аргаа бараад тэр Батсүрэнгээс Сарааны талаар асуухаар бичилцлээ.

- Батсүрээн Сараанаас сураг чимээ байна уу?-

-би ч Сараанатай ойрд холбогдсонгүй. Хотод байхгүй юм шиг байна.-

гэхээс өөр зүйл олж мэдсэнгүй.

13

Тэр байнга л Сарааны талаар бодох болж, нээрэн Сараана

이렇게 글을 올리고 그녀가 페이스 북에 들어와 대화창 열기를 기다린다. 대화창에 글을 올리면 그녀의 스마트 폰에 둥근 표시의 그의 이미지가 뜨고 소리가 울린다. 아이의 학교문제로 울란바타르로 나왔다고 했으므로 사라나의 위치는 당연히 울란바타르일 것이다.

하면, 스마트 폰은 바로 울릴 것이다. 기다려본다. 하지만 몇 날 며칠 그녀의 계정을 수없이 들락거려도 다녀간 흔적이 없다. 답답한 그는 바트수랭의 계정대화창에 글을 올린다. 물론 사라나의 소식을 묻는 것이다.

– 바트수랭. 사라나 소식 몰라? –

– 저도 소식을 몰라요. 울란바타르에 없나 봐요. –

매번 똑같은 대답이다.

13

그는 골똘히 생각해 본다. 앞서 처음 사라나와 바트수랭의 대화에서 어머님이 몹씨 아프셔서 같이 나오려다가 아이만 데리고 나왔다고 한 것을 보면, 어머니의 위급한 상황이 초래되어 들어가는데 한 달이 넘게 걸리는 옵스 아이막 올란곰으로 다시 들어갔는지 모른다. 몽골의 정보통신은 울란바타르를 중심으로 이루어져 있다. 스마트 폰의 위력도 과거 핸드폰처럼 도심을 벗어난 초원오지에서는 먹통이 되어버리듯이 한 달이 넘게 걸리는 멀고먼 옵스아이막 올란곰까지 결코 통신의 위력

Батсүрэнд ээжийнх нь бие тааруу байгаа хотруу цуг ирэх гэсэн ч чадаагүй зөвхөн хүүгээ дагуулаад ирсэн гэж бичсэн байсан, ээж нь өвдөөд хол нутаг Увсруугаа буцаад явчихсан бололтой. Монголд зөвхөн улаанбаатар хотод л утас сүлжээ сайн барьдаг ямар ч сайн гар утас хотоос гараад л сүлжээ унах энүүхэнд тул зарим үед холбоо сураг гаргахад төвөгтэй болдог гэдгийг сайн мэдэж байлаа. Гэтэл ашгүй бурхан тэнгэр харж үзсэн үү Сараана хурдан буцаж иржээ. Түүний бичиж үлдээснийг Сараана уншаад хариу бичжээ. Бүүр түүнтэй төгсөлтийн арга хэмжээн дээр хамт авхуулсан зургийг ч хариу илгээсэн байв.

*

- Сайн уу Сараанаа, Солонгост байгаа, хүүгийнх нь аав байна. -
.<Төгсөв>

이 미치지 못할 것이다. 더구나 옵스아이막은 러시아와의 접경지 가까운 곳으로, 몽골의 맨 끝자락 사라나의 본가인 올란곰 솜을 벗어나면 바로 국경이다. 그가 가진 생각이 옳다면 사라나는 학교에 확인도 했을 테고, 아이의 입학 때문에 머지않아 곧, 울란바타르로 다시 돌아올 것이다. 한 달이 걸리는 먼 거리를 오는 중 인지도 모른다. 그녀의 대화창을 열고 그는 또 다시 글을 올려놓는다. 또 자신의 팔짱을 끼고 졸업식 날 단둘이 찍은 사진 한 장을 첨부해 놓는 것을 잊지 않는다.

*

– 안녕 사라나, 나, 한국 아빠야.– 〈끝〉

3

Нарантуяа

3

나랑토야

Нарантуяа

"Хар усанд толгойгоо мэдүүлж, уусан архиныхаа хэмжээгээр ухаанаа алдаж байгаа чамаас үр хүүхэд чинь юу сурах юм бэ, миний тэвчээр үнэхээр барагдлаа."

гэж хэлээд цөхрөнгөө барсан ээж ганц чемодантай хувцсаа аваад биднийг хаяад явчихав. Аав бас уур уцаар болж хараал хэлсээр гэрээсээ гарсан нь архиа уухаар явж байгаа нь тэр. Манайх гэдэг айлын амьдрал ийнхүү хагарсан аяга адил бутарч, би дүүгээ тэврэн эзгүй гэрт эхэр татан уйлсаар үлдсэн юм.

1

Намайг Нарантуяа гэдэг. Би улс орныхоо өнгөрсөн нийгмийн амьдралын талаар сайн мэдэхгүй ч, манай өвөөгийнх тухайн

나랑토야

"이제 더 이상 못 참겠어. 허구한 날 술주정만 하는 당신하고 도저히 살 수가 없어."

하며 어머니가 가출을 해버린 날 아버지는 침을 튀기며 욕설을 내뱉으며 게르 문 밖으로 나갔다. 나의 가정은 이렇게 무너져버렸고 텅 빈 게르 안에서 나는 어린동생을 안고 펑펑 울었다.

1

내 이름은 나랑토야다. 나는 내 조국몽골의 과거시대를 잘 모르지만 본시 유목민으로 많은 가축을 소유한 할아버지는 부를 누리며 살았다. 하지만 사회주의로 변해버린 체제 속에서 사유화를 인정하지 않는 국가는 유목민들의 모든 가축을 몰수했다. 반대운동을 주동한 당시 젊었던 할아버지와 할머니는 소련 붉은 군대에 체포되어 시베리아로 끌려가 처형당하고 말

үеийн боломжийн айлуудын адилаар мал малын захтай түүнийгээ өсгөн үржүүлж, адуулж маллан амьдардаг байсныг гадарлана. Монгол улс социализмын замаар явж эдийн засгийн харилцааг төр зохицуулан мал хөрөнгөтэй хүмүүсээ хавчин гадуурхаж, нүүдэлч малчдынхаа бүх мал хөрөнгийг хураан авчээ. Тэрхүү үймээн самууныг эсэргүүцсэн тухайн цагтаа идэр залуухан байсан өвөө эмээг минь хэлмэгдүүлэн баривчилж Сибирт аваачин цаазалсан гэдэг.

Өвөөг цаазлуулсны дараа эсэргүү нарын үр хүүхдийг нь хүртэл баривчилна гэсэн сургаар арван хоёрхон настай байсан аав минь социализмын гэгээрэл сургалтад сууж байснаа хаяж, өвөөгийн үлдээсэн.

"эд хөрөнгө хураан авсан баримт."

гэх ганц бичгийг өөртөө аван хэдэн нөхдийн хамт оргон зугтжээ.

Утсан чинээ улаан амиа аврахын тулд алс хол Ховд аймгаас нэг сар гаруй бэдэрч явсаар Улаанбаатарт ирсэн балчир арван хоёрхон настай хүү, мал хөрөнгөө хураалгасан хөдөө талын ихэнх малчин ардуудын адил түм түжигнэж бум бужигнасан Улаанбаатарт ирээд өдөрт нэг удаа тараадаг хоолоор гол зогоож найзуудтайгаа гадаа гандаж, хөдөө хөхөрч өдөр хоног өнгөрөөж байв.

앉다. 할아버지의 주검 끝에 완장을 두른 공산당사람들의 눈총이 무서운 열두 살 아버지는 반동분자후손들까지 잡아들인다는 소문에 사회주의계몽교육을 받던 학교를 빠져 나와 할아버지가 두고 간 몰수가축두수가 적혀있는 증명서 한 장만 달랑 들고 여러 친구들과 도망쳤다.

목숨을 부지하려고 머나먼 고향 땅 헙드아이막을 떠나 한 달 만에 울란바타르로 들어온 열두 살 어린 아버지는 가축을 빼앗긴 초원의 유목민들이 몰려든 아비규환의 도시 울란바타르에서 하루 한차례 배급되는 음식으로 견디며 친구들과 노숙을 했다. 소련군의 탱크가 수흐바타르 광장에 포를 들이세우고 질서를 잡았고, 배고픈 유목민들은 아우성 쳤다. 아버지는 어린나이로 사회주의계몽교육을 받으며 도로건설에 동원되어 강제노동에 시달리며 자랐다. 그렇게 성년이 되고서는 울란바타르 서쪽에 세우는 화력발전소건설노동자로 동원되어 집단수용소에서 기거했다.

어머니의 이름은 체첵마 였고 아버지가 어머니를 만난 것은 화력발전소 노동자집단수용소에서다. 어머니의 고향 역시 아버지의 고향 헙드아이막 이었고. 어머니는 아버지를 알아봤다. 식당 게르에서 끼니마다 노동자들의 배식 판에 음식을 담아

Оросын цэргийн ангиуд Сүхбаатарын талбайд танк их буугаа эгнүүлэн байрлуулж ажилгүй, өлсгөлөн ард олныг сүрдүүлж байлаа. Аав социализмын гэгээрэл сургалтанд сууж, зам барилгын ажилд дайчлагдан албадан хөдөлмөрлөсөөр залуу насаа өнгөрөөж нас биед хүрч Улаанбаатар хотын баруун зүгт баригдаж эхэлсэн дулаан цахилгаан станцын барилгын ажилд дайчлагдан баяжуулах тасагт нь хуваарилагджээ.

Манай ээжийг Цэцэгмаа гэдэг анх дулаан цахилгаан станцад аавтай учирчээ. Ээж аав хоёр нэг нутаг Ховдынх байсан учир анх ээж хоолны газартаа цайны цагаар ажилчдын хоолыг аягалж өгч байхдаа аавыг харангуутаа л таньжээ. Ээж аавыг харсан мөчөөсөө эхлэн өр зүрхэндээ шувууны өндөг шиг орогнуулж бусдаас арай өөрөөр харьцаж эхэлжээ. Шөнө орой болсон хойно цахилгаан станцын барилга дээр ажиллах аавд нууцаар хоол хүргэж өгөхөөс авахуулаад бүсгүй хүнээс гарамгүй зориг гарган аавтай дотносжээ. Удалгүй аавын ажилсаг байдал хүмүүсийн нүдэнд тусч, тэр дороо л хэсгийн ахлагч болсон байна. Нэг өдөр намын зохион байгуулах хорооны дарга нь аавыг дуудаад

"за нөхөр минь ахлагч болсонд баяр хүргэе, чамд ахлагчийн нэмэгдэл хангамж өгөх санаатай. Харин нөхөр минь чамд нэг

주면서 어머니는 아버지를 알아 본 것이다.

아버지에게 관심을 갖게 된 어머니는 남모르는 관심을 주었다. 밤늦게 집단수용소의 아버지에게 감춰놓은 음식을 몰래 가져다주기도 하며 서로는 그렇게 위안이 되었다. 아버지의 노동력은 눈에 띄었고 그것이 기화가 되고 인정을 받은 아버지는 작업반장이 되었다. 하루는 완장을 두른 당조직위위원장이 아버지를 불렀다.

그가 말했다.

"동무, 작업반장이 된 것을 축하하오. 이제 반장이 되었으니 주택이 보급되도록 할 거요. 그런데 동무사상이 불순한 구석이 하나 있소."

"무슨 말씀인가요."

"똑같이 나누어 먹는 음식을 당신은 체첵마 여성동무에게 남몰래 얻어먹고 있지 않았소? 둘 다 반동이오."

하고 겁을 주었다.

아버지에게 먹을 것을 몰래 가져다주던 어머니는 조직원에의 눈에 띄었지만 그것을 모르고 있었다. 그는 아버지를 회유했다.

"하지만 동무의 어릴 적 동무인 체첵마 여성동무와 아주 살도록 해 주겠소."

"네?"

асуудал байнадаа.”

“ямар асуудал билээ?”

“Цэцэгмаагийн ачаар чи ганцаараа аль амт шимтэй хоолыг бусдаас нуун идэж байгааг би мэднээ. Бүгд хүнд хэцүү ажил хийж сайн хоол идэж уух байтал та хоёр ингэж байгаад хоёулаа буруутай.” гэж сүрдүүлэх маягтай хэлжээ.

Намын зохион байгуулах хорооны даргын энэ үгэнд аав юу гэж хэлэхээ мэдсэнгүй.

“та хоёр иймдээ тулсных нэг гэртээ орно гэвэл би тусалья.”

“юу?”

“тэгэхдээ чамтай нэг зүйл тохиролцвол шүү.”

Тус болох гэж байна уу ус болох гэж байна уу гэдгийг сайн мэдэхгүй ч аав ихэд сонирхов.

Тэрээр цааш нь

“Монголчууд бид баян хоосны ялгаагүй эрх тэгш амьдрах социалист нийгэмд шилжин орсон. Ингэхэд нөхөр минь танай аав ээжийг хэлмэгдүүлсэн эд хөрөнгө хураан авсан баримт чамд байдаг биздээ? Тэрийгээ зарж наймаалчихаагүй биз?”

“наймаалаагүй ээ, надад байгаа.”

“бичиг баримтаас нь харахад чамайг халамжилж гүйгээд байдаг

"하지만 조건이 있소."

배려인지 회유인지 조직원의 말은 구미를 당겼다.

그는 또 물었다.

"우리몽골이 누구나 잘사는 사회주의가 되면서 국가에 헌납한 동무 부친의 가축두수증명서를 가지고 있소? 혹시 인민화폐 투그릭(화폐단위)으로 바꾸지는 않았소?"

"네, 가지고 있지요."

"그리고 서류를 보니까 동무에게 각별한 식당 게르에서 일하는 체첵마 여성동무가 고향사람이던데. 맞소?"

"네 맞지요. 고향 헙드 아이막이 같은 고향이지요."

"둘이서 부부가 되어 살 수 있는 노동자조립아파트도 공급도 받을 수 있게 해 줄테니 그걸 가져 오시요."

"……."

"동무사상이 그만하고 작업반장이 되어서 하는 말이오."

아버지는 할아버지의 목축업을 승계 받을 유일한 자손으로 유목민의 꿈을 키웠지만 공산화가 된 국가에 모든 것을 빼앗긴 것이다. 아버지는 몰수된 할아버지의 몰수가축증명서를 애지중지 다루었다. 더러는 인민화폐 투그릭으로 교환받은 사람들도 있었지만 아버지는 그것을 고이 지니고 있었다. 언젠가는 되찾을 모른다는 막연한 기대에서다.

Цэцэгмаа бүсгүй та хоёр нэг нутаг юмаа даа?"

"тийм ээ, бид хоёр нэг нутгийнх."

"за гол яриандаа оръё, та хоёрыг хамт амьдрах ажилчдын нийтийн орон сууцанд оруулж өгье, чи харин нөгөө эд хөрөнгө хураан авсан баримтаа надад өг."

"……."

"найз нөхрийн хувиар биш, ахлагчийн хувьд чамд хэлж байна шүү."

Аав, өвөөгийн малчин удмыг үргэлжлүүлэн авч явах цор ганц залгамжлагч хүү нь болохоор малчин болох мөрөөдөлтэй байсан ч коммунист нийгэмд хамаг бүхнээ алдсан тул өвөөгөөс үлдсэн.

"эд хөрөнгө хураан авсан баримт." түүний хувьд хамгийн нандин чухал зүйл нь билээ. Зарим хүмүүс түүнийгээ зарж хэд гурван төгрөгөөр сольсон ч аав хэзээ нэг өдөр хэрэг болох ч юм бил үү гэсэн битүүхэн горьдлого тээж явдгаас зарж төвдөөгүй билээ.

Гэвч энэ хугацаанд улс нийгэмд өөрчлөлт гарч цаг хугацаа өөр болсон ч түүний хүсэл биелэхгүй л байв. Социализмын үед хот хөдөөгийн ялгаа их, хотын хүмүүс хөдөөгийн хүмүүсийн ахуй хэрэглээний соёл, түвшин харьцангуй өөр байснаас ихэнх нь

여러모로 생각을 했다. 하지만 끊임없는 사회주의계몽운동은 공산국가로서의 완벽한 체제가 몽골에 구축되어 있었고, 다시 자유화가 되어 자유롭게 목축을 할 수 있는 가능성은 없었다.

더구나 유목민출신 여러 노동자들이 몰수가축증명서를 인민화폐로 바꾸어 사용하거나 당에 반납하고 어느 정도의 크고 작은 혜택을 받은 것을 알고 있는 터였다. 그 명분은 자본주의사상의 뿌리를 아주 없앤다는 것으로, 그나마 사회주의체제가 갖추어졌기 때문에 공산정부는 그렇게 시행했다.

2

남모르게 관심을 주는 어머니에게 정이든 아버지는 더는 어머니를 고생시키고 싶지 않았다. 할아버지의 몰수가축증명서를 내준 아버지는 조립아파트를 공급받고 어머니를 데려왔다. 자연히 영외거주를 하게 되었다. 그렇게 되자 아버지는 더욱 열심히 일했다. 인정을 받게 되자 수용소식당에서 일하던 어머니는 특별한 배려로 탁아소를 나가게 되었다.

그러던 어느 날 이었다. 집으로 돌아온 아버지가 어머니에게 말했다.

"우리몽골이 심상치 않아. 소련군들이 곧 철수한다는 소문

аргагүйн эрхэнд.

"эд хөрөнгө хураан авсан баримт."

бичгээ хэдэн төгрөгөөр зарах юм уу тохирох хэмжээний талбайтай газраар сольж авсан гэдгийг мэдэж байлаа.

2

Одоо бүх зүйл ил болсон болохоор аав ээжийг илүү зовоохыг хүссэнгүй, өвөөгийн 'эд хөрөнгө хураан авсан баримт' бичгээ байраар сольж ээжийг дагуулж ирснээр манайх гэдэг нэгэн шинэ өрх айл бий болжээ. Түүнээс хойш аав ажилаа бүр сайн хийж болж өөрийнхөө 'багахан' эрх мэдлийг ашиглан ажилчдын нийтийн байранд байрлаж ажилладаг байсан ээжийг цагийн хувиарьтай цэцэрлэг яслид ажилд оруулж амьдрал товхийгээд иржээ. Нэг өдөр аав ажилаасаа их л баяртай ирээд ээжид.

"за хө монгол оронд минь одоо л сайхан цаг ирэх бололтой. Орос цэргүүдийг удахгүй бүгдийг нь буцаана гэнэ."

"тэгвэл одоо л нэг эрх чөлөөтэй тайван сайхан цаг ирэх нь үү?"

"тэгэх болтугай л гэж хүсэж байна."

Монголчуудыг нүдэнд үл үзэгдэх гинжнээс нь сулласан

이 돌고 있어."

"네? 그럼 민주화가 된다는 건가요?"

"제발 그렇게 되어야지."

소문이 퍼지면서 노동에 시달리던 유목민출신노동자들이 들뜨기 시작했다. 공산당원간부들의 시선도 어딘가 모르게 풀이 죽어갔고 오히려 노동자들의 눈치를 보는 지경에 이를 즈음, 맨 먼저 울란바타르에 주둔했던 소련군부대가 수흐바타르 광장에 세워둔 탱크들의 포문을 일제히 내리고 모두 부대로 옮겨갔다. 반면 광장에는 노동자수용소에서 나온 수많은 유목민노동자들이 삼삼오오 모이더니 나중에는 일터를 나와 인산인해를 이루었다. 그러더니 주먹을 들고 궐기를 일으켰지만 포신을 휘두르며 제압하던 소련군들의 탱크는 다시 나타나지 않았다. 화력발전소 옆에 주둔했던 소련군사령부는 비상경계에 돌입했다.

내가 태어난 것은 1980년으로, 중국천안문사태가 일어나기 전이다. 이후 공산주의가 무너지기 시작하게 되는 1980년대 말, 1989년부터 90년 1년 사이 몽골 여러 지역에 주둔하고 몽골을 감시하던 소련군들이 철수를 시작했다.

소련군들의 철수과정에서 맨 먼저 궐기를 일으킨 유목민출신노동자들의 공격을 받은 것은 소련군사령부의 지원이 불가

ардчиллын өөрчлөлт эхэлж, жагсаал цуглаан хурал суулт үргэжлэн, малчин удамт ажилчин ангийнхан улс төрөөр амьсгалж эхлэв. Коммунистуудын зан аяг өөрчлөгдөж, ажилчдын үгээр хөдөлдөг болж, анх удаа хотод Сүхбаатарын талбай дээр байршуулсан танк, их бууг буулгаж бүгдийг цэргийн ангируу нүүлгэжээ.

Цуглаанаас цуглаанд ажилчид малчидын атгасан барьц улам лавширч, монгол түмний эрх чөлөө, тусгаар тогтнолын хувь заяа, эдийн засгийн гүн хямралын тухай ярианаас улс төрийн хувьсгалт шинэчлэл хүртэл сэдэв агуулга нь өргөжиж тэмцлийн зорилго нь бүхэлдээ коммунист дэглэмийн эсрэг чиглэсэн нь тодорхой болж байв. Гартаа зэвсэггүй ч олон арван тэмцэгчид эцэст нь ялалт байгуулсан цусгүй хувьсгал байв. 1989 онд хятадад ардчилсан хөдөлгөөн өрнөн цэргийн хүчээр дарагдаж, зху-д өөрчлөн байгуулалт шинэчлэлийн хөдөлгөөн өрнүүлсэн үе бөгөөд энэ үед зөвлөлтийн цэргүүд монголын нутаг дэвсгэрээс гарлаа.

Эрдэнэ зуу хийдийн 20 мянган лам хуврагуудыг хэдэн сарын турш хийдийн ард нүх ухаж бүгдийг нь буудан алж байжээ. Төв аймгийн Манзуширын хийдээс 2 мянга гаруй лам хуврагуудыг цаазалж, Дундговь аймгийн Мандалговь сумын Өөш манхны хийдийн 4000 гаруй лам хуврагууд бас л буудан хороогдсон. Олон мянган

능한 먼 지역, 어워르항가이 하르허릉에 주둔한 소련군파견부대로 처음 그곳으로 들어온 소련군들은 하르허릉에 주둔하자마자 수많은 에르댄죠사원 라마들을 사원 뒤 초원구덩이에 몰아넣고 모두 총살해 버렸다. 툽 아이막 망조시르 사원은 300명의 라마들이 있었고, 돈드고비 아이막 만달고비 어쉬망항사원 라마들도 총살되었다. 그렇게 총살된 라마들은 총 17,600명에 이른다. 수많은 유목민들이 시베리아로 끌려가 처형되고 살기 위해 국경을 넘어 도망치다가 사살되었다.

샤먼들은 물론, 몽골남성 20%가 몽골인민공화국 선포이후 총살되는 피바람을 겪었다. 그 피바람의 끝이 온전할 리 없었다. 철수를 하려던 지방소련군부대들이 유목민노동자들의 공격에 부대는 불타올랐고 주변초원에 즐비한 소련군시체들을 배고픈 늑대 떼들에게 뜯어 먹혔다. 소련은 안전한 철수를 요구하기에 이른다.

3

1990년 3월, 내가 열한 살이 되는 해, 몽골에 대변혁이 일어난다. 급기야 공산주의인민혁명당이 쫓기듯이 사퇴하고 사회주의가 무너졌다. 감시하던 소련군들이 완전히 철수하게 되자 울란바타르 수도는 민주화의 함성과 가축을 빼앗기고 살기위

малчид сибирт цөлөгдөж шийтгэгдсэн билээ. Бөө зайрангаас эхлээд Монголын бүх эрэгтэйчүүдийн 20 хувь нь БНМАУ тунхаглагдсаны дараа цаазлагдсан. Энэ цуст аллагын муу үр дагавар үгээр хэлэхийн аргагүй.

3

1990 оны 3 сард намайг 11 нас хүрдэг жил монголд ардчилсан хувьсгал эхэллээ. Монгол Ардын Хувьсгалт Нам огцорч социализм нуран уналаа. Хамгаалдаг байсан орос цэргүүд нь бүрмөсөн нутаг буцаж нийслэл хот ардчилсан эрх чөлөөт хот болон хувирав. Социализмын үед алдагдсан бүхнээ эргүүлэн олж авах их ажил өрнөж нэг хүнийг тахин шүтэх системийг халагдав. Гэвч улс оронд болж буй энэ том өөрчлөлт аавын сэтгэлийн гүнд хадгалагдан байдаг уламжлалт нүүдэлчин малчны амьдралаар амьдрах мөрөөдлийг нь бүрмөсөн арчиж, аав гүн ангалруу унах шиг л болсон гэдэг. Социализмын үеийн мал аж ахуй нэгдэлчдийн бодлогыг халах, хувьчлах шийдвэр гаргасан ардчилсан засгийн газар 1993 он хүртэл 4 жилийн хугацаанд хувьсгалын үед эд хөрөнгөө хураалгасан 'эд хөрөнгө хураан авсан баримт' бичигтэй хүмүүст мал хөрөнгийг нь буцаан олгох ажилыг зохион явуулахад

해 울란바트르로 몰려와 강제노동에 시달렸던 유목민들의 함
성이 몇날 며칠 끊이지를 않았다.

　몽골의 민주화가 이렇게 이루어지면서 국가는 자유몽골의
대변화를 시도했다. 사회주의에서 잃어버린 것들을 되찾기 시
작했고 돌려놓는 작업을 시도했다. 배급 제도를 철폐하고 자
유시장경제로 다시 환원되었다. 하지만 몽골의 대변화는 아버
지의 가슴에 남아있던 자유몽골 속에서의 유목민의 꿈을 이
룰 수 없게 되자, 아버지는 나락으로 빠져들었다. 사회주의 가
축공동사육정책을 철폐하고 사유화결정을 내린 자유정부는
1993년까지 4년 동안 사회주의가 몰수한 몰수가축증명서를
소유한 유목민후손들에게 모두 돌려주기 시작한 것이다.
　그러나 아버지는 단 한 마리도 가축을 돌려받을 수 없었다.
애지중지 다루었던 몰수가축증명서를 강제노동수용소에서 반
납했기 때문이다. 물론 그것으로 조립식아파트를 공급받고 어
머니를 데려와 가정을 꾸릴 수는 있었지만 당장 지금에 와서
는 근거가 될 수 있는 원장부마저 어디에서도 찾을 길이 없었다.
속이 상한 아버지는 이때부터 술을 입에 대기 시작했다.
　자유몽골은 나날이 변하지만 아버지는 술 세월을 벗어나지
못했다. 어머니가 미워졌다.

аав нөгөөх нандигнан хадгалж явсан 'эд хөрөнгө хураан авсан баримт.' бичгээ албадан хөдөлмөр эрхэлж байх үедээ өгсний харгайгаар ганц ч мал буцаан авах боломжгүй болсноо мэджээ.

Тэр үед нийтийн байрны эрх авч ээжтэй дэр нийлүүлж амьдралаа босгосон ч түүнийг нь гэрчилэх хүн болох тэр цагт ахлах байсан нөхрийг одоо хайж олохын аргагүй. Сэтгэлээр ихэд унасан аав энэ үеэс эхлэн архи ууж сэтгэлээ тайтгаруулахыг оролдсон ч архинд толгойгоо бүрмөсөн мэдүүлжээ. Монгол орон өдрөөс өдөрт эрх чөлөөт орон болон хувиран өөрчлөгдөж байхад аав харин архинд улам л живж, ээжид уурссаар.

"би тэр үед чамайг зовоохгүй л гэж эд хөрөнгө хураан авсан баримт бичгээ өгснөөс болж аавын минь мал хөрөнгө 500 хонь, 300 адуу, 150 сарлаг, 300 тэмээ бүгд байхгүй болчихлоо."

гэж ээжрүү агсамнана.

Иймэрхүү байдлаар аав согтох болгондоо ээжрүү агсам тавьсаар байсан хэдий ч, намайг дунд ангид орсон жил эрэгтэй дүү минь төрлөө. Аав дандаа тэгж уурсаж хэрүүл хийгээд байдаг учирыг би дунд ангид орсны дараа Монголын түүхийг суралцаж эхэлснээр аавын согтуудаа байнга хэлдэг нөгөөх үгнүүд, ээжээс сонссон манай гэр бүлийн тухай яриаг балчир оюун ухаандаа эргэцүүлэн

아버지는 어머니에게 투정했다.

"당신을 고생시키지 않으려고 몰수가축증명서를 반납했어. 그런데 지금 이게 뭐냐고, 돌려받을 아버지의 목축재산 양이 500두, 말이 300두, 야크 150두, 낙타 300두. 모두 날아가 버렸다고……."

이렇게 어머니에게 던지는 아버지의 술 투정을 들어가며 자유몽골세상에서 중학생이 되었을 때 남동생이 태어났다.

기억으로는 소련에 대한 아버지의 반감과 사회주의에 대한 나쁜 감정이었다. 나는 왜 아버지가 그러는지는 초등학교를 졸업하고 중학생이 되어 몽골의 역사를 배우고 지금까지 말해온 아버지와 집안의 내력을 어머니에게 더 자세히 듣고서 어린마음이나마 조금씩 알게 되었다.

아버지의 꿈은 유목민이다. 민주화로 몽골체제가 뒤바뀌면서 아버지는 사회주의 때 일하던 화력발전소에도 감원되어 나가지 못했다. 탁아소에서 어머니가 받아오는 적은 월급으로 가정을 유지했지만 그마저 사회주의 잔재인 탁아소제도가 철폐되자, 살기위해 조립식아파트를 처분한 돈으로 부모는 도시 변두리 빈민촌에 게르 하나를 세우고 남은 돈을 까먹으며 살 길을 찾았지만 여의치 않았다.

учрыг нь олохыг хичээдэг байв.

Аавын гол хүсэл бол мал маллан нүүдэлчний амьдралаар амьдрах. Монгол орон ардчиллын замд ороход аав урьд нь ажиллаж байсан цахилгаан станцдаа ч ажилд орж чадсангүй. Яслид ажилладаг ээж багахан цалингаараа м биднийг тэжээж байсан ч, нэг бүдрэхэд долоо бүдрэнэ гэгчээр ээжийн ажилын газар татан буугдаж, амьдралаа залгуулахын тулд аав ээж хоёр нийтийн байраа хир таарсан үнээр зарж борчуудын хороололд гэр барьж гараад үлдсэн мөнгөөрөө тарчигхан амьдарч байлаа. Өдөр хоног өнгөрөх тусам аав ээж хоёрын хэрүүл хийх нь олширч, аав бүрмөсөн архинд толгойгоо мэдүүлж архичин болж хувирлаа.

Нэг өдөр намайг хичээлээс ирэхэд аав мөн л согтуу, ээж тэр хоёр урьд урьдынхаас илүүтэй хэрэлдэж байлаа. Би Тэмүүлэн дүүгээ тас тэврэн айн чичирч зогслоо. Аавыг юу ч гэж байсан өөдөөс нь юм хэлдэггүй ээж тэр өдөр өөрөөс нь бүх муу зүйл үүдэлтэй гэх байнгын дайралт доромжлолыг тэссэнгүй аавтай чанга дуугаар хэрэлдэж байгаад ганц чемодантай хувцсаа аваад биднийг орхиод явчихсан нь тэр.

4

갈수록 부모들의 다툼이 잦아졌고 아버지는 술 세월을 보냈다.

어느 날 학교에서 돌아오자 잔뜩 술에 취한 아버지와 어머니가 대판 싸우고 있었다. 나는 어린 남동생을 안고 벌벌 떨었다. 어떻게 하든지 아버지에게 대들지 않던 어머니는 그날따라 크게 대들었고, 모든 것이 어머니 때문이라며 원망하는 아버지의 주정을 참다못해 가방하나를 들고 집을 나가버린 것이다.

4

나는 학교에서 짓궂은 쟈르갈과 칭바트 녀석에게 늘 놀림을 받고 있었다.

"이년 봐라, 네 가방 그게 뭐냐, 아주 찢어버리자."

그러면서 나를 마구 놀렸다. 더 짓궂은 칭바트 녀석이 약간 헤진 나의 가방을 잡아채더니 아주 찢어버렸다.

책들이 쏟아졌다.

"어때? 화나지? 쫓아와 봐. 히히."

하고 깔깔대며 웃었다. 화가 잔뜩 치민 나는 답답했다. 하지만 그 녀석들에게 눈물을 보이지 않으려고 꾹 참았다. 가슴 속에 일어나는 화를 억누르고 나는 이를 깨물고 찢어진 가방을 안고 집을 향해 걸어갔다. 아이들이 뒤에서 돌팔매를 하며 놀려댔다. 가득 찼던 눈물이 저절로 흘렀다. 양 볼이 뜨거웠다.

Би сургууль дээрээ Жаргал гэдэг хүүд байнга дээрэлхүүлдэг байлаа. Нэг өдөр тэр.

"энийг хараачээ, цүнх нь яачихсан юм бэ, энийг нь ураад хаячихъя."

гэнгүүтээ намайг түлхэж орхив. Тэрнээс ч дээрэлхүү онгиргон Чинбат гэдэг хүү бага зэрэг ханзарсан миний муу цүнхийг угз татаад бүүр урчихлаа.Номнууд газраар таран уналаа.

"уур чинь хүрч байна уу? Чаддаг юм бол барь л даа хаха. "

гэцгээн инээж хөхрөлдөн гүйхэд нь багтартлаа уурласан би яаж ч чадсангүй. Тэгэхдээ тэр муусайнуудад нулимсаа үзүүлэхгүй гэж байдгаараа хичээнэ. Уурлаж гомдсон би хөмхийгөө тас зуун уранхай цүнхээ тэвэрсээр гэрлүүгээ алхлаа. Хүүхдүүд араас чулуу нүүлгэн шоолцгооно. Хоёр хацар халуу оргин, тэвчиж байсан нулимс өөрийн эрхгүй асгаран урслаа. Жижигхэн гарынхаа араар урсах нулимсаа арчингаа, орхиод явсан ээждээ голдоо ортол гомдож, ганцаараа уйлсаар байв. Гэртээ орж ирээд бага зэрэг тайвширч, оосор нь тасарч урагдсан цүнхээ онгичингоо, өчигдөр орой аавын хэлсэн үгийг бодов. Аав минь согтуудаа байнга ээжтэй хэрэлддэг байсан ч, эрүүлдээ бол дүү бид хоёрыг сайн халамжлана.

"Аавд нь цүнх авч өгөх мөнгө алга. Урагдсан хэсгийг нь би оёод

가슴 속에 쌓인 분노를 참았다. 작은 손등으로 흐르는 눈물을 닦으며 어머니가 집을 나가버린 것조차도 슬픈 나는 혼자 말하면서 계속 울었다. 종래 집으로 돌아와서야 진정이 된 나는 끈이 끊어지고 찢어진 가방을 뒤적거리면서 어젯밤 아버지의 말씀을 생각해 보았다. 아버지는 비록 술주정세월로 어머니와 다투기는 했지만 제정신이 들면 나와 동생에게 인자하게 대했다.

"가방 사줄 돈이 없다. 형편이 안 되는구나. 찢어진 데는 꿰매 쓰 거라."

술기운에 빨개진 눈으로 말했다. 중학교입학전날 어디에서 구해왔는지 무늬가 있는 이 가방과 조금 큰 옷 한 벌을 아버지가 구해왔을 때 나는 아주 기뻤었다.

나는 어린마음으로 아버지가 할아버지의 목축재산을 돌려받을 수 있는 길이 생기기를 간절히 빌었다. 옷을 제대로 해 입지 못하기 때문에 학교를 가면 항상 외면을 당하는 나는 아이들을 피해 다녔다. 때문에 가까운 친구도 없었다. 게다가 반 친구들 앞에서 선생님에게 공부한 것을 질문을 받거나 숙제 검사를 할 때 칭찬을 받는 것은 나뿐이었다. 왜냐면 본래 공부 만큼은 남달리 잘하는 나에게 아이들은 숙제를 해주기를 바랐지만 나는 그것을 모두 받아줄 수 없었다.

그것이 미움이 되었는지 부탁을 들어주지 않았다는 이유로

өгье, тэгээд барьчих."

гэж архи уусаар улайсан нүдээ нухлан хэлсэн юм. Дунд ангид орооход аав хаанаас ч юм энэ хээтэй цүнх, бага зэрэг томдсон формын хувцсыг авчирч өгөхөд би жигтэйхэн их баярлаж билээ. Би тэгэхэд балчир ухаандаа аавд өвөөгийн хөрөнгийг буцаагаад өгчөөсэй гэж чин сэтгэлээсээ хүсдэг байлаа. Олигтойхон хувцас өмсөж үзээгүй би хувцас муутайгаасаа болж үргэлж хүүхдүүдээс дөлж явна. Тиймээс дотны найз ч байсангүй. Түүнээс ч хэцүү нэг асуудал байсан нь багш гэрийн даалгавар шалгана гэж ангийнхны өмнө гаргах Хичээл сурлагандаа сайн надаас манай ангийнхан гэрийн даалгавраа хуулуулаач гэхэд нь би байнга зөвшөөрөх хэцүү зөвшөөрөхгүй болохоор надад хүүхдүүд бүр ч ихээр дургүйлхэж дээрэлхэнэ. Иймэрхүү байдалтай сургуулиас гэртээ ирэхэд тэрнээс ч дор байдал намайг угтана .

Хазайж нурах шахсан гэрийн үүдээр орж ирэхэд хүйтэн жавар хайрч аргаа бараад би дүүтэйгээ гадуур явж түлэх юм олж гал түлдэг байлаа. Архи тамхи, чийг ханхалсан гэрт дүү минь хааяа хоол нэхэн уйлж намайг шаналгана. Аав өдөржин хаагуур дэмий тэнэж явдгийг би мэдэхийг хүсдэггүй байсан ч өвөөгөөс үлдсэн өнөөх хөрөнгөө хураалгасан бичиг баримтыг олохын төлөө

짓궂은 아이들은 나를 더 괴롭혔다. 이렇게 힘들게 학교를 다녀야만 하는 나는 집으로 들어오면 늘 실망하곤 했다.

기울어져 매달린 게르 문을 열고 들어가면 찬바람에 춥기 그지없었다. 나는 어린동생과 주변에서 땔감을 주워와 난로를 피우곤 했다. 때로는 술 냄새와 담배, 그리고 습기 찬 냄새가 찌든 게르 구석에서 동생이 울며 밥을 달라고 보채면 가슴이 아팠다.

나는 아버지가 종일 어디를 나다니는지 몰랐지만 사회주의 때 몰수된 할아버지의 몰수가축원장부를 찾는 길을 알아보려고 여러 곳을 찾아다니는 것을 알게 된 후부터 아버지를 조금은 이해하게 되었다. 하지만 어떤 날은 술 냄새로 잔뜩 찌든 아버지가 호쇼르[1]몇 장을 들고 와 내던지며 갖은 투정으로 밥을 달라며 어린 나에게 술주정을 했다. 밥을 해주면 아버지는 먹는 둥 마는 둥, 그러다가 또 어디론가 나갔다가 밤늦게 술에 취해서 들어오곤 했다.

5

어느 날 학교에서 돌아오자 아버지는 침대도 아닌 날바닥에서 술 냄새를 잔뜩 풍기며 코를 골며 자고 있었다. 이 모든 환경이 얼마나 힘든 일인지, 이렇게 견딜 수밖에 없는 일이었다.

[1]호쇼르 Хуушуур : 반죽된 밀가루 반죽에 저민 양고기를 감싸 기름에 튀긴 음식

очоогүй газар уулзаагүй хүнгүй шахам явааг мэдсэнээс хойш аавыгаа аль болох ойлгохыг хичээдэг боллоо.

5

Тэр өдөр хичээл тараад гэртээ ирэхэд аав мөн л архи ханхлуулсаар орон дээр хөлөө жийгээд хурхиран унтаж байв. Ийм байдал надад хичнээн хүндээр тусдагийг үгээр хэлэхийн аргагүй. Нүдээ анихад өөрийн эрхгүй нулимс асгарч бодолд автав. Ингэж суухдаа дотроо гайхалтай гоё цүнхний тухай төсөөлөн бодов. Хайж байсан зүйлээ олсон мэт миний нүүрэнд инээмсэглэл тодорч гэр доторхийг тойруулан харлаа. Дүү ямар нэг юм зурангаа харандаагаа хазалж сууна. Ээжийн үлдээсэн юмнууд гэрт зөндөө байлаа. Гэрийн нэг буланд байсан ээжийн үйлийн хайрцгийг гаргаж нээгээд гоёмсог хээтэй даашинз, гял цал болсон хувцаснуудыг нэг нэгээр нь эргүүлж тойруулж үзэнгээ миний сэтгэлд тод үлдсэн хос хунгийн зурагтай ээжийн өмсөх дуртай хувцсыг хайсаар олж авав. Ээж энэ хувцсыг өмсөөд дүүг үнсэж байсан нь санаанд илхэн. Ээжийн үнэр шингэсэн энэ хувцсаар би хичээлийн цүнх хийхээр шийдлээ. Би шувууны зургийг удтал ширтэнгээ ээжийгээ гэнэт ихээр саналаа.

저절로 흐르는 눈물방울을 닦고 눈을 감았다. 나는 눈을 감은 채 아주 많은 것들을 생각해 보았다. 갑자기 어머니의 델(외투)에 새겨진 아름다운 새, 쌍 백조가 떠올랐다. 나는 갑자기 찾고 싶었던 것을 찾은 것처럼 미소가 머금어졌다. 어머니의 흔적이 구석구석마다 묻어있었다. 구석에 처박혀있는 어머니의 트렁크를 열고 옷을 뒤지며 나는 무언가를 찾기 시작했다. 예쁜 무늬의 아주 화려한 옷들을 하나씩 들춰보면서 내 기억 속에 남아있는 아름다운 새 그림, 쌍 백조모양이 새겨있는 어머니가 입던 옷, 델이었다. 나는 그것을 찾아냈다.

내가 더 어릴 적에 어머니가 이 옷을 입고서 나와 동생을 안아주며 뽀뽀를 해주던 모습이 떠오른 것이다. 나는 어머니의 냄새가 배어있는 어머니의 이 옷으로 책가방을 만들기로 했다. 나는 쌍 백조모양을 오랫동안 바라보았다. 어머니가 더욱 보고 싶었다. 아버지와 다투고 집을 나가면서 옷이 가득 들어있는 트렁크를 남겨둔 것을 보면 언젠가는 어머니가 다시 돌아올 것이리라 믿었지만 어머니는 결코 돌아오지 않았다.

나는 아름다운 새, 쌍 백조모양이 수놓아진 어머니의 옷을 가위로 잘라냈다. 바느질을 하던 어머니가 떠올랐고 먼지에 덮여있는 설작 속에서 '바느질방법'이라는 책을 찾아냈다.

Аавтай хэрэлдээд биднийг хаяад явсан ээж минь авдартай хувцсаа орхиод явсныг бодоход нэг өдөр эргээд ирэх бол уу гэж хүлээдэг байсан ч эргэж ирээгүй билээ.

Би үзэсгэлэнтэй хос хунгийн зурагтай ээжийн хувцсыг хайчилж ээжийн ур хийдэг байсан зүү утасны хайрцагнаас 'Урлах арга' гэсэн ном оллоо. Энэ өдрөөс хойш би уйдах завгүй гоёмсог хос хунгийн зурагтай ээжийн хувцсаар цүнх хийхээр гэрлүүгээ яаравчилдаг боллоо. Хэдхэн өдрийн дотор ур хийц сайн биш ч, гоёмсог хос хунгийн зурагтай хөөрхөн цүнхээ хийж дуусгаад баярлаж хөөрсөн би цүнхээ үүрсээр ангируу ороход манай ангийнхан шууд л анзаарч намайг тойрон цүнхийг минь үзэхээр бүчин зогсоцгоов. Би өөрийнхөө хийсэн хос хунтай цүнхний ачаар сургууль дээр дээрэлхдэг хүүхдүүд , согтохоороо агсамнадаг аав, байнга уйлж шаналгадаг дүү гээд хэцүү бүхнээс ангижирч, өөртөө итгэлтэй боллоо.

"Нарантуяа наад цүнхийг чинь хэн хийж өгсөн юм бэ?"

гэцгээхэд нь би гайхуулах маягтай ширэвхийн.

"би өөрөө."

гэв. Намайг дээрэлхэж дорд үздэг байсан Жаргал, Чинбат хоёр надад

이 날 이후부터 나는 외롭지 않았고 즐거워졌다. 왜냐면 아름다운 새, 쌍 백조가 수놓아진 어머니의 옷으로 나의 책가방을 만들고 싶은 마음에 뛰듯이 집으로 돌아오곤 했다. 그리고 며칠 후 비록 서툰 바느질이지만 쌍 백조모양의 멋있는 책가방이 완성되었다. 나는 기쁜 마음으로 그 가방을 들고 학교를 가자 반 친구들이 모두 멋있다며 몰려들었다.

이제 학교에서 나를 놀리던 아이들과, 취하기만 하면 주정하는 아버지와, 울어대는 동생, 힘들었던 일들도 내가 바느질로 손수 만든 쌍 백조가방하나의 인기가 가능성이 있는 어떤 믿음과 보람을 안겨주었다.

"나랑토야, 그 가방 누가 만들어 줬어?"

하고 물으면 나는 어깨가 으쓱해졌다.

나를 무시하고 괴롭히던 자르갈과 칭바트 녀석이 말했다.

"정말 네가 만들었어? 우리도 하나씩 만들어 줄래? 내 외투로 만들어 줄래?"

자르갈 녀석이 외투를 벗으며 말했다. 늘 놀리는 그 녀석들 때문에 속병이든 내가 말했다.

"좋아, 그럼, 네 외투로 가방을 만들어 줄 테니까 제발 나를 괴롭히지 마. 알았지?"

하고 단호하게 말했다.

"чи нээрээ энэ цүнхийг хийсэн юм уу? Бид хоёрт нэг нэгийг хийгээд өгчих. Миний гадуур хувцсаар хийгээд өгчих тэгэх үү?"

гээд Жаргал гадуур хувцсаа шууд тайлж өгөв. Намайг байнга дээрэлхдэг тэднээс болоод дотор бачуурч явдаг ч би

"за яахав гадуур хувцсаар чинь цүнх хийж өгье, харин та нар намайг дээрэлхэхээ болино шүү за юу."

гэж хатуухан хэллээ. Нөгөөх чинь хувцсаа тайлж өгөнгөө.

"за тэгье, харин надад цүнх хийж өгч чадахгүй бол чиний цүнхийг авна шүү?"

гэхэд Чинбат ч бас гадуур хувцсаа тайлж өгөв.

6

Гэртээ ирэнгүүтээ би 'Урлах арга' номоо дахин нэг уншаад жижигхэн гартаа зүү утсаа барьж хэдхэн өдрийн дотор нөгөө хоёрын гадуур хувцсаар шинэ цүнх хийгээд өгөв. Ийм хөөрхөн цүнхнүүд хийж чадсандаа би өөртөө ч итгэхгүй байлаа. Түүнээс хойш манай ангийнхан надтай дотносож, нөгөө ангийнханд хүртэл хуучин хувцсаар нь шинэ цүнх хийж өгдөг болсноор намайг дээрэлхэх хүүхэд байхгүй болж, харин ч бүр нэр хүндтэй боллоо.

"그럼, 네가 내 외투로 가방을 만들지 못하면 네 가방을 내게 주는 거야. 알았지?"

하며 자르갈 녀석이 다짐을 받았다. 칭바트 녀석도 자신의 상의를 벗어주었다.

6

집으로 돌아온 나는 바느질방법 책을 다시 샅샅이 살펴보면서 작은 손에 바늘과 실을 들고 열심히 바느질을 한 끝에 며칠 후 그 녀석들이 벗어준 옷으로 새로운 가방을 만들었다.

내가 이런 솜씨를 가지고 있었다니, 나는 스스로를 믿지 못했다. 그 후 반 친구들이 나와 친하게 지내게 되었고, 다른 반 친구들까지 헌 옷을 가져오면 그걸 잘라 새로운 가방을 만들어 주게 되자 아무도 나를 괴롭히는 아이들은 이제 더는 없었다. 오히려 인기가 높아졌다.

나의 바느질재능을 알게 된 선생님은 '아름다운 쌍 백조가방'이라는 이름으로 내 책가방을 학교 학예회행사전시회에 출품시켜주었다. 뿐만 아니라 내가 만들어준 여러 아이들의 책가방과, 취미가 붙어 집으로 들어오면 어머니가 남기고 간 헌옷으로 여러 가방을 만들어 둔 것까지 모두 가져와 전시를 하

Намайг хос хунтай гоё цүнхийг өөрөө урласныг олж мэдсэн багш сургуулийн уран бүтээлийн Үзэсгэлэнд 'үзэсгэлэнт хос хунтай цүнх.' гэсэн нэр өгөн оролцуулав.

Би ч урам орж, гэртээ ирээд ээжийн орхиод явсан хуучин хувцсаар хийсэн бүх цүнхнүүдээ аваачиж үзэсгэлэнд тавихад манай сургуулийн захирал өөрийн биеэр ирж сайшааж урамшуулав. Би тэр үзэсгэлэнгээс үнэмлэх бичгээр шагнууллаа. Захирал сайшаан магтсан болохоор багш нар ч намайг 'уран авъяастай сурагч' гэдгийг хүлээн зөвшөөрч намайг ядуу дорой гэж дээрэлхэж доромжилдог хүнгүй боллоо.

Бараг сар шахам үргэлжилсэн сургуулийн уран бүтээлийн үзэсгэлэнг үзэхээр өөр сургуулийн сурагчид зорин ирсэн тэр өдөр үзэсгэлэн хариуцсан багш.

"Нарантуяа, захирал чамайг үндэсний телевизийн "авъяаслаг сурагч."

нэвтрүүлэгт оруул гэж даалгасан. Зурагтын нэвтрүүлгийн газраас дуудсан өдөр надтай хамт очиж нэвтрүүлэгт оролцоно, танай ар гэрийн талаар ч асуух байх чи сайн ярих хэрэгтэй шүү ойлгосон уу? Маргааш манай сургууль дээр үзэсгэлэнгийн талаар бичлэг хийх хүмүүс ирж бичлэг хийнэ" гэлээ. Маргааш нь телевизээс

게 되자, 교장선생님까지 나서서 격려를 해주었다. 그리고 학예회에서 나는 표창을 받았다.

이제 누구도 가난하다고 나를 무시하거나 괴롭히지 못했다. 교장선생님을 비롯하여 모든 선생님들에게 '재능이 있는 학생'으로 인정받게 되었기 때문이다. 한 달 동안이나 학교강당에서 열리는 학예회전시회에서 다른 학교학생들까지 견학을 온 날 담임선생님은,

"나랑토야, 교장선생님께서 국영TV방송국 '재능이 있는 학생' 프로그램에 너를 추천하셨다. 방송국에서 연락이 오면 나랑 방송국에 출연하게 된단다. 어려운 가정형편도 묻거든 잘 말해야 해, 알았지? 그리고 내일 전시장촬영을 하려고 방송국에서 올 거야."

하고 말했다. 그러더니 다음날 방송국차가 왔고 나를 세워놓고 촬영을 했다. 인터뷰도 했고 쌍 백조가방을 들고 있는 옆모습과 뒷모습도 촬영했다.

재능이 있는 학생이라는 방송국 본 프로그램에 참여하게 되어 방송국을 간 날, 이것을 알게 된 아버지는 예쁜 전통 옷 한 벌과 머리장식 털거잉거열[2])까지 빌려왔다. 그걸 입고 담임선생님과 아버지가 나와 함께 초대석에 앉았다.

---

2) 털거잉거열Толгойн-гоёл /옥구슬을 실에 꿰어 만든 여성들의 전통 머리장식품

хүмүүс ирэн намайг зогсоож байгаад боино хэмжээний бичлэг хийж хос хунтай цүнхийг минь бариулан хажуугаас, хойноос зургийг минь авав. 'Авъяаслаг сурагч.' шууд нэвтрүүлэгт оролцохоор явах өдөр аав гоё дээл, толгойн гоёл хаанаас ч юм зээлж ирж өмсгөлөө. Би түүнийг нь өмсөн явж багш, аав хоёртой хамт нэвтрүүлгийн зассан танхимд орж суулаа. 50 минут орчим нэвтрүүлэг явагдаж, надаас яагаад ээжийнхээ хувцсаар цүнх хийх болсон талаар асуухад нь Жаргал, Чинбат хоёр цүнхийг минь урснаас цүнхээ хийх болсон талаар дурссангүй. Ядуу амьдралтай ар гэрийнхээ талаар ний нуугүй ярьж, барих цүнхгүй болохоор энэ цүнхийг өөрөө хийснээ ярилаа. Хаяад явсан ээжийнхээ талаар, архинд толгойгоо мэдүүлсэн аавынхаа тухай ярихдаа яагаад түүнийг архичин болсон шалтгааныг ч бас ярив. Нэвтрүүлэг хос хунтай цүнхний талаар эхлээд,'эд хөрөнгө хураан авсан баримт'бичгээ олж авч чадахгүй байгаа аавын зовлонг ярьж төгслөө.

7

Нэвтрүүлэг дуусах дөхөж нэвтрүүлэгч бүсгүй.

거의 50분을 프로그램 진행 중, 어떻게 어머니의 옷으로 가방을 만들게 되었는지 그 동기를 물었지만 짓궂은 자르갈과 칭바트 녀석이 가방을 찢어버렸기 때문이라는 말은 하지 않았다. 가난 때문에 가방이 없어서 만들었다고 했다. 자연히 가출한 어머니이야기가 나왔고. 술주정뱅이가 될 수밖에 없는 아버지의 이야기까지 나오면서 아버지의 깊은 사연까지 나는 말하게 되었다. 프로그램진행방향이 쌍 백조가방에서 몰수가축을 돌려받지 못한 아버지의 사연까지 방송을 타게 된 것이다.

7

프로그램이 끝나갈 무렵 여성사회자가 물었다.

"자, 그럼, 나랑토야 학생은 방송에서 누구에게 어떤 말을 하고 싶어요? 몇 분간 시간을 주겠어요."

갑자기 무슨 말을 먼저 해야 할지, 나는 망설이다가 한숨을 몰아쉬며 엄마를 달래는 소리로 의젓하게 말했다.

"엄마, 엄마의 예쁜 옷들로 가방을 만들었어요. 엄마, 죄송해요. 그리고 아버지가 이제는 술도 마시지 않아요. 저를 방송으로 보고 계시면 집으로 얼른 돌아와 주세요."

그러면서 나는 참고 살아왔던 어린 가슴에 맺힌 울음을 터

"за Нарантуяа энэ нэвтрүүлгээр дамжуулан хэн нэгэнд хэлэх үг байвал хэлээрэй."

гэхэд гэнэтийн асуултад юу гэж хэлэхээ мэдэхгүй хэсэг байзнасан би ээжийгээ аргадах мэт хоолойгоор

"Ээж ээ та намайг харж байгаа бол гэртээ хурдан эргээд ирээч. Аав маань их сайн хүн болсон шүү. Ээжээ таны гоё хувцаснуудаар цүнх хийчихсэнд намайг уучлаарай ээжээ."

гэж хэлэнгүүтээ олон жил тэвчиж явсан нулимсаа асгаруулан цурхиртал уйллаа. Нулимсаа барьж чадахгүй, нэвтрүүлгийн танхим хэсэг хугацаанд чимээ аниргүй боллоо. Хажууд сууж байсан багш, аав, нэвтрүүлэгч бүсгүй бүгд нулимсаа арайхийн барьж байлаа. Намайг арайхийж тайвшрахад нэвтрүүлэгч бүсгүй "Өөр хүсэл байна уу Нарантуяа."

гэж аргадангуйгаар асуув. Би дахин

"намайг төрөхөөс өмнөх нийгэм социализмын талаар би тийм сайн мэдэхгүй л дээ. Социализмын үед өвөөгөөс хураан авсан мал хөрөнгийг буцаан авч чадахгүй байгаагаас болоод л аав минь архинд орчихсон юм. Түүнийг шийдэж өгч аавд болон бидэнд туслаач"

гэж гуйх аястай хэлж нэвтрүүлгийг дуусгав. Миний мөрөөдөл

트리고 말았다. 눈물을 주체하지 못하자 방송은 한동안 침묵이 흘렀다. 옆에 앉은 담임선생님과 아버지와 여성사회자까지 눈물을 훔쳤다. 나의 슬픔이 잦아지자 여성사회자는 동정하듯 부드럽게 다시 물었다.

"다른 소원은 없어요? 나랑토야?"

나는 또 말했다.

"나는 태어나기 전이어서 우리나라사회주의를 잘 몰라요. 사회주의에서 빼앗긴 할아버지의 목축재산을 아버지는 잘못되어 돌려받지 못했어요. 그래서 술만 드시는데 우리아버지도 그것을 돌려받고 싶어 하세요."

하고 애원하듯이 말했다. 나의 꿈은 어머니가 돌아오시는 것과 아버지의 소원이 이루어지는 것뿐이었다. 식당에서 일하시던 어머니가 텔레비전을 보고서 그날 밤 집으로 달려왔다.

동생을 안고 계시던 아버지가 들어온 어머니를 반갑게 맞았다.

8

그리고 몇 달 후, 어머니의 옷으로 만든 쌍 백조가 새겨진 내 책가방하나는 방송의 파력을 타고 사회주의몽골이 자유몽골로 변한 것처럼 나의 가정에 대변혁을 일으켰다. 방송국기자는 몽골이 민주화가 되면서 할아버지의 목축재산을 아버지가

бол ээж гэртээ буцаж ирэх, аавын хүсэл биелэх хоёр л байлаа. Тэр нэвтрүүлгийг үзэж суусан ээж минь тэсэлгүй тэр оройдоо гэртээ бүрмөсөн буцаж ирсэн билээ. Аав дүүг хөтөлсөөр ээжийг баяртайгаар угтлаа.

8

Миний хийсэн хос хунгийн зурагтай цүнхний ачаар нэвтрүүлэгт орсон манай амьдрал эрс өөрчлөгдөж, Монгол орон социалист нийгмээс ардчилсан нийгэмрүү шилжин орсонтой адил том өөрчлөлтийг манай гэрт авчирлаа. Бидний оролцсон телевизийн нэгэн сэтгүүлч Монгол оронд ардчилал сэргэсэн ч өвөөгийн мал хөрөнгийг аав буцааж авч чадаагүй талаар мөн үүнтэй төстэй хэд хэдэн тохиолдлын талаар сурвалжлага хийж эхэлжээ. Тэр сэдвээр өргөн хүрээтэй ажил эхлүүлж дахин нэвтрүүлэг хийж нилээд олон малчидын үр хойч, хүүхдүүд хураагдсан мал хөрөнгөө буцааж авч чадахгүй байгааг тогтоов. Нэг л өдөр төрсөн нутаг Ховд аймгийн захиргаанд хадгалагдсан эд хөрөнгө хураан авсан баримт.

бичгийг олж, бидэнд баяртай мэдээ дуулгасан хүн нь нөгөө телевизийн сурвалжлагч байв. Тэр сурвалжлагч уйгагүй

돌려받지 못한 것과, 여러 유사한 사례를 전반적으로 모아 취재하기 시작했다. 취재결과가 다시 방송을 탔고 무수한 유목민들이 몰수가축을 돌려받지 못한 사례를 취합하여 그 결과를 방영한 것이다.

자유몽골정부는 모든 유목민들에게 몰수가축을 되돌려주고서도 남는 수많은 가축을 각 아이막행정부에서 국영목축사업으로 편입 운영하도록 했고, 그 가축들은 원주인인 유목민들이 사회주의반대운동을 일으키다가 소련 붉은 군대로 끌려가 시베리아에서 총살되었거나, 사회주의맹신분자들로 하여금 목숨이 위태롭게 되자 국경을 넘어 도망친 유목민들, 그리고 그 과정에서 사살된 유목민들이 남긴 주인 없는 가축들이라는 것을 밝혀냈다.

여기에 아버지의 고향 헙드 아이막 행정부에 보관된 목축재산몰수원장을 찾아낸 것은 방송국취재기자였다. 그 기자는 통계자료 책자를 바로 펴냈고 그것으로 몽골최고의 언론기자 상을 받았다. 그것을 기화로 헙드 아이막 행정부에서 아버지에게 연락이 온 것은 내가 방송을 탄지 넉 달 후였다.

явж материалуудыг бүгдийг нэг бүрчлэн үзэж хайсны эцэст хадгалагдсан баримтуудыг олжээ.

Тэр сурвалжлагч маань салбарынхаа улсын шилдэг шагнал хүртсэн юм. Намайг нэвтрүүлэгт орсноос дөрвөн сарын дараа Ховд аймгийн захиргаанаас аавруу ярилаа. Аав минь өвөөгийн хойч үе, үр удам нь болохоор хожуу хойно ч гэлээ хураагдсан мал хөрөнгийг нь буцаан авсан билээ. Аав энэ мэдээг сонссон даруйдаа ээжийг дагуулан Ховд аймаг руу явж, бага ангид сурдаг дүүтэйгээ би архины үнэр ханхалсан ноорхой гэрээсээ огт өөр орчин малчдын хүүхдүүд амьдардаг дотуур байранд орж ямар ч зовлон бэрхшээлгүй суралцах болсон юм

*

"би чамайг л зовоохгүй гэж эд хөрөнгө хураан авсан баримт бичгээ өгснөөс болж аавын минь мал хөрөнгө 500 хонь, 300 адуу, 150 сарлаг, 300 тэмээ бүгд байхгүй болчихлоо⋯⋯."

гэж ээжрүү агсамнана. Иймэрхүү байдлаар аав согтох болгондоо ээжрүү агсам тавьсаар .<Төгсөв>

협드 아이막 행정부에 보관된 몰수가축대장에서 확인된 몰수가축의 60%를 아이막행정부가 관리하는 국영가축에서 되돌려준다는 통보였다. 뒤늦게나마 아버지는 이렇게 할아버지의 직계후손으로서 가축을 돌려받을 수 있었다. 아버지는 어머니를 데리고 날듯이 협드 아이막으로 떠났고. 초등학교에 들어간 동생과 나는 아버지의 술 냄새로 찌든 빈민촌 게르를 떠나 유목민자녀기숙사로 들어가 어려움 없이 공부할 수 있게 되었다.

*

"당신을 고생시키지 않으려고 몰수가축증명서를 반납했어. 그런데 지금 이게 뭐냐고, 돌려받을 아버지의 목축재산 양이 500두, 말이 300두, 야크 150두, 낙타 300두. 모두 날아가 버렸다고……."

술에 취하기만 하면 푸념하던 아버지의 넋두리다. 나는 술주정뱅이아버지의 딸이 아니라 진정한 몽골유목민의 딸이 되고 싶었다. 〈끝〉

4

Мөнхторой

4

영원한 새끼돼지

Мөнхторой

1

Батбилэг аав дүү хоёрыгоо цаг бусаар алдаж, ээжтэйгээ мал маллан амьдардаг бондойсон улаан хацартай жинхэнэ монгол төрхтэй малчин хүү билээ.

Жаргаж байгаа нараар гэрийн гадаа хонио хотлуулж, уяанаас морио уячихаад дээлнийхээ ханцуйгаар хувцсаа гөвөнгөө Мөнхторойн жижиг булбарай гараас хөтлөн гэрлүүгээ оров. Тэрээр аав дүүгээ алдсандаа ихэд гашууддаг ч түүнээс ч их зовлон үзэж, гэрийнхээ бүх хүмүүсийг алдсан Мөнхторойг бодоход арай л учиртай. Ягаан өнгийн дээлэн дээр ногоон бүс бүслэн, улаан эмжээртэй хурган малгай өмссөн Мөнхторой үнэхээр өхөөрдөм хөөрхөн харагдана. Гэвч түүний царай цаанаа л гунигтай.

영원한 새끼돼지

1

바트빌랙은 아버지가 없다. 동생도 있었지만 지금은 어머니뿐인 이제 겨우 열두 살 된 소년으로 어린 목동이다. 둥근 얼굴에 양 볼이 붉고 갈색 피부는 몽골인의 전형이다. 석양빛에 붉게 물든 초원에서 방목한 양떼를 우리에 몰아넣은 그가, 기둥에 말고삐를 묶는다.

그는 아버지와 동생을 잃게 되는 슬픔이 있었다. 그러나 같은 자연재해로 온 가족을 잃고 고아가 된 뭉흐터러이[1])의 슬픔과는 비교할 수 없었다. 옷자락먼지를 긴 소매로 툭툭 털며 자그만 손 갈퀴를 여린 손으로 쥐고, 낙타 가슴에 엉킨 털을 쓸어주던 뭉흐터러이의 손을 잡고 게르 안으로 들어간다. 전통의상 자주 빛 델을 입고 허리에 두른 푸른색 부스와 새끼 양가죽으로 만든 빨간 호르강 말가이를 머리에 눌러쓴 뭉흐터러이의 모습은 참 귀엽다. 하지만 흑黑 그늘 진 얼굴빛은 늘 애잔하다.

---

1) 뭉흐터러이Мөнхторой : 영원한 새끼돼지

Батбилэгийн ээж нухсан гурилаа бөөрөнхийлөн элдэж, хонины мах боон чимхэж тосонд шажигнуулан хайрна. Хуушуурны үнэр нэн сайхан. Батбилэг ташуураа ханын толгойд өлгөөд Мөнхторойгийн хажууд суув. Хуушуураа сурмаг гэгч чимхэх ээж нь Батбилэгт хандан

"миний хүүгийн нэр чинь бат бэх, ухаан билэгтэй хүн гэсэн утга учиртай болохоор нэр шигээ мундаг хүн болох ёстой шүү хүү минь."

"......."

Түүний талийгч дүүг Батболд гэдэг байсан бөгөөд хоёул аавынхаа нэрний Бат-ыг авч нэрлэсэн болохоор аавын нэрийг сэвтүүлж болохгүй.

2

Түүнийг 4 нас хүрэнгүүтээ л уурга унан морь болгон цогихыг харсан аав нь морь унахыг хүсэж байгааг нь мэдэж номхон моринд мордуулж хоёр хөлийг нь ганзагаар нь даруулахыг харсан ээж нь дуу хадаж

"хүүе ээ, нялх амьтныг яаж ингэж болдог юм бэ. Хүүхэд алах

푸른 두건의 당찬 바트빌랙의 어머니가 손바닥크기로 엷게 편 밀가루반죽에 다진 양고기를 감싸 기름 솥에 넣고, 지글지글 튀기고 있다. 냄새가 구수하다. 저녁식사로 호쇼르를 만들고 있다. 양羊의 앞다리를 손잡이로 만든 말채찍을 게르 문 받침 목 고리에 걸고, 바트빌릭은 난로 옆 의자에 뭉흐터러이가 앉도록 의자를 당겨주고 자신도 엉덩이를 붙인다. 납작하게 눌린 밀가루반죽덩어리를 주걱으로 뒤집고, 익숙한 솜씨로 다진 양고기를 감싸던 어머니가 바트빌릭에게 눈길을 던지며 말했다.

"네 이름은 강한지혜라는 뜻이다. 강하고 지혜롭지 못하면 넌 거친 초원에서 살아갈 수 없다."

"……."

그렇게 말하는 어머니의 표정은 언제나 의미심장했다. 아버지와 동생을 잃은 뒤부터 들어온 말이다. 그가 더 어릴 적 바트벌드라는 이름을 가진 동생도 있었다. 아버지의 이름 바트를 성性으로 같이 쓰는 형제였다,

2

어느 아이막 초원목축지에서 아버지는 바트빌랙의 나이 세 살적에 가축의 마른 똥을 땔감으로 주워 담는 바구니를 땅에 엎어놓고 그곳에 앉혔다. 그리고 올가미 끈으로 고삐를 잡고 나무채찍을 치게 하며 말을 타고 싶은 호기심을 불러일으켰다. 그 뒤 네 살이 되어서는 바트빌랙을 말에 태워 안장 끈으로 두

нь уу."

хэмээн дуу алдахад Аав нь юу ч болоогүй мэт

"миний хүү жолоо цулбуураа баруун гартаа атгаад зүүн гартаа ташуураа барьж морио ташуурд."

гэнэ. Батбилэг яахаа сайн мэдэхгүй зогсоход аав нь морийг нь ташуурдахад унасан морь нь ухасхийн давхив. Нилээн яваад эргэж ирэхдээ Батбилэг

"ёоёо бөгс өвдөж байна."

гэхэд ээж нь гүйн очиж хүүг буулгаад

"нялх амьтныг хурдан морь унуулаад байхдаа яах вэ дээ." гэж үглэсээр.

Батбилэгийг 5 настайд аав нь

"хүүдээ унах морийг нь бэлдэж өгнө дөө."

гээд адуун сүргээсээ бор зүсмийн морь зүсэлж өгөхөд нь түүнийг өглөө оройгүй ноолж унасаар морь унаж сурлаа. Батбилэгийг морь унаж сурахад аав нь нэрнийх нь эхний үсэг болох 'Б' үсэгтэй тамга мориных нь гуянд тамгалж өгөв. Морийг зуны дулааны улиралд тамгалдаггүй, намрын сүүл 9 -10 сарын хооронд сэрүүн цагт тамгалдаг бөгөөд алдаж

허벅지를 묶었다. 그것을 본 놀란 어머니가 쫓아 나오며 소리쳤다.

"어떻게 어린자식에게 이렇게 가혹할 수가 있어요. 어쩌자고 어린 것을 말위에 올려놓고 두 다리까지 묶어놓는 거예요. 아이를 죽일 작정인가요?"

하고 야단을 쳤다. 아버지는 아랑곳하지 않고 어린 바트빌랙에게 말했다.

"자, 바트빌랙, 말갈기를 이렇게 왼손으로 쥐고 바른 손은 채찍을 쥐어라. 그리고 '츄츄, 츄츄,[2]하면서 채찍으로 말 엉덩이를 내리쳐보아라."

어린 바트빌랙이 머뭇거리자 아버지는 채찍으로 말 엉덩이를 사정없이 내리쳤다. 그러자 말은 쏜살같이 튀듯이 달렸다. 얼마 동안 달리던 말은 스스로 되돌아왔고, 허벅지가 묶여있는 어린 바트빌랙은 다급하게 말했다.

"업치테이-,업치테이-[3]."

마음을 졸이고 있던 어머니는 화급히 달려와 어린 그를 받아내리며 아버지를 또 질책했다.

"어린 것을 벌써부터 경주마를 타게 할 작정인가요?"

그런 뒤 바트빌랙이 다섯 살이 되자 아버지는 말했다.

"이제 네가 탈 말 한 마리를 길들여야 하겠다."

그러면서 방목하던 여러 말 중, 하얀 말 한 마리를 끌고 온

---

2)츄츄, 츄츄 шɣɣ, шɣɣ / 말을 몰 때 재촉하는 소리
3)업치테이 Өвчтэй-Өвчтэй / 아파-아파

үрэгдсэн тохиолдолд мориныхоо тамгаар хүмүүсээс асууж сураглан олж авах гэх мэт ашигтай талуудтай. Манай морьд бүгд 'Б' үсгэн тамгатай бөгөөд аав надад ингэж хэлсэн юм.

"за энэ бор морь ингээд чиний унаа боллоо. Миний хүү өөрөө мориндоо нэр өг."

"Билэгт цагаан."

гэхэд.

"өөрийнхөө нэрийг оролцуулаад өгчээ гэж өхөөрдөв."

3

Тэр өдөр өөрийгөө том хүн болчихсон мэт санаж үгүй дээ л эр хүний үнэр орсон хэмээн догь байв. Ээж аавд хандан

"бага хүүгээ малчин болгож, том хүүг арай өөр замаар явуулна байгаа. Одоо морь малын дөртэй ч боллоо." гэв.

Аав гартаа барьсан махнаасаа том гэгч үмхээд араас нь бүлээн цай залгиснаа ийн хэлэв.

"сургуульд сургах хэрэггүй ээ. Сумруу явуулж сургуульд сургана гэвэл бөөн төвөг. Өсч томроод эхнэр авбал хэдэн толгой мал тасдаж өгөөд тусад нь гаргана биз."

아버지는 튀는 말 위에 바트빌릭을 태우고 며칠 동안이나 힘든 로데오를 시켰다. 몇 번이나 말 위에서 곤두박질로 떨어졌다. 하지만 결국 힘들게 로데오를 성공하고 말 한 필이 그렇게 길들여졌다. 바트빌랙이 말을 몰고 주변을 한바퀴 돌고 오자, 아버지는 언제 준비해 뒀는지 바트의 첫 자字, 바Б 모양이 새겨진 무쇠낙인烙印을 꺼내와 한참동안 난롯불에 달궜다. 그리고 그것이 벌겋게 달아오르자 묶어 놓은 말 주둥이에 재갈을 물리고 엉덩이에 꾹 눌러 낙인을 찍었다. 낙인은 여름에는 찍지 않는다. 기후가 시원해지는 9월 보름부터 10월 보름사이에 찍는다. 낙인을 찍으면 멀리에서도 자신의 말을 구분할 수 있고 잃어버렸을 경우 쉽게 찾을 수 있는 단서도 되었다. 살 거죽에 연기가 나며 지글거렸다. 눌렀던 낙인을 들어내자 바 Б자字의 모양이 선명하게 새겨졌다. 그 낙인은 아빠의 말 엉덩이에도 있었다. 얼마나 뜨거 웠는지 말이 몸부림을 치자 흙이 튀었다. 달구어진 낙인을 식히려고 물속에 담그면서 아버지는 말했다.

"이제 이 흰 말은 평생 네가 탈 말이다. 넌 이제 성인이 될 자격을 얻었다. 말 이름을 뭐라고 부를 거냐?"

"빌랙-차강." [4]

"그래? 네 이름자를 넣어서 잘 지었다."

3

그렇게 성인이 될 자격을 얻은 날, 저녁을 먹으며 어머니는

---

4)빌랙차강Билэг цагаан : 지혜롭고 하얀

"тэгснээс сургуульд оруулсан нь дээр шүү дээ."

"хэрэггүй гээд байхад. Малчин болно гэдэг хүн болгоны хийж чадах ажил биш." гэхэд аавыг ятгаж дийлээгүй ээж.

"малчин боллоо гээд шагнал авч хананд зургаа өлгөхөөс илүү юугаар гийгүүлэх юм. Саяхан авсан Далай ламын сургаальтай шагналыг уншиж ч чадахгүй өнгөрсөн дөг······ улс орны байдал өөрчлөгдөж байхад хүүхдээ сургахаа боддоггүй." гэж бухимдана.

Манай ээж Далай ламын сургаалийг унших хэмжээний бичиг үсгийн боловсролтой.

Харин аав сургууль соёлд сураагүй болоод ч тэр үү ээжийн санааг ер дэмжих шинжгүй. Социализмын замаар хөгжиж явсан монгол улс ардчиллын замд шилжин орж 22 сая байсан малын тоо толгой хэдхэн жилийн дотор 40 сая болж өсөв. Жил бүр малын тооллого явагдаж мал сүргээ өсгөсөн малчдыг хөхүүлэн шагнана. Аав минь мал сүргээ өсгөн үржүүлж, малчин удмын ахуй амьдралдаа сэтгэл хангалуун байдаг байв.

Гэвч эцэст нь аав ээжийн үгэнд орж намайг 8 настайд.

"за хүү минь чи аймгийн төвд сургуульд сур даа." гэж зөвшөөрлөө.

아버지에게 말했다.

"목축상속은 작은아이 몫이니까 큰아이 앞길을 따로 터줘야
지요. 말도 이제 탈 줄 아는데……."

"……."

아버지는 즉답을 피했다. 호쇼르 한 장을 거친 손으로 덥석
한입에 넣고 오물거리던 아버지는 식은 수태채[5] 한 대접을 벌
컥벌컥 마신 뒤 끄—윽, 신트림을 한 번 하고서 입을 열었다.

"학교는 보낼 것 없어. 솜으로 내보내 가르쳐봐야 먹고 살기
도 힘들 걸. 좀더 자라서 장가를 들면 양 50마리하고 다른 가
축 나눠서 내보내면 되잖아."

"그럴망정 학교는 보내야지요."

"그럴 필요 없어. 목축만한 게 어디 또 있는가?"

설득이 되지 않자 어머니는 아버지에게 지청구를 주었다.

"목축을 잘한다고 매년 훈장만 타다가 벽에 걸어놓고 보면
뭐해요. 지난번 상품으로 받아온 달라이라마 경서한구절도 까
막눈이어서 읽지도 못하면서……, 이제 민주화가 되어 세상이
바뀌는데 가르쳐놔야지요."

어머니는 달라이라마의 어려운 경서를 읽고 해석할 정도
로 유식했다. 그러나 문맹자인 아버지는 어머니의 지청구
도 아랑곳없이 함묵으로 일관하며 뜻을 전혀 굽히지 않았다.
사회주의인민공화국이었던 몽골이 민주화가 되면서 2천 2
백만 두頭였던 몽골의 가축 수는 얼마 되지 않아 4천만 두
를 넘었다. 시장경제가 변하면서 몽골은 경제를 부흥시키는

---

5) 수태채 cүүтэйчай : 우유차

Манайх Архангай аймгийн төв Цэцэрлэг хоттой ойрхон нүүдэллэн ирж тэнд өвөлжих бэлтгэлээ базаалаа. Ингээд би тэр намраа оросуудын барьж өгсөн байшинд хичээллэдэг аймгийн дунд сургуульд сурагч болов.

Архангай аймгийн Цэцэрлэг хот өндөр уул нуруудын дунд нуугдсан мэт, үзэсгэлэнтэй сайхан нутагт байрлах бөгөөд аймгийн төвд олон тооны орос маягийн барилгууд байх.

Аймагруу нийслэл хотоос автобусаар явахад бүтэн 20-д цаг болж очдог. Нар жаргах алдад аймгийн төвийг алсаас харахад нарны туяа байшингуудын дээврэрт тусаж цагаан хана, хөх, улаан дээврүүд өнгө алаглан харагдах нь үлгэрийн номд гардаг зураг мэт үзэсгэлэнтэй бөгөөд намуухан амар амгалан харагдана. Хотын төв замаар явсаар, зүүн өмнөд чигт хөндлөн гарахад цэлийсэн уудам тал харагдах нь урьд нь зөвлөлтийн цэргийн байлдааны онгоцны нисэх, газардах талбай байжээ. Аймгийн төвийн хойд хэсэгт байрлах Булган ууланд босгосон овоон дээр 5 өнгийн хадаг зүүсэн байдаг бөгөөд нутгийн сүсэгтэн олон шашны зан үйл үйлддэг дэлхийд зул өргөдөг гурван уулын нэг юм.

목축장려 정책을 폈다. 매년 일정기간마다 목동들의 가축 수를 세어 현저하게 가축두수가 많아진 경우 훈장을 주고 목민들을 독려 했다. 목동으로 등록한 아버지는 분배받은 가축을 기초로 목축을 시작했고 많은 가축들이 새끼를 치는데 주력했다. 그렇게 가축을 불려나갔다. 하지만 아버지는 결국 어머니의 요구를 받아들였다. 그리고 바트빌랙이 여섯 살이 되는 이듬해 10월, 유목을 마친 아버지는 아르항가이 체체를랙 솜 근처초원으로 이동했다. 그리고 그곳에 게르를 세우고 겨울을 보낼 목축지로 자리잡은 뒤 12월이 되자 아버지는,

"비트빌랙, 내년 1월에는 체체를랙 초등학교에 입학시켜주마. 공부를 잘해야 한다."

하고 말했다.

다시 1월이 되자 아버지는 체체를랙 초등학교에 바트빌랙을 입학시켰다. 그곳은 울란바타르에서 가자면 버스로 열아홉 시간이 걸리는 곳으로, 러시아건물양식으로 세워진 학교는 인민공화국시절 악명 높은 인민 보안 국이었지만 민주화 후에는 초등학교가 되었다. 그곳 아르항가이 아이막 체체를랙 솜은, 경사진 초원 능선에 형성된 작은 군 단위 솜으로 아름답기 그지없었다. 완만한 구릉에 세워진 러시아식단층가옥들은 지형을 변형시키는 토목공사를 하지 않고 구릉 곡선에 그대로 지어져 자연형태가 살아있기 때문이다. 해가질 무렵이면 석양의 태양빛살과 자외선이 비추는 가옥들의 균일한 하얀 벽, 파랗고 붉은 원색지붕빛깔은 동화책 속에 그려진 그림처럼 조용하고 평화롭게 보였다. 솜의 진입도로 남서방향 도로 건너 초원

4

Анх удаа гэрээсээ холдож, их талаасаа хөндийрсөн Батбилэг сургуулийн дотуур байранд оров. Өвлийн амралтаар аав ээж дээрээ очиж мал хуйгаа эргүүлж хариулах ажилд нь туслана, харин хавар намарт тэднийх өөр аймагруу нутаг сэлгэн нүүдэг болохоор хүү дотуур байрандаа байрлана. Өвөл болонгуут аймгийн төвийн ойрхон Ихтамир хавьд өвөлжиж, Батбилэгийн өвлийн амралтаар өөрийнх нь зүсэлсэн бор морийг хөтөлсөөр ирж авна.

Амралтаараа гэртээ очоод зүгээр амарч хэвтэхгүй, дүү Батболд нь одоохондоо нас бага тусад орох болоогүй тул Батбилэг аавтайгаа хоёулаа гадуур ажилуудыг хийнэ.

Ихтамирын өвөлжөөндөх гэртээ очиход аав нь голын мөснөөс өөрт нь тааруулж жижиглэн хагалсан мөснүүдийг арганд хийн тэмээнд ачаад өдөржин зөөнө. Тэмээгээ, 'сөг сөг' хэмээн бурантагнаас нь зөөлөн дугтран хэвтүүлж арагтай мөсөө ачиж авч ирээд гэрийн гадаа буулгана.

Тэр мөснөөсөө өдөрт бага багаар гэрт гал дээр хайлж ундны ус болгоно.

은 다듬을 것도 없이 몽골을 지배하던 소련전투기가 뜨고 내렸다는 활주로였다. 솜을 내려다보는 돌산머리에 세워진 어워는 초원바람에 오방 색 하닥이 펄럭였고 체체를랙 정착민들의 발원 터이기도 했다.

4

초원과 가족 곁을 처음으로 떠난 바트빌랙은 기숙사에서 생활했다. 겨울이 되면 부모님의 목축지에서 방학을 보냈다. 그러나 여름방학에는 아버지가 다른 아이막초원으로 가축을 몰고 멀리 이동했기 때문에 기숙사에 그대로 머물러야 했다. 한 해 유목을 마친 아버지는 겨울이 되면 학교 가까운 인근초원, 이흐타미르 강변 가까운 곳에 겨울목축지로 자리를 잡고 바트빌랙의 말, 빌릭차강을 끌고 학교로 찾아왔다. 그리고 다음 학년 등록금과 기숙사 비를 납부하고 초원목축지로 바트빌랙을 데려갔다. 방학이라고 해서 편하게 쉬거나 놀 수는 없었다.

첫 겨울방학이 되어 아버지의 목축지 이흐타미르 강변 초원으로 갔을 때였다. 언제나 초원은 식수가 부족했다. 아버지는 며칠 동안이나 바트빌랙이 옮길 수 있도록 적당한 크기로 얼음을 잘라 강가에 쌓아놓았다. 동생 바트벌드는 아직 어렸기 때문에 그는 혼자 얼음덩이를 광주리에 담아 낙타 등에 실어 종일 날라야 했다. 얼음덩이는 말 등에 걸치는 안장가방처럼 낙타 등 양편으로 걸려있는 광주리에 담아 낙타를 끌고 오면 되는 일이었다.

Тэр өдөр Батбилэг мөн л өөрийнхөө бор мориндоо мордож тэмээгээ хөтлөн хус моднууд дундуур харагдах Ихтамирын голыг чиглэн явав. Мөнх цаст уулнаас эхтэй энэхүү голын хоёр эргээр ургасан тэгшхэн цагаан хус модод үлгэрийн юм шиг үзэсгэлэнтэй харагдана. Гэнэт хус моддын завсраар улаан эмжээртэй хурган малгай өмссөн бараан зүсмийн морьтой хүн голын эргээр өгсөж яваа нь тод харагдлаа.

Моддын завсраар би хүзүү сунган тэр хүнийг танихаар анхааралтай хартал манай ангийн дуу цөөтэй Мөнхторой байхыг хараад ихэд баярлав. Манай өвөлжөөтэй ойрхон хэдэн айлууд харагддагийн нэг нь Мөнхторойгийнх бололтой. Түүний эцэг эх нь охин хүүхдэдээ яагаад 'Мөнхторой' гэдэг нэр өгсөн бас дээл нь яагаад буруу энгэртэйг хүүхдүүд их гайхдаг байлаа. Тэр охин этгээд сонин нэр, бас буруу энгэртэй дээл өмсдөгөөсөө болоод үеийн хүүхдүүдэд их шоглуулдаг юм л даа.

эг өдөр байрны хурал дээр Мөнхторой маш их уйлсан юм. Анх харсан мөчөөс түүнийг сонирхож эхэлсэн Батбилэг тэгэхэд түүнийг аргадмаар байвч хүүдүүдээс ичин, дэмий л дээлийнх

낙타는 워낙 키가 컸기 때문에,

"쏘가라이, 쏘가라이[6])."

하며 막대기로 머리를 가볍게 툭툭 때리며 고삐를 밑으로 당기면 낙타는 알아듣고 주저앉았다. 그러면 바닥에 닿은 낙타 등 양편 광주리에 얼음을 담아오면 되었다. 하지만 만만치 않았다. 그렇게 가져간 얼음은 그늘진 게르 뒤에 쌓아두고 필요할 때 하나씩 솥에 담아 난로에 녹여 식수로 썼다. 그날도 그는 자신의 백마白馬, 빌랙차강에 올라타고 낙타를 끌고 자작나무숲속에 흐르는 이흐타미르 강으로 향했다.

설원의 강이랑 양편 멀리 올곧게 뻗어 오른 하얀 자작나무숲은 꿈에 보는 환상처럼 아름다웠다. 그 때 우연히 빨간 호르강 말가이를 쓰고 밤색 말 위에 오른 누군가가 천천히 강가로 가는 모습이 자작나무숲사이로 보였다. 설원에 흰빛을 띤 자작나무사이로 보이는 호르강 모자 빨간 빛깔이 선명하게 돋보였다. 가려진 나무를 스칠 때 목을 내밀고 시선을 그곳으로 집중시켰다. 의외로 그는 같은 반이던 평소 말이 없는 뭉흐터러이였다. 나는 몹씨 반가웠다. 아버지의 목축지보다 좀더 멀리 보이는 여러 목축지 중 하나가 뭉흐터러이 부모의 목축지인 모양이었다. 바트빌랙은 그녀의 부모가 여자이름을 왜 하필 영원한 새끼돼지(뭉흐터러이)라고 짖고 옷의 앞섶까지 뒤로 가게 만들어 입혀줬는지 알 수 없었다. 왜냐면, 그가 입은 델의 앞섶이 뒤로 가게 입혀진 것과 이름을 가지고 학교에서 체체를 랙 솜에 사는 아이들에게 놀림을 받고 있었기 때문이다.

---

6)쏘가라이 суугаарай : 앉아라.

нь нэг товчийг товчилж өгөн тайтгаруулах гэж оролдсон удаатай.

Тэгэхэд Мөнхторой нулимстай нүдээр байнга өмсөж явдаг малгайныхаа доогуур харснаа цааш явчихсан юм. Мөнхторойгийнх ашгүй манайхтай ойрхон өвөлждөг юм байна гэдгийг мэдэж авлаа.

5

Батбилэг харин Мөнхторойн нэрийг инээдтэй этгээд нэр гэж бодож байсан удаагүй Энгийн л бусад нэртэй адил санагдсан нь анхнаасаа Мөнхторой бусад хүүхдүүдээс арай дотно санагдаж түүнд таалагдсаных ч юм уу. Ямар нэг далдын хүчин тусалсан юм шиг, санаж явсан юм гэнэт бүтчих үе бий. Батбилэг Мөнхторойг бас өөрт нь сайн байгаасай гэж бодож явдаг тул түүнтэй энд тааралдсандаа үнэхээр их баярлаж түүнийг гүйцэн очиж яриа өдөхийг хүсэв.

Цагаахан хус моднуудын завсраар хэн нэгэн өөрийг нь харж байгааг ч мэдээгүй Мөнхторой голын эрэг дээр очин мориноосоо бууж аавынхаа бэлдэж орхисон жижиг мөснүүдийг хөлөөрөө өшиглөн өргөж дийлэхгүй байгаа бололтой харан

어느 날, 놀림을 받은 뭉흐터러이가 기숙사후원에서 혼자 울고 있었다. 처음부터 관심을 가졌던 바트빌랙은 막상 그녀에게 다가갔지만 딱히 할 말이 없자, 어깨너머 옷섶 단추를 그냥 괜히 손끝으로 한번 만지는 것으로 위로의 뜻을 보인 적이 있었다. 뭉흐터러이는 젖은 눈망울로 자신의 상징처럼 늘 쓰고 다니는 호르강 말가이 차양 끝으로 바트빌랙을 한번 치켜 보고 싱싱 걸음으로 자리를 옮겼다. 줄곧 바트빌랙이 뒤따라가자 뭉흐터러이는 서너 명의 여자아이들과 함께 사용하는 기숙사방문을 열면서, 바트빌랙을 한 번 더 바라보고 문을 닫고 들어간 적이 있었다. 그리고 보니 뭉흐터러이의 부모 역시 뭉흐터러이를 학교에 보내면서 겨울목축지를 이곳에 정한 모양이었다.

5

'영원한 새끼돼지'라는 뜻을 가진 그 이름을 바트빌랙은 우습게 생각해 본 적이 없었다. 그냥 뭉흐터러이라는 발음만으로 생각했다. 이름 뜻이야 어떻든 그것은 문제될 바 없었다. 왜냐면 처음부터 뭉흐터러이를 좋아했기 때문이다. 솜 아이들과 유목민자녀들과는 항상 보이지 않는 거리가 있었다. 그래서 같은 입장에 놓여있는 바트빌랙은 뭉흐터러이 편에 서 있었다. 그와 같은 깊은 속마음을 뭉흐터러이가 알아주기를 바트빌랙은 늘 바라고 있었다. 그런 뭉흐터러이를 이흐타미르 강가에서 마주치게 된 것이다. 바트빌랙은 숲 사이로 다가가 말을 걸고 싶었다. 흰 빛깔이 돋는 자작나무숲 멀리에서 누군가 자신

зогслоо. Батбилэгийг сургуульд орсноос хойш тэднийх энд өвөлждөг болсон болохоор энэ хавийн нутаг Батбилэгт тийм ч танил биш бөгөөд Мөнхторой ч бас түүнтэй адил энэ хавийн газар оронтой танилцаж яваа бололтой.

Батбилэгийн хөтөлж явсан тэмээ гэнэт хүчтэй тургихад түүнийг сонссон Мөнхторой гайхсанаа Батбилэгийг олж харав. Тэгснээ түүнийг харсан ч хараагүй юм шиг хийж байсан ажилаа үргэлжлүүлэв. Өнгөрсөн удаа түүнд тусалж чадаагүйгээ бодоод Батбилэг энэ удаа түүнд туслахаар шийдэж мөснөөс нь өргөж ачилцахаар түүн рүү мөс түлхэхэд хөнгөн мөс түүний зүг нисэх мэт хурдтай очиж өөр нэг мөстэй чанга дуу гарган мөргөлдөв.

Түүнийг харсан Мөнхторой баярласан шинжгүй инээж уурлах ямар ч сэтгэлийн илэрхийлэл үзүүлсэнгүй харин нэг мөс авч аччихаад Батбилэгийн зүг тоомжирхгүйхэн харав. Тэгэхдээ Батбилэг Мөнхторойн харцнаас түүнтэй мөсөөр тоглоё гэж байх шиг санагдан хэрэв тэр нь үнэн бол тэр өөрт нь бас талтай байх гэж бодож амжив.

Тэр Мөнхторой руу дахин нэг мөс хүчтэй түлхэхэд тэр бас

을 바라보고 있는 것도 모르고, 말에서 내린 뭉흐터러이는 자신의 아버지가 잘라 쌓아놓은 얼음무지를 발로 툭툭 차보기도 하며 얼음판을 지치는 시늉을 했다.

이곳은 단지 바트빌랙을 학교에 보낼 목적으로 아버지가 처음으로 겨울목축지로 정해서 왔기 때문에 낯선 곳이었다.

아마 뭉흐터러이도 처음 오는 곳이어서 구경삼아 강가에 나온 것 같았다. 낙타가 갑자기 부르르- 투레질을 했다. 그러자 뭉흐터러이가 그 소리를 듣고 먼빛으로 바라보았다. 그 때는 바트빌랙이 잘 보이는 곳에 있었으므로 그를 알아보았는지 뭉흐터러이는 의외라는 표정을 지었다. 하지만 그 뿐, 그이상의 관심은 보이지 않고 다시 되돌아가려는지 말안장 고정대를 잡고 등자에 한발을 올렸다. 옷깃만 잡았던 지난번보다 좀 더 마음을 전하고 싶은 바트빌랙은 얼른 말에서 내려와 아버지가 잘라놓은 얼음덩이하나를 얼음판 위에 올려놓고 뭉흐터러이가 있는 곳으로 쭉- 밀었다. 매우 건조한 날씨여서 미세한 분말처럼 날리는 눈발을 헤치며 빠르게 밀려간 얼음덩이가 반대편 얼음무지에 소리를 내며 부딪쳤다. 그러자 뭉흐터러이는 놀라는 기색도 전혀 없이, 화또한 내지 않고 말 등자에 올렸던 발을 내리더니 저만치 밀려간 얼음덩이를 끌어다가 얼음판 중앙에 올려놓고 먼빛으로 바트빌랙을 바라보았다. 바트빌랙은 내심 놀랬다. 의외로 뭉흐터러이가 자신을 상대로 얼음놀이를 하자는 뜻을 내비쳤기 때문이다. 그것은 자신에 대한 호감을 가졌다는 것으로 여길 수 있기 때문에 무척 기뻤다.

신이 난 그는 바로 얼음덩이하나를 다시 밀어 뭉흐터러이가

хариу мөс түлхэн хоёр мөс мөргөлдөв. Харин түүний дараагийн түлхсэн мөс Мөнхторойн хөлийн завсар очин тогтов. Ингэж мөс мөргөлдүүлэх тоглоом нь Чингис хаан бага насандаа одоогийн Хэнтий аймгийн Дадал сумаар урсдаг Онон голын мөсөн дээр хамгийн дотны найз Жамухтайгаа тоглож байсан нүүдэлчин монголчуудын эртнээс уламжлагдан ирсэн тоглоом билээ. Хоёулаа тоглож ч болно аль эсвэл олуул хоёр баг болон тоглож болдог.

Тэр хоёр мөсөөр тоглож байгаад мөснүүд нь хоорондоо мөргөлдөхөд бөөн баяр болон хөхрөлдөж дотносож эхэллээ.

Тоглож дуусаад Мөнхторойтой харц тулгарч нүүр нь улайснаа мэдэгдэхгүйг хичээж дэмий л тэмээнийхээ бурантагнаас татан харц буруулснаа зориг орон эгцлэн харснаа Батбилэг.

"танайх хаана өвөлжиж байгаа юм бэ?" гэхэд Мөнхторой

"тээр тэнд."

Мөнхторой хуруугаараа тэртээ харагдаж байгаа айлууд руу заав. Хоёр том гэр, нэг жижиг гэр харагдана. Олон тооны мал, бас хэдэн тэмээнүүд харагдана. Манайхан нарийн учрыг мэдэхгүй зөвхөн биднийг сургуульд сурах боломцоогоор хангаж

놓아준 얼음덩이를 맞췄다. 그러면 1점을 먹는다. 하지만 안타깝게도 뭉흐터러이가 여린 팔로 밀어 보낸 것은 중간에서 멈춰버리는 것이 태반이었다. 그래서 바트빌랙이 좀더 가깝게 얼음덩이를 놓아주었지만 뭉흐터러이가 밀어 보낸 것은 거반이 맞추지 못하고 비켜가 버렸다.

이 놀이는 서로 하나가 놓아주면 반대편에서 얼음덩이를 밀어 맞추는 놀이로 칭기즈 칸이 어릴 적 몽골동북쪽 러시아국경 다달 솜 오논 강에서 절친한 친구였던 자무카와 우정을 다지며 즐겼던 놀이다. 또한 겨울이면 유목민들이 즐기는 놀이이기도 했다. 둘이 하기도 하지만 여러 사람들이 규칙을 정하고 편을 짜서 하기도 했다. 둘은 서로 놓아주는 얼음을 맞추는 것을 반복하다가 맞추게 되면 먼빛으로 웃어 보이기도 했다. 그리고 종래 가깝게 다가가게 되었다.

뭉흐터러이를 먼저 좋아하게 된 바트빌랙은 일순 얼굴이 붉어지는 느낌이 들자, 괜히 낙타고삐를 잡는 척 얼굴을 모로 돌렸다가 용기를 내어 얼른 바로 바라보며 물었다.

"너희 목축지가 어디지?"

"저- 기."

뭉흐터러이는 여린 손을 뻗어 멀리 보이는 한곳의 목축지를 가리켰다. 작은 창고 게르 한 채와 살림 게르 두 채가 보였다. 자작나무 우리 안에 양떼도 보였다. 여러 마리의 말과 또 다른 우리에 낙타머리가 솟아보였다. 양쪽 집 부모들이야 학교에 보내기 위해 가까운 이곳을 겨울목축지로 정하고 자리를 잡았겠지만, 넓은 대초원에서 뭉흐터러이 부모가 이웃에

ойртон ирж нутаглах болсон нь бидэнд завшаантай тохиол боллоо. Яагаад гэвэл биднийг сургууль төгсөж насанд хүртэл ийнхүү ойр дөт нутаглаж ижилдэн дасна гэсэн үг. Хоёр талын эцэг эх бас ойртож дотносохыг үгүй гэх газаргүй. Ийнхүү Батбилэг Мөнхторойтой уулзсан өдрөөс хойш голын эрэг дээр аавынхаа бэлдсэн мөсийг зөөх ажил харин ч сонирхолтой болж Мөнхторойтой уулзаж мөсөөр тоглох сайхан далим болдог байлаа.

Хичээл эхэлж 2-р ангид ороход Мөнхторой Батбилэгтэй ихэд дотносон байнга цуг явдаг болсон бөгөөд хүүхдүүд түүнийг нэрээр нь шоолохоо больсон юм.

6

4-р ангид орсон жилийн өвөл 11 сард монголын түүхэнд бичигдсэн мянган жилд нэг удаа тохиолддог хахир хүйтэн зуд турхантай өвөл болов. Муу нэртэй мичин жилийг дагаж халуун намраар их цас орон хүйтэрчээ. Солонгосчуудын хэллэгээр 3 өдөр нь хүйтэрч 4 өдөр нь дулаан байдаг гэдэг хэлц үг нь монголчуудын есөн ес бөгөөд тэр нь өвлийн 12 сарын 22-ноос

있다는 것은 참으로 기쁜 일이 아닐 수 없었다.

왜냐하면, 적어도 학교를 마치는 성년이 될 때까지 뭉흐터러이를 언제나 볼 수 있는 충분한 보장이 되어있기 때문이다.

더구나 양쪽부모들이 각별하게 지내는 것도 못내 좋았다. 바트빌랙은 뭉흐터러이를 보게 된 날부터 하루하루 생활에 재미가 붙었다. 강가에서 얼음덩이를 낙타 등에 실어 나르는 일도 힘들지 않았던 것은, 이흐타미르 강가를 가면 뭉흐터러이를 만날 뿐 아니라 얼음놀이까지 함께 즐길 수 있기 때문이다.

그 뒤, 개학이 되고 2학년이 되어 학교에 가게 되자 뭉흐터러이는 바트빌랙을 퍽 의지했다. 곁을 떠나지 않고 항상 붙어 다니게 되자 이름을 가지고 놀리는 아이들도 더는 없었다.

6

4학년이 되고 열한 살이 되는 해 겨울, 음력 11월 동짓달부터 1백년에 한번 올까말까 한다는 기나긴 몽골역사의 마지막 위기 같은, 강력하고 매서운 쪼드[7]가 닥쳤다. 우리의 겨울에 삼한사온三寒四溫의 춥고 따뜻한 날이 있다면, 몽골의 긴 겨울은 평년기온으로 9·9 추위라는 것이 있다. 이것은 한겨울부터 시작하여 아흐레단위로 아홉 번을 지나야 겨울이 간다는 것에 비유한 말이다. 9·9추위는 동지冬至인 12월 22일부터 계산하여 여든 하루 동안의 기간을 이른다. 유목민들은 9·9 추위기간동안 첫 번째 추위가 끝날 무렵 어린 가축이 떨지 않

7) 쪼드 зуд : 가축이 동사하는 몽골의 살인적인 추위

эхлэн тооцож наян нэгэн өдөр болдог.

Малчид есөн есийн эхний есийг дуустал онд таарууу орно гэсэн малаа ялган тэжээж, элгэвч нэмнээгээр дулаалах зэргээр тордоно. Нэг есөд нэрмэл архи хөлдөнө, хоёр есөд хорз архи хөлдөнө, гурван есөд гунан үхрийн эвэр хуга хөлдөнө, дөрвөн есөд дөнөн үхрийн эвэр хуга хөлдөнө, таван есөд тавьсан будаа хөлдөхгүй, зургаан есөд зурайсан зам гарна, долоон есөд довын толгой борлоно, найман есөд нал шал болно, есөн есөд ерийн дулаан болно гэж хэлц үгээр илэрхийлдэг. Харин тэр өвөл монголд есөн есийн дараалал ч байхгүй хахир хатуу аюултай хүйтэн өвөл болсон билээ.

Нэг есөд нэрмэл архи хөлдөх гэдэг ч байхгүй намрын дунд сараас л гунан үхрийн эвэр хуга хөлдмөөр хүйтэн болж яагаа ч үгүй эрт цас дарж хүйтэрч эхэллээ.

Зудын улмаас малчид ч олноор амь эрсдэх болсны улмаас улсаас байгалийн гамшгийн улмаас үүдэлтэй гамшгийн бэлэн байдалд шилжив. Бүх сургуулиуд түр хаагдсанаас сумын төвийн хүүхдүүд гэр гэртээ, харин малчдын хүүхдүүдийг байранд нь байлгаж гэрлүү нь явуулсангүй. Зудын аюул намжиж дулаартал байранд нь байлгах шийд гарч ханын

게 옷을 입혀준다. 그리고 9·9를 계산한 두 번째 추위가 끝날 때면 양의 우리가 얼고, 세 번째 추위가 끝날 때는 세 살 된 송아지가 마른다. 네 번째 추위가 끝날 때는 네 살 된 소꼬리가 얼어서 떨어지지만 다섯 번째 추위가 끝날 때는 놓아둔 곡물이 얼지 않으며, 여섯 번째 추위가 끝날 때는 가다가 초원에서 노숙을 해도 얼어 죽지 않는다. 일곱 번째 추위가 끝날 때는 언덕마루에 눈이 녹고, 여덟 번째 추위가 끝날 때는 따뜻한 태양빛이 느껴지며, 아홉 번째 추위가 끝날 때는 유목민들에게 행복이 찾아든다는 속설이 있다. 그런데, 그 해 몽골대륙을 여지없이 휩쓸기 시작한 매서운 한파 쪼드는 이와 같은 9·9 추위의 공식을 여지없이 깨트려버렸다. 그 한파는 어린가축이 떨지 않게 옷을 입혀주는 첫 번째 9·9 추위가 시작되는 동짓달부터 6개월 된 송아지의 꼬리가 얼어 떨어지게 만들었다. 하얀 눈발이 삽시간에 대지를 뒤덮고 기온은 한없이 내려갔다. 쪼드가 아니어도 겨울에 눈이 조금만 쌓여도 버스는 운행을 멈춘다.

몽골전역 쪼드의 여세는 어린송아지의 꼬리가 얼어 떨어지는 차원을 넘어 동사해버리는 일이 초원에 확산되기 시작했다. 그러더니 유목민들까지 죽음에 이르게 하는 국가재난적인 자연재해사태로 번졌다. 모든 학교는 임시휴교 되었고, 유목민 자녀가 아닌 솜에 사는 아이들은 학교에 나오지 않았다.

기숙사의 유목민자녀들은 초원의 부모들에게도 보내지 않았다. 쪼드의 기세가 꺾일 때까지 기숙사에 머물도록 조치했다.

인민공화국시절부터 도시건물들은 러시아식중앙난방시설이

халаалттай байрнууддаа байдаг байв.

Өдрөөс өдөрт мал сүргийн үхэл тоо томшгүй болж малчид ч хахир хүйтэнд малаа дагаж яваад осгож амь үрэгдэх тохиолдол ихээр сонсогддог байлаа. Өвөл хүйтнээс өмнө малчин айлууд аргал хомоол, хөрзөнгөө бэлдэж авдаг ч зудтай өвлийн хүйтэнд аргалын гал ч юм болохгүй. Бага сагаар түлшний нэмэрт бэлдсэн хус моднууд дуусаж, малын хашаагаа түлэхдээ туллаа. Малын хашаа хороогоо ихэнхийг нь түлж, мал босож зогссон чигээрээ хөлдөж үхсэн нь аймшгийн үзмэр шиг.

Тас хөлдсөн газраас өвс олж идэж чадахгүй бод малууд өлдөж үхэн мал, малчин аль аль нь зудыг тэсч чадаагүй бөгөөд -60о хүртэл хүйтрэхийг цаг уур гамшгийн эрсдэлийн газар ч таамаглаж мэдээгүй билээ. Хөдөө малын бэлчээр малын сэг зэмээр дүүрсэн байсан бөгөөд харин модтой газар, ууланд байсан малчид зуданд харьцангуй гайгүй байлаа.

Хахир хатуу зуд 4 сар гарч байж арай гайгүй боллоо. Есөн ес өнгөрч хаврын улирал ирсэн ч 6 сар гарч байж арайхийж урь орлоо.

7

되어있기 때문에 학교는 그 혜택을 톡톡히 보고 있었다.

날이 새면 몽골전역 초원의 가축들은 물론, 유목민들까지 사망자의 숫자가 늘어간다는 흉흉한 소문이 나돌았다.

추운 겨울을 대비해 유목민들은 허머얼[8])과 아르갈[9])등 가축들의 마른분뇨를 비축해 두고 겨울추위에 대비하지만, 쉽게 타버리는 아르갈과 허머얼을 가지고 살인적인 쪼드에 결코 견딜 수 없었다.

난방용으로 마련한 유일한 나무장작은 더 구할 수도 없었다. 가축우리까지 뜯어내 난방을 해결하는 것도 한계가 있었다.

우리마저 땔감으로 사라졌고, 여러 곳에 곧추 선 채 그대로 동사한 가축들의 모습은 신神이 만들어 놓은 극사실적으로 표현된 불멸의 조각상 같았다. 세찬 모래바람이 불면 생존본능으로 모두 둘러앉아 머리를 맞대고 사태를 비켜가던 양떼들은 그 모습 그대로 집단으로 냉동폐사 했다.

초원은 그렇게 살아남아야하는 약탈도 불가피할 지경으로 치달았다. 꽁꽁 얼어붙은 눈밭 속 마른풀도 뜯어먹을 수 없는 몸집 큰 굶주린 가축들도, 유목민들도, 쪼드를 견디지 못했다. 영하 60도 아래까지 한없이 내려가는 쪼드는 진원지도 알 수 없었다. 가축들의 주검은 초원에 부지기수였다. 초원은 그렇게 아수라장으로 변해갔다. 하지만 숲이나 산을 낀 유목민들의 생존율은 훨씬 높았다. 살인적인 한파 쪼드는 4월이 지나고서야 겨우 고개를 숙였다. 9·9 패턴이 지나고 봄이 돌아왔지만

---

8)허머얼Хомоол /소똥
9)아르갈Аргал / 말똥

Монгол оронд их хэмжээний хохирол учруулж мал сүргийн бараг ихэнх хувийг авч одсон аюулт зуд өнгөрч зудтай жил чоно нохой зоолно гэдэг боллоо. Тэнгэрт бүргэд тас шувуунууд сэг зэм тойрон эргэлдэнэ. Их зуд гамшигийн дараа хичээл орох ёстой байсан ч сургуулийн багш нар хөдөөгийн малчдад туслах аян өрнөж хичээл сургууль эхэлсэнгүй. Биднийг хариуцаж байсан багш дуугаа хурааж бид нартай ч юм ярихгүй байдал тун эвгүй байдаг байлаа.

Аюултай хэцүү зудыг арайхийн давж гарсан малчид хүүхдүүдээ байрнаас нь авч эхлэв. Хүүхдүүд ар гэрээс нь хүн ирж авч явахыг тэсэн ядан хүлээцгээдэг байлаа.

Гэтэл нэг өдөр удирдагч багш орж ирэн сааралтсан хоолойгоор

"Батбилэгээ!"

"……?"

"ээж чинь……ирсэн байна."

гэж аядуухнаар хэлсэн нь цаанаа л нэг түгшүүртэй санагдав.

"ээж ирсэн гэнээ?"

хэмээн Батбилэг баяртайгаар асуув. Гэтэл багш бас л намуухан бөгөөд аргадангүй дуугаар.

쪼드는 몽골의 봄을 5월로 밀어냈고 6월이 되어서야 황폐한 대지에 초록이 번졌다.

7

몽골대륙 60%의 가축이 동사하는 대재난을 몰고 온 쪼드가 물러가면서, 초원은 땅굴 속에서 겨울을 나던 늑대들의 먹이천지가 되었다. 하늘에는 질펀하게 널려진 먹이를 본 독수리떼가 까맣게 몰려다녔다. 향후 몇 년 동안 늑대와 독수리의 개체수가 급격히 늘어난 것도 이와 무관하지 않다. 사태를 수습해야하는 일로 선생님들마저 초원으로 동원되었기 때문에 학교는 수업을 하지 않았다. 분위기도 어수선했다. 학교에 남은 기숙사사감선생의 표정도 무거웠고 밝지 않았다. 유목민자녀들은 위기를 모면한 부모들이 찾아와 데려갔다.

남은 아이들은 부모를 기다렸고 소식을 알 수 없는 뭉흐터러이와 바트빌랙 역시 부모가 찾아와주기만을 마냥 기다렸다. 어느 날 사감선생이 찾아와 무거운 표정으로 말했다.

"바트빌랙!"

"……?"

"어머니께서……오셨다."

어렵게 늘여 빼며 말하는 사감선생의 표정에 한 자락 그늘이 보였다.

"네?"

바트빌랙은 내심 반가웠다. 그러나 사감선생의 그늘은 바뀌

"энэ зуднаар маш олон тооны мал үхсэн бас олон хүний амь үрэгдсэн гэдгийг чи сонссон байх?"

"……?"

"ээж нь чамайг авахаар ирсэн нь⋯⋯."

"юу?"

"багшийнхаа хэлэхийг сайн сонс."

"?"

гэж хэлэхэд нь хажууд зогсох Мөнхторойтой гар гараасаа атган зогссон бид хоёрлуу багш ээлжлэн харснаа

"Батбилэг ээ, аав дүү хоёртойгоо уулзаж чадахааргүй болжээ."

"юу гэнээ?"

"харин. тийм юм болжээ. Миний хэлснийг…… ойлгосон биздээ?"

Гайхаж цочирдсон Батбилэг нүдээ анивчин юу ч хэлж чадахгүй байв. Толгойгоо гудайлгаж мөр нь чичирхийлэн уйлж эхлэв. Батбилэгийг уйлахад Мөнхторой дээлийнхээ урт ханцуйгаар нулимсыг нь арчиж өгөв. Багш нь тэр хоёрыг чангаар тэврэн.

"Мөнхторой?"

"……."

지 않았다. 바트빌랙의 표정을 사감선생은 다시 살피며 말했다.

"바트빌랙, 이번 쪼드에 초원의 많은 가축들과 사람들이 죽었다는 말……너도 들었지?"

"……."

"어머니가 너를 데려가려고 오셨지만……."

"네."

"놀라지 말고 들어."

"?"

이쯤 이르면서 곁에 서 있는 뭉흐터러이의 옷깃을 당겨 안으며, 사감선생은 더욱 어두운 표정으로 둘을 번갈아 살폈다. 그리고 다시 말했다.

"아버지와 동생을 볼 수 없게 되었어."

"뭐라고 하셨어요?"

"그래. 그렇게 되었어. 무슨 말인지……알지?"

놀란 듯 두 눈을 동그랗게 뜬 바트빌랙은 말문이 막혔다.

고개를 푹 떨구었다. 그러더니 어깨를 들썩이며 소리를 죽이고 꺼이 꺼이 울었다. 바트빌랙의 울음소리에 뭉흐터러이가 덩달아 긴 소매 끝으로 눈물을 훔친다. 사감선생은 안고 있던 뭉흐터러이를 더욱 힘주어 껴안으며 또 말했다.

"뭉흐터러이?"

"……."

뭉흐터러이는 자신을 부르자 여린 가슴이 덜컥 내려앉는다. 눈물을 닦아주며 사감선생이 말했다.

"선생님이 하는 말…… 잘 들어. 알았지?"

Мөнхторой хэмээн багшийг хэлэхэд тэрээр айсандаа таг болчихов. Багш нулимс арчингаа.

"багшийнхаа хэлэх үгийг⋯⋯ анхааралтай сонсоорой?"

"за." хэмээн багш бас юу гэж хэлэх бол хэмээн айн сандарсан хоолойгоор хариулав.

"Мөнхторой чи⋯⋯Батбилэгийн ээжтэй цуг явах уу." гэхэд Мөнхторой гайхан багшаас.

"яагаад тэгж байгаа юм бэ? Манай аав ээж бас ирнэ биз дээ?"

"Мөнхторой миний охины аав ээж бас ирэхээргүй газар явжээ. Яадаг юм билээ дээ?"

гэхэд Мөнхторой багшийн тэвэрсэн гараас мултран хоёр мөрөө савчингаа.

"битгий худлаа яр. Би аав ээж хоёрыгоо ирэхийг хүлээнэ."

"аав ээж хоёр нь бурхны оронлуу явжээ Мөнхторой минь."

гэж багшийг учирлахад түүний үгэнд итгээгүй Мөнхторой яах учираа олохгүй хэсэг байзнаснаа ширээн дээрээ суунтусаж чарлан уйллаа.

Тэднийг харсан багшийн сэтгэл зүрх нь урагдах шиг болж тэднийг даган хэсэг уйлж хүүхдүүдийг тайвширтал суулаа.

Бага зэрэг тайвширсных нь дараа багш Мөнхторойг зөөлнөөр

"네—에."

무슨 잘못을 저지르고 크게 꾸중을 받아야하는 것처럼, 무슨 말이 사감선생의 입에서 또 튀어나올지 몰라 잔뜩 겁을 먹은 뭉흐터러이가 울먹이며 대답했다.

"뭉흐터러이는 이제……바트빌랙 어머니를 따라가면 돼."

그 말에 뭉흐터러이가 화들짝 놀라며 되물었다.

"왜요? 저희 엄마랑 아버지가 올 건데요?"

"아냐, 뭉흐터러이, 너도 부모를 볼 수 없게 되었어. 어떻게 하지?"

그러자 잔뜩 조바심이 난 뭉흐터러이가 사감선생의 품속을 빠져나와 소리를 지르며 양 어깨를 흔들며 항의하듯 말했다.

"그렇지 않아요. 전 엄마랑 아빠를 기다릴래요."

"아냐, 뭉흐터러이."

그러면서도 의심 반 체념 반으로 사감선생의 말뜻을 비로소 알아차린 뭉흐터러이는 순간의 혼돈으로 갈피를 잡지 못했다. 그리고 탁자에 엎드려 한참동안을 엉엉 울었다. 마음이 여린 뭉흐터러이는 바트빌랙보다 더 크게 울었다. 그들을 안쓰럽게 바라보던 사감선생은 가슴이 아팠는지 자신도 모르게 흐르는 눈물을 닦으며 한참동안이나 둘의 울음이 끝날 때까지 침묵으로 기다렸다. 울음소리가 잦아지자 사감선생은 훌쩍거리는 뭉흐터러이를 끄잡아 다시 안고 조용히 달래듯 말했다.

"뭉흐터러이!"

"네-에?"

"선생님 무릎에 앉아봐. 네가 바트빌랙 어머니를 따라가지

тэврэн.

"Мөнхторой."

"айн?"

"чамайг Батбилэгийн ээжтэй явахгүй гэвэл сургуулиас өнчин хүүхэд асрамжийн газарлуу явуулах байх."

"юу гэнэ ээ?"

"харин тийм ээ, өнчин хүүхэд асрамжийн газарлуу явуулах байх."

Хүүхэд асрамжийн газарлуу явуулна гэж хэлэхийг сонсоод Мөнхторой ханцуйгаараа нүүрээ таглан бүр чангаар уйлж эхлэв. Тэгэхэд нь багш.

"тийшээ явснаас Батбилгийнх руу явсан нь дээр биз дээ? Та хоёр саахалт зэргэлдээ бас нэг байранд байсан дотно найзууд шүү дээ······."

"······."

"Батбилэгийн ээж, танай аав ээжтэй дотно байсан болохоор чамайг хүүтэйгээ цуг аваад явъя гэсэн . Чи зөвшөөрнө биздээ?"

гэж аргадангуй асуухад бага зэрэг тайвширсан Мөнхторой хоёр ханцуйгаараа нулимсаа арчингаа толгой дохив. Багш.

"тэгсэн нь дээр ээ охин минь, одоо ээж нь хүлээж байгаа багш

않으면……학교에서는 널, 언치럴[10])로 보내야 해."

"뭐라구요?"

"그래. 언치럴."

고아원으로 보낸다는 말에 긴 소매로 두 눈을 가리고 더 큰 울음을 터트렸다. 그러자 사감선생은 다시 달랬다.

"언치럴로 가는 것 보다 바트빌랙 어머니를 따라가는 게 좋지 않아? 그리고 너희 둘은 초원이웃으로 오누이처럼 지내고 있잖아. 기숙사생활도 같이하고……."

"……."

"엊그제 울면서 언치럴로 가는 여러 아이들 보았잖아! 너희 부모와 가깝게 지낸 바트빌랙 어머니가 바트빌랙이 널 좋아한다면서 함께 데려간댔어, 그렇게 할 거지?"

하고 다시 달랬다. 울음이 다소 잦아진 뭉흐터러이가 숨이 멎도록 치미는 설움을 참느라 연신 꿀떡였다. 그리고 양 소매로 눈물을 거듭거듭 훔치면서 체념한 듯 겨우 고개를 끄덕였다.

그러자 사감선생은,

"그렇게 할 거지?"

하고 다시 달랬다.

"자, 그럼 어머니가 기다리고 있는 교무실로 가자."

8

뭉흐흐터러이는 그렇게 고아가 되었다. 바트빌랙은 아버지

---

10) 언치럴 Өнчрел :고아원

нарын өрөө рүү очицгооё.”

гэж аргадав.

8

Батбилэгийн аав, дүү хоёр зуданд амиа алдаж ээж нь ганцаар
үлдсэн байлаа. Мөнхторой ингэж манайд үрчлэгдэж ирсэн
бөгөөд бид хоёр 4-р ангидаа суралцаж чадсангүй.

Мөнхторой одоохондоо нас бага, Батбилэг түүнийг бусдаас
илүү анхаарч халамжилдаг байсан болохоор түүнийг бараадаж,
орсон ч гарсан ч хамт байгаа болохоор аав ээжийгээ бэтгэрэн
үгүйлэх нь арай гайгүй байлаа. Батбилэгийн ээж хөөрхий охинд
төрснөөс өөрцгүй хандаж сэтгэл санааг нь засахыг хичээнэ.
Гэсэн ч хааяа эцэг эхийгээ санан тэсэхийн аргагүй болох өдөр
бий. Шинэхэн тосонд хайрсан хуушуурыг тавганд хийж, сэрээ
өгөхөд түүнийг жижиглэн идэх Мөнхторойд ээж нь.

“охин минь чамд аав ээж нь яагаад Мөнхторой гэдэг
нэр өгснийг бас яагаад буруу энгэртэй дээл өмсүүлдэг
байсныг……, мэдэх үү?”

“сайн мэдэхгүй ээ.”

와 동생을 잃었다. 어머니만 살아남았다. 그들은 4학년을 마지막으로 더 이상 학교를 다닐 수 없게 되었다. 그 바람에 부모를 잃은 뭉흐터러이는 바트빌랙의 어머니를 따라올 수 밖에 없었다. 또 당장 자신이 의지할 수 있는 것은 어린나이였지만 학교에서 늘 자신을 지켜주던 바트빌랙 뿐이었다.

그렇게 바트빌랙의 어머니를 따라온 뭉흐터러이는 학교에서부터 의지해온 바트빌랙이 곁에 있기 때문에 부모를 잃은 슬픔이 그나마 조금은 격감激減 되었다. 그리고 바트빌랙의 어머니는 든든한 버팀목이 될 만큼 뭉흐터러이를 위로하고 보살펴주었다. 하지만 부모생각이 사막의 모래바람처럼 밀려오면 연약하고 작은 봉지가슴으로 견디기는 너무나 버거웠다. 기름 솥에 튀겨진 호쇼르를 접시에 올리며 바트빌랙의 어머니는 포크를 하나씩 건네주었다. 그것을 잘게 잘라 찍어먹는데 어머니가 뭉흐터러이를 보며 말했다.

"뭉흐터러이는 왜 부모가 그렇게 이름을 지어줬는지, 네가 입고 있는 델의 앞섶이 왜 뒤로 가게 만들어 입혀 줬는지……, 모르지?"

"네."

"네 위로 오빠가 둘이나 있었다. 그런데 모두 다섯 살을 넘기지 못하고 죽게 되니까 너희 부모는 네가 태어나자 귀신이 잡아갈까 봐 이름을 '영원한 새끼돼지(뭉흐터러이)'라고 짓고, 네가 입고 있는 델의 앞섶을 뒤로 가게 만들어 입혔단다. 그래서 귀신이 네가 사람이 아닌 줄 알고 잡아가지 못한 거야, 귀신의 눈을 속인 거지. 그래서 모두 죽었지만 너만 살아남게 된

"чиний дээр хоёр хүү төрсөн ч хоёулаа 5 нас хүрээд л нас барсан болохоор аав ээж нь чамайг төрөнгүүт бас алдах байх гэж айгаад 'Мөнхторой' гэдэг нэр өгөөд, буруу энгэртэй дээл өмсгөх болсон гэдэг. Тэгээд харин чи тогтож харамсалтай ч танайхан бүгд өнгөрчихлөө."

"аан тийм үү."

"чамайг хайрладаг Батбилэг нь хажууд чинь байна бас ээж нь байна одоо хөөрхий аав ээжийгээ санахаа багасгаад бидэнтэй сайхан амьдар охин минь."

"за."

Ээж нь Батбилэгт хандан "хүү минь хонь малд явахдаа Мөнхторойг ганцааранг нь явуулж болохгүй хамт яваарай за юу." гэж хэлэв.

9

Хавар Цэцэрлэг хот болон тэр хавийн сумдын малчид нийлэн зуданд үхэж үрэгдсэн малын сэг зэмийг шатааж цэвэрлэв. Хөлдөж амиа алдсан хүмүүсийг оршуулах ёс хийж унаж муудсан гэр хороогоо янзалж өөд татах их ажил явагдав. Шинэ ногооны униар татаж хөдөө талын малчдын амьдрал эргэж

거야."

"네."

"너를 좋아하는 바트빌랙이 옆에 있고, 이 엄마가 있으니까 돌아가신 부모를 잊고 이제 같이 살자꾸나. 알았지?"

"네."

그리고 어머니는 바트빌랙에게,

"바트빌랙, 양몰이를 나갈 때는 뭉흐터러이를 혼자 놔두지 말고 꼭 다니고 다니거라. 알았지?"

하고 당부를 거듭 했다.

9

체체를랙 솜과 또 다른 솜에서 동원된 많은 사람들과, 살아 남은 목민들은 죽은 가축들을 한곳에 모아 불태웠다. 동사한 사람들의 주검은 매장했다. 쓰러진 게르는 다시 세웠다.

초원은 새롭게 피어오르는 풀들과 함께 본래의 모양을 조금씩 찾아갔다. 아버지와 동생을 잃은 슬픔으로 심적 고통에 괴로워하던 어머니는 달라이라마 경서의 다라니를 암송하며 스스로 마음을 달랬다. 아버지가 불려놓았던 많은 가축들도 거반 목숨을 잃었지만 남은 가축들은 목축의 기초가 되었다.

또 아버지가 낙인을 찍어준 바트빌랙의 백마白馬, 빌랙차강과 열한 마리의 말은 목숨을 부지했다. 겨우 일곱 마리 살아남은 낙타와 모든 가축은 목동으로 등록된 바트빌랙의 소유가 되었다.

хуучин хэвэндээ орох янз оров. Аав дүү хоёрын араас ихэд гашууддаг ээж, маань мэгзэм уншиж сэтгэлээ тайтгаруулна.

Аавыг байхад сайхан өсөж үржсэн мал сүрэг ихэнх нь үхэж үрэгдсэн ч, үлдсэн хэдэн бод мал Батбилэгт өмчилж өгсөн бор морьтой 10-д бог малтай үлдсэн байв. Хавар овоо хэдэн мал төллөж, хэдэн гүү унагалж Мөнхторой ч овоо дасал болж байтал, зуны урь орж өвс ногоо ургаж хүн малын зоо тэнийх үеэс эцэг эхээ алдсан сэтгэлийн шаналал нь сэдэрч уйтгар гунигтай болж эхлэв. Батбилэгийг малд явахад дуртайяа дагаж явдаг байснаа больж таг дуугүй хэвтээд өгдөг болов. Ээж сэтгэл нь ихэд зовж сумруу явж ааруул өрөм зарсан мөнгөөрөө эм авч ирэн түүнд уулгасан боловч тусыг олсонгүй.

Монголчууд эртнээс эмчилгээнд хэрэглэж байсан ингэний хоормог буцалгаж уулган асарч тойлоод ч нэмэргүй. Гэтэл нэг орой Мөнхторой ядарч сульдсан дуугаар ээжид

"аав ээж хоёрын сүнс шөнө бүр миний зүүдэнд ирж миний биерүү ороод байгаа юм шиг болоод байна."

гэхэд ээж Мөнхторойг төрсөн охин шигээ энхрийлэн турьхан гараас нь атгаснаа

"тийм үү охин минь."

이듬해 봄이 되자 여러 마리의 양이 새끼를 쳤다. 망아지도 서너 마리나 늘었다. 동갑내기 뭉흐터러이는 그렇게 한 가족이 되었다. 그러나 갈색 톤의 초지가 푸르게 물들어 갈 무렵부터 부모를 잃고 어린가슴 먹 울음으로 견디던 뭉흐터러이가 어느 때부터인가 시름시름 앓기 시작했다. 바트빌랙이 양떼를 몰고 나가면 의례히 따라다니던 뭉흐터러이는 종래 드러 눕고 말았다. 그러자 어머니는 모아놓은 양털과 우유분말로 만든 씹으면 새큼한 맛이 나는 간식용 아롤[11])두어 자루와 버터를 솜으로 내다 판돈으로 약을 지어먹였지만 소용없었다.

또 옛 부터 환자의 간호에 쓰는 암낙타의 젖으로 약을 만들어 먹여보기도 하며 보살폈지만, 지극한 간병에도 종국에는 물 한모금도 목으로 넘기지 못했다. 몇날며칠을 침대에 누워 앓기만 하던 뭉흐터러이가 어느 날 밤 야윈 얼굴로 어머니에게 눈길을 던지며 힘없이 말했다.

"아빠와 엄마의 영혼이 밤이면 자꾸 내 몸 속으로 들어오려고 해요."

"무슨 말이냐."

평소 딸처럼 여기는 어머니는 놀람과 애석한 표정으로 뭉흐터러이의 여린 손목을 잡고 물었다.

"몸속으로 들어오려고 하면 자꾸 구역질이 올라와요. 어두운 허공을 헤매고 있나 봐요."

"그래? 무슨 말인지 알겠다."

섬뜩한 말에 바트빌랙이 어머니를 바라보며 잔뜩 조바심을

11)아롤Aлуул :우유료 버터등을 만들고 맨 나중에 남은 우유분말로 만드는 식량

"миний биед шингэх гэж байгаа юм шиг мэдрэгдэж тэгснээ
дотор муухай оргих юм. Аав ээж хоёр минь сүнс нь хоргодоод
байх шиг байна." гэхэд.

"тийм учиртай юм байна л даа" гэж ээж ганцаараа ярихад нь
Батбилэг гайхаж сонирхсон дуугаар.

"ээж ээ, та сая юу ярьсан бэ? Бас Мөнхторой ухаан нь орж
гараад сонин болчихсон юм биш үү? Ингэж байгаад үхчихвэл
яанаа, та нэг арга ол л доо, үхүүлж л болохгүй шүү."

"Мөнхторойн юу яриад байгаан учирыг ээж нь мэдлээ."

"юу яриад байгаа юм бол?"

"Мөнхторой бөө болох гэж байгаа юм шиг байна."

"тэр нь юу юм бэ?"

"за байз чамд ойлгогдохоор тайлбарлая гэвэл, бөө гэж юм
байдаг юм, зайлж бултах аргагүй заяа төөргөөр онгод сахиус
авдаг гэх үү дээ."

"тэгэхээр яана гэсэн үг үү? Үхэхгүй биз дээ?"

"охин үхэх өвчин тусаагүй ээ." гэж хэлэхэд нь цээжнээс нэг
хар юм аваад хаячих шиг болов.

Ээж цааш ингэж тайлбарлав.

"сахиусаа авсан бөө ихэнхдээ 12 - 20 насандаа бөөгийн удмаа

가진 어투로 물었다.

"엄마, 무슨 말이야? 제정신이 아닌가 봐. 저러다 죽겠어. 뭉흐터러이가 죽어서는 안 돼. 살려야 해. 엄마가 어떻게 좀 해줘."

"말도 통 없는 애가 처음으로 하는 말이 무슨 말인지 나는 알겠다."

"무슨 말이야?"

"강신降神이 되는 거다."

"그게 뭔데?"

"신神이 내리는 거다."

"그러면 어떻게 되는 거지? 죽지는 않을까?"

"뭉흐터러이는 무병巫炳을 앓고 있다. 무병은 죽지는 않는다. 저렇게 죽도록 시달리는 것이지."

죽지는 않는다는 말에 다소 마음이 놓였다.

어머니가 다시 설명했다.

"강신무는 보통 열두 살부터 스물다섯 살에 무당이 된다. 세습무가 되든지, 그렇지 않든지, 무당이 될 사람은 뭉흐터러이처럼 무병을 앓는 것이다. 무병은 약도 없다. 지금 나이가 열네 살, 너와 동갑 아니냐. 지난겨울 부모들이 비명횡사를 하였는데 어찌 속마음인들 온전할 것이냐. 어린 나이로 얼마나 부모가 보고 싶을까. 저 어린 것을 두고 이승에서 훗 세상으로 떠났는데, 죽은 부모인들 어찌 자식을 잊겠느냐. 구천에서도 자식우는소리를 듣는 것이 부모다. 이렇게 아픈 것이 당연한 게지. 너는 무슨 말인지 모르겠지만 무병이 들면 오행육기五

хүлээж авах ёстой байдаг. Бөө болох ч бай болохгүй ч бай бөөгийн сахиус удам ирсэн хүн яг Мөнхторой шиг иймэрхүү шинж биед нь илэрдэг юм. Үүнд эм уугаад ч нэмэр болдоггүй. Чамтай чацуу юм чинь энэ жил 13 нас хүрч байгаа, өнгөрсөн жилийн аюулт зуднаар эцэг эхийгээ алдсан нялх амьтан санаж бэтгэрээд хэцүү л байдаг байгаа хөөрхий минь. Ийм нялх амьтныг орхиод явсан аав ээж нь нөгөө ертөнцөөс харж яваа хөөрхийг. Чи ч одоохондоо ээжийнхээ ярьж байгааг сайн ойлгохгүй байх. Чамайг малд явсан хойгуур ганцаараа уйлж суухыг хэд хэдэн удаа харсан. Ээж нь Хархорины Эрдэнэзуу хийдэд очиж лам нарт бараалхаад ирэх минь. Бөө болох гэж шашны сургууль номд тухайлан суралцдаг хүн байдаг бол цаанаасаа бөөгийн удам бууж ирсэн хүн тусгайлан хүлээж авах үйл хийх ёстой болохоор ингээд зүгээр орхиж болохгүй." хэмээв.

"за таны хэлснээр хийе."

гэж хэлснээ Батбилэг дахин гайхсан маягтай.

"сүнснүүд биед орж ирнэ гэдэг нь юу гэсэн үг юм бол?"

"аав ээжийнх нь сүнс эргэж ирдэг гэсэн үг."

"тэгвэл хурдхан бөө болгох хэрэгтэй юм биш үү ээж ээ?

行六氣가 뒤틀어져서 약을 써도 소용없는 것이다. 네가 양몰이를 나가고 혼자 있으면 우리에 웅크리고 앉아 꺽꺽 우는 것을 한두 번 이 엄마가 달랜 게 아니다. 그래서 양몰이를 나갈 때는 꼭 데리고 가라고 일렀던 것도 다 그 때문이었다. 내가 에르뎅죠 사원[12])으로 가서 스님을 찾아 보고 오마. 무당을 하려고 일부러 황 무당[13]) 길로 가는 사람도 있지만, 저절로 강신으로 오는 무당은 흑 무당이다. 이대로 놔둘 수만은 없다. 저렇게 시달리게는 하지 말아야지."

"그래, 엄마가 어떻게 좀 해줘."

안색이 변한 애가 닳은 바트빌랙이 금새 눈물을 글썽이며 채근으로 또 묻는다.

"그럼 영혼들이 몸속으로 들어오려고 한다는 말은 무슨 말이지?"

"부모의 두 혼백이 몸속으로 응신해서 몸 주신으로 아주 들어 앉으려는 거야. 그러면 흑 무당이 되는 거다."

"엄마, 그러면 무당이라도 불러서 굿이라도 해줘야지?"

"무슨 말이냐. 무당으로 만들자는 것이냐?"

"그렇게라도 뭉흐터러이를 살리고 싶어서 그래."

"쓸데없는 소리 마라. 내가 스님을 만나보고 해결책을 찾아보마."

"고마워요. 엄마."

"장차 네 자식을 낳을 아이다. 이 엄마는 무당손자를 보고 싶지 않다."

---

12)에르뎅죠 사원 : 몽골의 옛 수도 하르허링에 있는 사원
13)황 무당(Хван бөө) : 불교사원에서 일정기간 무당 교육을 받은 무당

Мөнхторой л үхэхгүй бол юу ч хийсэн яах вэ.”

“ламтай уулзаж яахыг нь асууж мэдэцгээе.”

“тэгье ээ.”

“Мөнхторой алс нь чиний үр хүүхдийг гаргах хүн, үнэнийг хэлэхэд ээж нь үр удамдаа бөө байхыг хүсэхгүй л байна шүү.” гэж ээж дурамжхан хэлэв. Тэр үдэш ээж гэрийн хоймэрт байрлах бурхны өмнөх жижиг шанлуунд арц хүж уугиулан Мөнхторойг ариулж тарни уншив.

- ум ма ни бад ми хум, ум ма ни бад ми хум -

(Нүүдэлчид гэрийнхээ хоймэрт бурхны хөрөг, өвөг дээдсийнхээ зургийг тахиж шүтдэг.)

10

Ойр зуур өргөл барьц бэлдсэн ээж нар мандахаас өмнө морио унан Эрдэнэзуу хийдийг зорив. Нарийхан утас шиг зурайн харагдах цагаан замаар орон шогшуулж одлоо. Мөнхторой тэр өдөр бас л хоолойгороо юм давуулсангүй. Сэтгэл нь зовсон Батбилэг хониндоо явалгүй түүний хажуугаас холдолгүй сахиж суухад уруул нь хувхай цайсан Мөнхторой түүний гараас турь муутайхан гараараа атгаж хоёр нүдээ муухан анивчив.

어머니는 단호했다. 그날 밤 어머니는 작은 불상을 모신 게르 중앙 불전 앞에서 향을 사르고, 자그만 법륜法輪[14])을 돌리면서 뭉흐터러이를 위해 달라이라마 경서와 다라니를 암송했다. 그 다라니 소리는 날이 샐 때까지 들려왔다.

 - 옴, 마니 바드 메 훔. 옴, 마니 바드 메 훔-

　(유목민들은 게르 중앙단상에 불상과 법륜, 그리고 조상의 사진을 모시고 경배하는 풍습이 있다.)

10

　다라니는 어머니의 신앙이었다. 여러 공물供物을 준비한 어머니는 해가 뜨기도 전에 말을 타고 에르덴죠 사원을 향해 초원길을 재촉했다. 그 길은 실개천처럼 가늘고 하얀 길이었다. 그 날도 뭉흐터러이는 아무것도 목에 넘기지 못했다. 상심한 바트빌랙은 양떼를 방목하지도 않았다. 아무 의욕도 없었다. 갈수록 야위어가는 뭉흐터러이의 곁을 잠시도 떠나지 못했다. 밀가루가 발라진 것처럼 입술이 하얗게 마른 뭉흐터러이는 바트빌랙의 손을 꼭 쥐고 야윈 얼굴로 이슬을 보이며 두 눈만 껌벅였다.

　생불로 추앙받는 잔바자르잔의 유품과 사리가 봉안된 에르덴죠 사원의 성곽 같은 중앙돌문을 들어가면, 전성기라마의 흔적이 여실히 드러나는 라마불교 사원건물들이 한눈에 들어온다. 몇 개의 건물 앞을 지나면 커다란 게르 법당이 눈에 띈다.

---

14) 법륜法輪 : 둥근통 속에 불교의 경전이 들어 있고 기도하며 손으로 돌리는 기구

Эрдэнэзуу хийдийн төв хаалгаар орон дотогшлоход Өндөр гэгээн Занабазарын уран хийцийн олон арван гуулин шармал, хөөмөл цутгамал бурхад эд зүйлс байх бөгөөд сүсэгтэн олны зорин очдог газар билээ.

Хэдэн байшин өнгөрөхөд томоохон гэр харагдана. Тэр гэрт лам нар үргэлжлүүлэн маань мэгзэм уншиж сууна.

Эрдэнэзуу хийд нь Монгол Улс дахь хамгийн эртний бурхны шашны хийд бөгөөд тус хийд нь Өвөрхангай аймгийн Хархорин сумын төвийн ойролцоо, эртний хот Хархорумын туурийн хажууд байрладаг. Энэхүү хийд нь Дэлхийн өвд бүртгэгдсэн Орхоны хөндийн соёлын дурсгалд багтдаг. Анх 1586 онд одоогийн Өвөрхангай Хархорин (урьд нь Хархорум гэдэг байсан) 108 суврагатай 400х400 хэмжээтэй. 1792 онд хийдийн харъяанд 62 сүм, 500-д барилга байшин, 10 000-д лам хуврагтай томоохон хийд байлаа. Хийдийн гадна байх нэгэн толгой дээр эр бэлгэ эрхтэн хэлбэртэй чулуу бий.

Энэ чулуу нь лам нарын бэлгийн дур хүслийг дарж, санваараа сахихад нь тусалдаг гэлцдэг. Энд ирж эргэл мөргөл хийгчид

그곳에서는 언제나 여러 스님들의 다라니염불소리가 들린다. 에르덴죠사원은 몽골최초사원으로 1586년 지금의 어워르항가이 하르허릉(옛명 하라호롬)에 세워졌고, 108개의 소브륵[15])이 세워져있는 400×400m 규모의 성채로 되어있다.

1792년 사원성안에 62개의 절과 500개 이상의 건축물이 있었고 만 명가량의 승려들이 안거했던 대가람이다. 중세기 몽골역사문화의 귀중한 유산으로 이 사원을 세움으로서 몽골에 불교포교와 불교발전의 문이 열리고, 동양문화와 과학의 중심지로 발전했다. 그러나 사원의 승려들이 어느 때부터인가 도를 닦는 일은 뒷전에 두고 동네처녀들과 바람이 나는 일이 잦아졌다. 아무리 막아도 그치지 않자, 주변지세를 살펴본 한 선사가 앞 쪽 산 지형이 여자의 음부모양을 하고 있는 걸 알고, 여성의 지기地氣를 달래려고 남근석男根石을 그 앞쪽에 세워놓았다. 그 뒤부터 승려들의 부정한 행동이 그쳤고 불도에 매진하게 되었다. 남근석은 여러 색깔의 하닥(오방색 비단 천)으로 감겨있고, 금줄이 쳐져 보호되고 있다.

이것을 보려고 많은 사람들이 줄을 잇는다. 또 신시대에 들어 화강암으로 새롭게 조각된 우뚝 세워진 남근석이 그 가까운 곳에 존재한다. 바트빌랙의 어머니는 여러 개의 법륜을 한 차례 돌리며 발원한 뒤, 게르 법당으로 들어섰다. 입구에 방장 승려가 앉아있다. 게르 벽 중앙에 큰 불상이 모셔있고 커다랗고 둥근 게르 격자무늬 받침 벽 아래, 여러 스님들이 뱅 둘러 앉아 찾아온 불자들이 원하는 소원성취다라니를 암송해주고

15)소부륵Cyвpara : 사리탑

буян үйлдэн нүглээ ариусгахаас гадна зарим нэг нь сайн хань, сайхан үртэй болох далд сүсэгт итгэн хийдийн зүүн урд жалган дахь бяцхан шодой чулуунаас сэмхэн адис авдаг нь одоо ч хэвээр байна.

Цагтаа хийдийнхээлам, банди нарын хуял тачаалыг номхотгон дарах зорилгоор босгосон шодой чулуу үр хүссэн, хань ижил мөрөөдсөн мөргөлчдийн шүтээн болсон гэцгээнэ. Батбилэгийн ээж хийд дотор байх олон хүрднүүдийг бүгдийг эргүүлсний дараа тэнд байх хамгийн том гэрт ороход үүдэнд нь бичээч лам сууж байв. Гэрийн дотор хананы дагуу том гэгчийн бурхан байршуулж, гэр дотор хоймроос эхлэн олон лам нар дугуйран сууж, зорьж ирсэн мөргөлчдөд ном айлдаж адис хүртээж байв. Бурхны өмнө сунаж мөргөсний дараа ээж хамба лам дээр орж Мөнхторойн байдлыг ярьж учир байдлаа тоочив. Мөнхторойтой адилхан асуудалтай бололтой нэгэн хүүг бас урьдаа суулгаад муу муухайг зайлуулах тарни уншиж эхлэв.

'ум суммани сумани хүм, хариана хариана аная хүм, хариана бара хүм'

11

있다. 오체투지로 삼배를 올린 어머니는 방장승려에게 뭉흐터러이의 저간사정을 말했다. 일종의 접수다. 뭉흐터러이처럼 귀신이 들어 시달리는 모양인지 어떤 이의 앞에 앉은 스님은 항마진언降魔鎭言[16])을 열심히 암송해주고 있었다.

'옴 솜마니 솜마니 훔, 하리안나 하리안나 아나야 훔, 하리안나 바아라 훔.'

11

어머니가 돌아온 것은 이틀 후 해가 기울고 저문 하늘에 일찍 뜬 거지별이 반짝거리기 시작하는 초저녁이었다. 게르 문을 열고 들어온 어머니가 허리에 두른 부스를 풀어 침대에 걸어놓으며 말했다. 바트빌랙은 어머니의 입이 떨어지기를 기다렸다.

"내일 바로 뭉흐터러이를 사원으로 데려갈 것이다. 하루꼬박 걸리는 거리다. 방장큰스님과 상담을 했다. 얼마나 더 걸릴지는 모르지만 가축을 잘 돌보고 있거라. 오래 걸리지는 않을 것이다."

"뭉흐터러이가 낫기만 한다면 언제까지라도 기다릴 거야, 엄마."

"쯧쯧, 오냐."

비록 어린 가슴이지만 뭉흐터러이를 생각하는 아들을 보고 어머니는 혀를 찼다.

---

16) 항마진언降魔鎭言 : 불교에서 귀신을 쫓는 경문

Ээж маань хоёр хоногийн дараа нар жаргаж, од түгэх үед эргэж ирэв. Гэрт орж ирээд бүсээ тайлж орны толгойд тохонгоо ээж .

"маргааш Мөнхторойг дагуулаад хийдрүү явна. Хамба лам Мөнхторойг өөрийг ньуулзуулах хэрэгтэй гэсэн. Тэнд очоод хэдэн өдөр болохыг сайн мэдэхгүй болохоор хүү минь малаа сайн хараарай. Болж өгвөл удахгүй л байхыг хичээнэ."

"Мөнхторой зүгээр болвол удсан ч хамаагүй ээ ээж ээ."

"за ойлголоо."

Том хүн шиг ингэж хэлсэнд ээж хүүгээ өхөөрдөн баярлав.

Дараа өдөр нь ээж Мөнхторойг сундлан нөгөөх нарийхан цагаан замаар явж одлоо.

Батбилэг тэдний бараа тасартал харж зогсохдоо анх удаа гэрээсээ хол явж байгаа Мөнхторойг ихээр өрөвдөв. Яагаад ч юм дахин эргэж ирэхгүй юм шиг санагдаж тэр бодол нь санаанаас нь гарч өгөхгүй нэг хэсэгтээ зовоов.

Мөнхторой хажууд нь байхгүй болохоор бүх зүйл хоосон хөндий санагдана. Их талаас бүх зүйл дайжиж хов хоосон болсон мэт санагдахад тэр байж ядан, өөрийн хийж чадахаар

다음날, 말 잔등에 뭉흐터러이를 앞에 앉힌 어머니는 한 손으로 뭉흐터러이를 안고 실개천처럼 가늘고 하얀 초원길로 다시 떠났다. 바트빌랙은 그들의 모습이 지평선멀리 사라질 때까지 서 있었다. 야윈 얼굴로 처음으로 집을 떠나는 뭉흐터러이가 못내 안쓰러웠다. 행여 다시 돌아오지 못할 것 같은 조바심에 바트빌랙은 만사가 손에 잡히지 않았다. 여린 봉지가슴에 가득 찬 뭉흐터러이가 없는 빈자리는 넓은 대지만큼이나 컸다. 가고 오는 데만 이틀이 걸리는 거리였다. 어머니와 뭉흐터러이가 돌아올 때까지 마른음식을 챙겨먹으며 홀로 가축을 돌봐야 했다. 대초원이 일시에 사라져 허방세계가 된 것 처럼, 공허에 견딜 수 없던 바트빌랙은 초원멀리 구릉 위에 푸른 하닥이 펄럭이는 산 어워를 향해 말을 몰았다. 그리고 어머니가 만들어 놓은 깨끗한 차강터스[17])를 어워에 공물供物로 올리고 세 바퀴를 돌며 뭉흐터러이가 건강한 몸으로 돌아오기를 매일매일 텡게르[18]) 신에게 기원했다. 자외선 거두어진 석양이 되면 어머니가 떠난 실개천처럼 가늘고 하얀 그 초원길을 망연히 바라보는 것이 버릇이 되었다. 어머니와 뭉흐터러이가 그 길을 따라 돌아올 터였기 때문이다.

한 달이 될 무렵, 지평선멀리 어머니와 뭉흐터러이가 석양의 긴 그림자로 오는 모습이 눈에 띄자, 바트빌랙은 바람처럼 빠르게 말을 몰았다. 다급히 달려온 속도에 말고삐를 당겼지만

---

17)차강-터스Цагаан-тос:하얀치즈
18)텡게르Тэнгэр : 하늘

ойр харагдах овоон дээр давхин очиж гэрээс авчирсан цагаан тос, зөөхий боовыг овоо хангай дэлхийд өргөж овоог гурав тойрлоо. Өдөр бүр Мөнхторойг эрүүл саруул болоод буцаж ирүүлэхийг дээд тэнгэрээс залбиран гуйж өдөр бүр нар жаргах үед тэдний явсан зүгрүү хэзээ ирэхийг нь харуулдан зогсдог боллоо. Ээж Мөнхторой хоёр нь тэр л замаар эргэж ирэх болно.

Бараг нэг сарын дараа тээр холоос Мөнхторой ээж хоёр нь ирж яваа харагдахад Батбилэг тэднийг тосож мориндоо мордон салхи шиг хурдлав.

"ээж ээж, Мөнхторой."

хэмээн Батбилэг хашхирсаар угтан очиж мориноосоо буухад хүүгээ санасан ээж нь ч бас мориноосоо бууж.

"миний хүү ганцаараа яажшуухан байв даа?" хэмээн тэвэрч хоёр хацар дээр нь үнсэв. Мөнхторой ч бас мориноосоо бууж нулимс цийлэгнэсэн нүдээр Батбилэгрүү ширтэв. Мөнхторойн цонхийж цайсан царайнд улаа бутарч өнгө зүс засжээ.

"чамайг их санасан шүү."

"Мөнхторой чи одоо дахиж өвдөхгүй биздээ?"

"би дахиж өвдөхгүй ээ одоо зүв зүгээр болсон."

Мөнхторойг явсны дараа тэр түүнгүйгээр амьдрах талаар

바로서지 못했다. 흙이 튀었다.

어머니의 말 주변을 한바퀴 돌며 그들을 반긴다.

"에쯔, 에쯔[19]. 뭉흐터러이."

바트빌랙은 앞으로 돌아와 말에서 내렸다. 어머니도 말에서 내려왔다. 아들이 보고 싶었던 어머니는,

"내 아들 바트빌랙, 혼자 어떻게 있었어?"

하며 바트빌랙을 안고 양 볼에 입술을 맞추며 어깨를 토닥거렸다. 뒤이어 말에서 내린 뭉흐터러이가 금세 젖은 눈으로 바트빌랙에게 얼른 달려 든다. 부둥켜안은 둘은 어쩔 줄 모르게 반가워했다. 야위어 하얗기만 했던 뭉흐터러이의 얼굴에 핏기가 살아보였다.

"바트빌랙, 바트빌랙, 보고 싶어 혼 났어."

"그래그래, 뭉흐터러이, 이제 아프지 않을 거지?"

"응, 나 이제 아프지 않을 거야. 다 나았어. 이제 괜찮아."

뭉흐터러이가 돌아오기까지 바트빌랙은 어렸지만 그가 없는 초원의 삶을 생각도 해보았다. 그것은 추호도 용납되지 않는 일이었다. 둘의 모습을 물끄러미 바라보던 어머니가 입가에 미소를 짓고 말고삐를 잡고 게르를 향해 앞서 걸어갔다.

바트빌랙의 가축 수는 해를 넘길 때마다 불어갔다. 가축이 불어나자 소小이동에서 대大이동으로 항가이 전역과 볼강아이막을 거쳐 아래로는 더르너고비까지 넓은 대지를 유목생활로 이어가는 동안 그들은 성년의 나이가 된다.

---

19) 에쯔ээж : 엄마

бодсон ч түүнийг байхгүй бол энэ их эзгүй талд амьдрал ямар ч утга учиргүй санагддаг байлаа.

Тэр хоёрын байдлыг гадарлаж анзаарсан ээж нь түрүүлэн гэрлүүгээ алхав.

12

Тэдний мал сүрэг жил ирэх тусам өсөн үржиж байв. Мал өсөхийн хэрээр аймаг алгасч, өргөн уудам малын бэлчээр даган Булган, Дорноговь аймаг хүртэл нааш цааш нүүдэллэн амьдралын хүрд эргэлдсээр тэд ч нас биед хүрцгээв.

Өчүүхэн ч салхи шуургагүй Булган нутгийн шөнийн тэнгэрт тоо томшгүй одод түгж цаг хугацаа зогссон мэт алтан гадас од гялалзан, тэргэл саранд цагаан гэр бүр ч тодрон харагдана.

Хааяа морьд тургих нь нам гүмийг эвдэнэ. Дахин чимээ анишгүй эзэлж шанаган хуурын аялгуу алс хол хүртэл сонсогдоно. Саран авхай бүгдийг гэрэлтүүлэн Мөнхторой шанаган хуураар хуурдаж, Батбилэг монгол ардын дууг аялгуулан дуулна.

Арван тавны саран агаартаа дэгдэнэ хө

바람 한 점 없는 볼강 아이막 에르데네뜨 초원, 무수한 별무리 속에 물처럼 은하가 흐른다. 밤하늘 은하가 그렇게 흐르고, 드넓은 대지의 밤은 시간을 멈췄다. 손에 잡힐 듯 북극성이 자작나무가장귀에 걸려있고, 밝은 달빛이 하얀 게르를 비추는 밤은 그렇게 고요하다. 어쩌다 말 한 마리가 부르르- 투레질소리를 내면, 덩달아 다른 말들의 투레질소리가 적막을 깬다. 곧 고요가 다시 흐르고, 가느다란 음율로 샹아강호오르[20] 연주소리가 달빛 속 은빛 실을 따라 대지 멀리 흐른다.

밤하늘 떼 별빛이 작달비처럼 쏟아지는 구릉언덕에서 뭉흐터러이가 샹아강호오르를 연주하고 바트빌랙은 몽골을 노래한다.

저 산 위에는 텡게르 신을 모시고
파란 강물은 평범하게 흐르네
샹아강호오르로 몽골준마를 연주하며
몽골어로 영웅의 노래를 부르네.
수백 년 동안 갈라지지 않고 친구였던
넓은 얼굴 갈색 피부의 몽골인
아침이슬의 흔적을 지워버린
잠깐 온 양치기가 노래 부르네

유목민으로 성장한 그들은 고요한 화엄달빛 속에 그렇게 행복도 누렸다. 그러나 어머니를 잃어야 했다.

20) 샹아강호오르Шанаганхуур : 2현으로 된 전통 현악기 중의 하나

Ар өврөө дагаад үүл нь үгүй юу юм бэ хө

Хайртай хонгор чамайгаа хүлээсээр удлаа би

Харин чи минь хүрээд ирдэггүй юу юуны учир бэ хө

Хур борооны чийг нь агаараас буухгүй бол

Хайтан ягаан цэцэг өөрөө юундаа дэлгэрэх юм бэ хө

Хайртай ах минь хашир нь үгүй хүлээвэл дээ хө

Хайрлаж санасан хонгор дүү чинь аяндаа хүрээд ирнэ дээ хө

Нүүдэлчин малчны ахуй амьдралыг үргэлжлүүлэн амьдарч яваа тэд арван тавны сарны дор ийнхүү азжаргалыг амтлана. Ээж нь ертөнцийн мөнх бусыг үзэхээсээ өмнө дээдлэн нандигнаж явсан Далай ламын сургаалийг тэр хоёрт бүгдийг нь уншиж тайлбарлаж өгсөн.

Чингис хааны баатарлаг туульсыг бас тайлбарлаж Мөнхторойд шанаган хуур тоглохыг зааж өгсөн билээ. Шанаган хуурын дуу нь энгийн юм шиг боловч энгүй их талын баатруудын тухай өгүүлсэн байдаг. Аялгуу дуунаас нь эртний баатруудтай уулзаж тэдний сэтгэлийн үгийг сонсох шиг болж өвөг дээдэстэйгээ уулзаж тэдэнтэйгээ сэтгэл зүрхнийхээ үгийг солилцох мэдрэмж авдаг. Ээж нь өөрийнхөө хайрлаж явсан энэ шанаган хуурыг

생전 어머니는 그처럼 애지중지하던 달라이라마 경서를 읽고 해석할 만큼 둘에게 공부를 시켰다.

칭기즈 칸의 영웅사도 가르쳤고, 뭉흐터러이에게는 샹아강호오르 연주하는 법을 가르쳤다. 생전에 어머니는 말했다.

'샹아강호오르 소리는 단순한 음률이지만 초원을 질주하는 영웅들의 전설이 담겨있다. 그 소리를 통해 그 옛날 주인공들을 만나며 감정을 나누는 것이다. 또 우리조상들과 만나 서로 감정을 나누는 것이다. 내가 아끼던 샹아강호오르를 뭉흐터러이에게 물려주마.'

어머니는 많은 것들을 유산으로 남겼다. 물질이 아닌 지혜로운 정신이었다. 달라이라마 경서를 읽고 깨우칠 만큼의 지식과, 샹아강호오르를 연주하며 조상들과 만나는 방법을 그렇게 가르쳐주었다. 뭉흐터러이는 어머니에게 물려받은 샹아강호오르를 무척 아꼈다.

뭉흐터러이가 기쁜 표정으로 말했다.

"바트빌랙, 나 아이 가진 것 같아."

"뭐라고? 정말?"

"으-흥!"

"어머니가 살아계셨더라면 얼마나 기뻐하셨을까. 이제 몸 간수를 잘해야 하니까 가축몰이는 하지 마. 내가다할게."

둘의 기쁨은 더할 나위 없는 행복의 극치였다. 배가 불러 오르자 버터를 만드느라 종일 우유를 젓는 힘든 일도, 말 젖을 짜서 마유주를 만드는 일도 모두 바트빌랙이 도맡았다.

산달이 가까워 오자 걱정이 앞섰다. 산파를 불러오기에는 솜

Мөнхторойдоо өвлүүлж өгсөн бөгөөд өөр олон зүйлийг өвлүүлж үлдээсэн билээ.

Эд зүйлээс илүүтэй оюун ухааны өвийг үлдээсэн. Тиймээс ч Мөнхторой ээжийнхээ өвлүүлж үлдээсэн хуурыг маш ихээр хайрлана. Мөнхторой нэгэн өдөр баяртайгаар.

"би хүүхэдтэй болсон юм шиг байна."

"нээрээ юу? Ээж минь амьд байсан бол үнэхээр их баярлах байсан байх даа. Чи одооноос биеэ сайн бодох хэрэгтэй, малд явж хэрэггүй би өөрөө явж байя."

Энэ баяр баясгалан бол тэр хоёрын аз жаргалтай амьдралын хамгийн сайхан үе байв. Мөнхторойн гэдэс нь томрох тусам түүний хийдэг өрөм зөөхий хураах, үнээ мал саах зэрэг ажлыг Батбилэг бүгдийг нь хийдэг болов.

Түүнийг төрөх ойртох тусам Батбилэгийн санаа нь ихэд зовж, хаа хол сумаас эх баригч дуудаж ирэх хэцүү бас түүнийг малд явсан хойгуур өвдөх болов уу гээд аль болох гэртэйгээ ойрхон малаа хариулдаг болов.

13

이 너무 멀었다. 또 자신이 없는 동안이 걱정되었다. 될수록 게르 가까운 초원에 가축을 방목했다.

13

그 무렵, 발더르라는 이름을 가진 말한 필 때문에 바트빌랙은 오랫동안 애를 먹고 있었다. 그 말은 어머니가 생전 부리던 말이었다. 발더르는 어머니가 돌아가시고 나자 주인 잃은 슬픔에 빠졌다. 몽골의 말은 사람으로부터 정을 느끼며 주인을 알아 본다. 뿐만 아니라 자기가 태어나 처음 물을 마신 곳을 기억하며, 그곳을 찾아가는 영특한 동물이다. 발더르 역시 예외는 아니었다. 바트빌랙은 주인을 잃은 발더르를 말떼 무리 속에 합류시켰다. 이제 그에게 자유를 주고 싶었다. 그러나 발더르는 말떼 무리에 적응하지 못했다. 매번 기존 말떼의 선봉 마에게 지적을 받는 것 같았다. 예를 들면 모든 말떼와 초원으로 나갈 때 뒤처져 따라가거나, 말떼 속으로 들어가지 못하고 무리 멀리 맴돌았다. 그럴 때마다 바트빌랙은 발더르를 끌어다가 무리 속으로 합류시켜야만 했다. 아니면 올가[21])를 들고 쫓아가 말목을 걸고 끌어와 무리 속에 넣는 일이 한 두 번이 아니었다. 발더르가 무리 속에 합류하면 언제나 다른 말들이 밀어내며 무시했다. 우두머리선봉마가 다가와 발더르에게 고개를 상·하로 흔들며 히힝거리며 나무라는 일도 하루이틀일이 아니었다. 일종의 말 세계에서 우두머리에게 죄 없이 꾸중을 받

21) 올가уулга : 말목을 걸 때 쓰는 올가미 밧줄이 감긴 긴장대

Балдор нэртэй ээжийнх нь ганц уналганы морь нь эзнээ санан их хэцүү байх болжээ. Ер нь монгол адуу эзэнтэйгээ ойр байдаг тул ихэд ижилсэн дасаж тэр бүү хэл хаа хол нутагт зарагдаад төрсөн нутагтаа гүйж ирдэг ухаантай амьтан билээ. Батбилэг ээжийнхээ хайртай тэр морийг ижил сүрэгт нь тавьж унаж эдлэхгүй дураар нь байлгах болов.

Гэсэн ч тэр морь адуун сүрэгтэйгээ нийлэхгүй сүргээс тасран явах эсвэл ард нь хоцорч явна. Тэгэх бүрд нь Батбилэг сүрэгт дахин нийлүүлэх сүргийн дотор оруулах гэх мэтээр адуун сүрэгт нь дасгах гэж нилээн юм болов.

Түүнийг сүрэгт нийлүүлэхэд азарга нь давхин ирж хайрч хазаж хөөх, бусад морьд өшиглөж хайрах гээд л түмэн зүйлийн хэцүүг даахгүй тэрээр уяан дээрээ ирж эзнээ үгүйлэн үүрсэн зогсоно. Энэ өдөр бас л түүн рүү гурав дөрвөн адуу хазах гэж дайран хөөхөд урдаас нь цоройж ноцолдон бөөн тоос шороо босгож хотоор нэг юм болов. Яг тэр үед Мөнхторой гэнэт

"өвдөх гэж байх шиг байна, чи цаад адуугаа жаахан зайдуу туучихаад ирээч."

는 것 같았다. 종래 발더르는 견디다 못해 무리를 벗어난 먼 곳에서 홀로 밤을 지새우기도 하고, 주인의 냄새가 배어있는 이곳을 떠나지도 못했다. 멀리 눈에 띄는 곳에서 히힝 거리며 자신의 존재를 알릴 뿐이었다.

그녀의 산기가 시작되는 날이었다. 방목장에서 말떼들의 거친 소리가 들려왔다. 발더르를 중심에 두고 많은 말들이 공격하고 있었다. 발더르는 먼지를 일으키며 도망쳤고 서너 마리 말들이 뒤 쫓아가 뒷발로 공격했다. 사방에 흙이 튀었다.

먼지도 일었다. 견디다 못해 앞발을 하늘로 들어 올리며 발더르는 히히-힝 비명을 질렀다. 더는 볼 수 없는 광경이었다.

말 떼들의 비명소리를 들은 뭉흐터러이가 다급히 말했다.

"아이가 돌고 있어. 낳을 것 같아. 그런데 말들이 너무 시끄러워, 불안해, 아주멀리 방목하고 와."

산파준비에 당황하고 있던 바트빌락이 밖으로 나갔다.

그녀는 생전에 어머니가 일러준 아기를 스스로 해산하는 재래식방법을 일러주었기 때문에, 모든 준비를 마친 상태였다. 그리고 바트빌락이 다시 돌아왔을 때는 이미 그녀가 게르 천장 펠트에 부스[22] 천을 묶은 끈을 잡고 땀을 흘리며 힘을 쓰고 있었다. 평소 입는 자줏빛 델을 펴 덮고 무릎을 들어 올린 채 스스로 준비를 마친 것이다.

"바트빌릭, 토릅에 불을 지피고 물을 데워."

토릅에 불을 지펴 물도 데웠다. 비로소 오랜 산통 끝에 노란 액체의 양수가 비쳤다.

22) 부스Бүс : 겉 옷을 입고 허리를 두르는 천

гэхэд Батбилэг яаран гадагш гарч адууг холдуулаад эх баригч ойр байхгүйд санаа зовон шалавхан эргэж ирэв. Мөнхторой ээжийнхээ зааж өгснөөр гэртээ төрөх бүх бэлтгэлийг базаасан байсан тул Батбилэгийг гэртээ эргэн орж ирэхэд тэрээр гэрийн бүслүүрээс барин хамаг хөлс нь гарчихсан өвдөж эхэлсэн байв. Өөрийнхөө байнга өмсдөг ягаан тэрлэгийг дороо дэвсэн бэлджээ. Батбилэгт хандан 'гал түлээд ус халаагаарай' гэхэд нь хэлснээр нь хийв. Нилээн удаан өвдөж байж ус нь гарлаа.

"дахиад сайн дүлээрэй, хүүхдийн толгой цухуйх нь."

гэхэд Мөнхторой хэд хэд хүчлэн дүлэв. Яг энэ үеэр нөгөө адуунууд дахин гэрийн хаяанд шахам ноцолдож тангаралдах дуу гарч, нөгөө муу Балдорийн унгалдан янцгаах дуугаар Батбилэг яаран гартал нөгөө адуунууд жижиг гэрийг дайран бараг унагах шахсаныг хараад уурга барин шилбүүрдэж гэрээс холдуулаад Балдорийг барьж хам хум уяанаас уячихаад яаран гэрлүү ортол дөнгөж төрөөд хүйг нь хайчлаагүй нярай хүйгээрээ хоолойгоо ороож хэдийнэ амьсгал хураасан, Мөнхторой цус алдан царай нь цэл хөхрөн ухаан алдсан байв.

"뭉흐터러이, 무릎을 더 버티고 힘을 써 봐, 아기머리가 보여."

힘을 줄 때마다 태아는 조금씩 밀려나왔다. 그럴 때마다 힘 주는 소리는 더 컸다. 온몸이 양수로 칠갑된 태아가 나오면서 울음을 터뜨렸다. 고추였다. 아기울음소리가 대초원을 울렸다. 이때, 히히-힝 발더르와 다른 말떼들의 거친 비명소리가 아주 가깝게 들렸다. 그 소리는 방목장이 아닌 바로 게르 밖에서 가깝게 들려온 것이다. 그러더니 발더르가 내지르는 비명과 산간 중인 게르와 맞붙은 창고게르가 무너지는 소리가 들렸다. 게르 지붕이 심하게 흔들렸다. 놀란 그녀가 땀으로 김이 모락거리는 얼굴로 다급하게 말했다.

"게르가 무너지겠어, 하필 오늘따라 말들이 왜 저러지? 빨리 나가 봐."

밖으로 나가자 창고게르가 무너져 있었다. 말들의 공격에 발더르가 밀리면서 무너진 것이다. 바트빌랙은 말떼무리를 더 멀리 몰았다. 그리고 발더르를 풀렀던 고삐를 다시 씌워 매 두었다. 그렇게 발더르를 우리에 매어놓고서야 말들의 시끄러움은 잦아들었다. 하지만 한참 만에 다시 돌아온 바트빌랙은 소스라쳤다. 피 칠갑이 된 태아는 자르지도 못한 탯줄에 목이 감겨 싸늘하게 죽어있었다. 그녀 역시 과다출혈에 정신을 잃고 있었다.

"뭉흐터러이-, 뭉흐터러이-."

처절한 모습에 충격을 받은 바트빌랙이 뭉흐터러이를 끌어안고 소리쳤지만 그녀는 깨어나지 못했다. 종래 숨을 거두고 말았다. 뭉흐터러이는 심한 출혈 끝에 태반이 자궁내벽에 피

"Мөнхторой, Мөнхторой."

гэж сандчин тэвэрч дуудсан ч сэхэлгүй байсаар амьсгал хураав. Дотуур цус алдалт болж цус их алдснаас амь насанд нь аюул болчихжээ. Ээ хорвоо Гэнэтийн үхэл хагацал, гашуун зовлонд балмагдсан Батбилэгийн өр зүрх урагдах шиг болж, зовлонгий ёроолд хөрвөн орь дуу тавин уйллаа.

Түүнд зовлонгоос өөр юу ч үгүй юм шиг санагдаж алс чанадын тал руу гунигт уйлаан хадааж зовлонгийн нулимсаа нэрсээр. Үхсэний хойноос үхдэггүй амь өөр хорвоогийн жамаар Батбилэг хуучны ёсоор гэрийн гадаа хар утаа тавьж гашуудал зарлахад түүнийг харсан саахалт айлын малчин 'хүн өнгөрчээ.' гэж өөртөө хэлээд малаа гэрийн зүг аядуулаад тэднийх рүү зүглэхэд, толгодын цаахнатай нутагладаг айлын хар хүн утааг харан тэднийх рүү яаравчлана.

Эртний оршуулах ёсонд оршуулганд оролцож байгаа хүмүүс, талийгаач эрэгтэй хүн бол баруун гартаа хар даавуу

와 엉겨 붙어 목숨을 잃고 만 것이다. 졸지에 넋이 나간 바트빌랙이 짐승처럼 포효를 내질렀다. 멀리 말 한 마리가 투레질소리를 내자 다른 말들이 일제히 투레질소리를 내는 소요가 한바탕 일었다.

"뭉흐터러이-"

울부짖는 바트빌랙의 절규가 슬픈 가락으로 초원 멀리 흘렀다.

대초원 장천멀리 검은 연기 한 자락이 올곧게 피어오른다. 검은 연기를 본 어느 목축지유목민이 중얼거렸다.

"사람이 죽은 모양이구나."

그는 양떼를 다급히 우리 안에 몰아넣고 자신의 말떼를 몰고 그곳으로 달렸다. 또 다른 곳에서 검은 연기를 본 유목민이 말떼를 몰고 구릉을 넘고 초원을 달려 검은 연기가 피어오르는 바트빌랙의 목축지로 달려왔다. 도움이 필요했던 바트빌릭은 검은 연기를 피워 다른 유목민들에게 도움을 청했던 것이다. 망자가 남자라면 오른쪽 어깨에 검은 천을 묶지만 여자이기 때문에 바트빌랙은 물론 다른 유목민들의 왼쪽 어깨에는 검은 천이 매달려 있다. 게르 지붕에는 검은 깃발이 펄럭였다.

선두 말머리에도 검은 천이 펄럭였다. 땅을 파헤친 목민들이 그녀의 시신과 핏덩이를 흰 천으로 감싸 파헤친 땅에 눕혔다.

그리고 뭉흐터러이가 아끼던 물건들과, 그녀가 어릴 적부터 즐겨 썼던 빨간 호르강말가이는 물론, 샹아강호오르를 부장품으로 매장하고 흙을 덮었다. 곧 바로 자신의 백마, 빌랙차강에 올라탄 바르빌랙을 선봉으로 목민들의 말떼가 매장 터를 중심으로 넓은 원을 그리며 세차게 질주했다. 말발굽소리가 호막

зүүж, эмэгтэй хүн бол зүүн гартаа даавуу зүүдэг заншлаар Батбилэгээс гадна бусад хүмүүс ч зүүн гартаа хар даавуу зүүцгээв. Авсанд нь Мөнхторойн багаасаа өмсдөг байсан улаан эмжээртэй хурган малгай, дуртай зүйлс, шанаган хуурыг нь цуг хийж хөдөөлүүлэв. Хөдөөлүүлэх ажил дуусаж ирсэн хүмүүс буцахад тэнд хумхийн тоос л бужигнан үлдлээ.

14

Батбилэг зүүдлэв.Тэр зүүдэндээ бага насандаа эргэн очиж цагаан морь унасан ээж нь Мөнхторойг мориндоо дүүрэн зурайн харагдах нарийхан цагаан замаар орон явж одох. жаргах наранд цагаан морины сүүдэр уртаас урт сунан харагдсаар далд ороход

"Ээж ээ-, ээж ээ-."

"......"

"Мөнхторой -, Мөнхторой -."

хэмээн хичнээн дуудсан ч эргэж харахгүй болохоор нь аавынхаа зүсэлж өгсөн. Билэгт цагаан мориндоо мордон араас

浩漠한 대지를 천둥소리로 뒤 흔든다. 흙이 뒤집히고 흙먼지가 하늘을 가렸다. 매장이 끝나자 자신들의 말떼를 몰고 유목민들이 돌아간 뒤, 뒤집힌 대지의 무덤 터는 그 흔적을 알 수 없었다.

14

바트빌랙이 꿈을 꾼다. 꿈 속의 그는 어린 시절로 돌아가 있다. 어린 나이로 부모를 잃고 찬란한 휘장을 두른 황마幌馬 위에 강신降神에 시달리던 뭉흐터러이를 올려 태운 어머니가, 실개천처럼 가늘고 하얀 초원흙길로 그녀를 데려가는 현실 같은 현연泫然한 모습이 시야에 들어온다. 석양빛살에 황마의 긴 말그림자가 발끝에 닿는다.

"에쯔-, 에쯔-."

어머니와 그녀를 부른다.

"뭉흐터러이-, 뭉흐터러이-."

애달피 부르며 손을 뻗지만 펄럭이는 어머니의 옷자락이 결코 잡히지 않는다. 아버지가 낙인을 찍어준 백마, 빌랙차강에 올라타고 질주하지만, 어머니의 말 그림자 위에서만 달려질 뿐이다.

"에쯔-, 에쯔-."

"……."

"뭉흐터러이-, 뭉흐터러이-."

가까스로 손끝에 옷자락이 닿는 순간, 현연했던 모습은 찰나

нь давхисан ч гүйцсэнгүй дахин дөхөж очтол өөдөөс нь хүчтэй нарны туяа тусаж шанаган хуурын аялгуу эгшиглэн улаан эмжээртэй хурган малгай өмссөн Мөнхторойн төрх тодоос тод харагдсанаа замхран алга болов.

*

"Батбилэг ээ! миний хүүгийн нэр чинь бат бэх, ухаан билэгтэй хүн гэсэн утга учиртай болохоор нэр шигээ мундаг хүн болох ёстой шүү хүү минь." <Төгсөв>

에 사라졌다. 어머니의 뒷모습에 가려졌던 환등幻燈 같은 붉은 태양이 쏘는 화살 빛에 일순 눈이 부셨다. 세상은 한순간에 캄캄해졌다. 샹아강호오르 소리가 대지에 흐르고, 바뀐 장면 속에 빨간 호르강말가이를 눌러쓴 뭉흐터러이가 셀로판지에 그려진 그림처럼 투명하게 보이더니, 서편하늘낙조에 타버린 듯한 손에는 샹아강호오르, 또 한 손에는 핏덩이를 안고 훗 세상으로 연기처럼 사라졌다. 어머니의 말소리만 귓전을 울렸다.

*

"바트빌랙! 네 이름은 강한지혜라는 뜻이다. 강하고 지혜롭지 못하면 너는 거친 초원에서 살아갈 수 없다." 〈끝〉

5

Алтанхуяг

5

황금갑옷

Алтанхуяг

"Алтанхуягаа хүү минь хүний амьдрал эрээнтэй бараантай. Хүн өөрөө хувь тавилангийнхаа эзэн нь. Одоо миний хүү туульч Алтанхуяг гэгдэх боллоо."

1

Орон дээр манцуйтай хэвтэж цэнхэр тэнгэрийг тооноороо харж хэвтэхэд, над руу эрүүл тунгалаг улаан хацар, яралзсан цагаан шүдтэй ээж минь инээмсэглэсээр ойртон ирж бумбагар цагаан мөөмөө гарган хөхүүлж байсан үеэс миний бага нас эхэлнэ.

Ээжийн минь том цагаан мөөм миний нүүрийг бараг л бүрхэх шахаж, тэр сайхан мөөмнөөс ундрах сүү миний амь амьдралын эх ундарга болно. Ээж минь намайг тэврэн гадаа гарахад би

황금갑옷

"알탕호약! 세상은 만만하지 않다. 네가 그 길을 가는 것은 숙명이다. 이제 토올은 너에게 황금갑옷이 될 것이다.

1

기억나는 것으로, 아주 어린 갓 난 시절, 나는 둥근 게르침대에 누워있었다. 한정된 동작 외에는 더 이상 움직일 수 없었다. 그때 양 볼이 발갛게 물든 어머니가 다가와 하얀 잇빨로 미소를 짓고, 가슴 속에 담아놓았던 보름달처럼 커다란 유방을 꺼내어 젖꼭지를 내 입에 물리는 기억으로부터 내 어린 시절은 시작되었다. 어머니의 하얗고 풍만한 젖무덤은 나의 작고 작은 얼굴을 온통 뒤덮었다. 그 촉감은 정말 행복 그 자체였다. 그 젖무덤에서는 생명의 젖이 나와 나의 배를 불려주었다.

그가 나를 안고 밖으로 나갔을 때 나는 신비로운 세상을 처

хорвоо ертөнцийг гайхан бишипнэ.

Тув тунгалаг цэнхэр тэнгэр, үүлэн чөлөөгөөр хурцаар тусах нарны туяа хамба хилэн дэвссэн мэт өргөн уудам ногоон тал дээр тусаж байгааг харах нь анх хорвоотой танилцаж буй надад үнэхээр гайхамшигтай. Эдгээрээс миний нүдэнд хамгийн тод туссан нь цэлгэр талаар сувд мэт тархан цайран бэлчиж буй хонин сүрэг байлаа. Тэнгэрт харагдах бөөн цагаан үүл ээжийн минь мөөм шиг зөөлхөн байхдаа гэмээр харагдана.

Эжий минь нүдэнд харагдахгүй л бол би тайван амгалан биш болж харин харагдангуут нь бөөн баяр болон урдаас нь сарвалзана. Ээж ямар нэг юм хэлээд л байна.

"ээж- ээж,"

Хорвоод хүн болж төрөөд хамгийн анх сонссон бас анх хэлсэн үг бол 'ээж' гэдэг үг байлаа. Би ээжийнхээ мөөмийг хөхөх бүртээ баясаж бас энэ хүнийг ээж гэдэг юм байна гэж мэддэг боллоо. Дараа нь яг ээж шиг гоё инээсэн нэг хүн өөр рүүгээ заан.

"аав- аав," гэх.

Би овоо том болж суугаагаараа хоёр гараа сарвалзуулан

음 보았다. 투명한 차일이 펼쳐있는 것처럼 드넓은 대지 구름 그림자 끝자락에, 햇빛이 환하게 내려 비친 푸르디푸른 초원 빛깔은, 세상에 태어나 처음 보는 환상이었다. 그렇게 처음 본 세상에 눈에 띈 것은 초원의 흰빛 양떼였다. 하늘에 떠있는 흰 구름덩이는 어머니의 젖무덤처럼 부드럽고 커보였다.

보이지 않으면 한없이 불안하고 나에게 없어서는 안 되는 어머니의 얼굴이 눈망울 속에 들어오면 나는 능력껏 몸짓을 보이며 반가워했다. 어머니는 자꾸 뭐라고 소리를 냈다.

"에쯔–에쯔."

(ээж ээж/엄마 엄마)

세상에 태어나 처음 듣게 된 소리는 에쯔다. 어머니가 서슴 없이 젖꼭지를 입에 물리면 나는 한없는 행복에 젖었다.

나는 그를 에쯔라는 것으로 조금씩 인식하기 시작했다. 두 번째 기억으로는 에쯔와 같은 하얀 미소로 자신의 가슴을 손으로 거푸 짚으며,

"아아브 – 아아브.

(аав-аав/아빠–아빠)

하는 소리다. 좀더 자란 나는 앉아서 양팔을 흔들어도 넘어 지지 않을 만큼 성장했다. 그 무렵 나는 '에'라는 한마디를 겨우 떼다가 너무 어려운 '쯔'는 더 자란 뒤에야 '에쯔'로 붙여 겨우 입에서 떼었다. 그러자 내가 인식하게 된 에쯔와 아아브

тонгочиход ойчихооргүй боллоо. Тэр үед би 'ээ' гэж хэлснээ залгуулаад 'ж' гэж хэлэхэд миний танил болсон аав ээж гэх хоёр хүн баяртайгаар инээж байв. Ингээд би хүний орчлонд ээж, аав гэдэг үгээр анх хэлд орсон билээ.

Тэгээд өөрийнхөө нэр Алтанхуягийг хэлж сурсан байх.

Багадаа би ээжийгээ хаана ч явсан хачин их санадаг байв. Би Ховд аймгийн Дуут суманд олон мянган жил нар салхинд мөлийж элэгдсэн хаднууд нь тэлээ шиг сунайн харагдах их талын малчин айлд хонь мал төллөх хаврын цагт төрсөн билээ. Уудам хорвоотой танилцахаас өмнө надад дугуй цагаан гэр минь тэр аяараа хорвоо дэлхий мэт төсөөлөгддөг байлаа.

Монгол адуу анх ус уудж, тэнцсэн газарлуугаа хаанаас ч гүйж ирж чаддаг шиг би ч бас төрсөн газраа хаа ч явсан үл мартах бизээ.

Анх намайг 5 настайд аав морь унуулж сургав. Би ч хэд хэдэн удаа мориноос ойчиж шорооны амтыг мартахгүй болтлоо идсэн амьтан босож ирэхэд аав тоох ч үгүй дахин морин дээр мордуулдаг байв.

Тэр болгонд,

가 환한 얼굴로 환호했다.

에쯔와 아아브라는 소리는 내가 이 세상에 태어나 맨 처음 익힌 말이다. 좀 더 자란 뒤 알았지만 에쯔는 어머니였고 아아브는 아버지였다. 세 번째 소리는 알탕호약[1]으로 평생 쓰게 되는 나의 이름이었다.

몽골의 어머니는 초원바다와 같은 넓은 마음이 있다. 유년시절 나는 언제나 어머니가 그리웠다. 그리고 나는 고비 알타이 산맥 토트 솜 초원, 오랜 세월 바람이 조각한 부드러운 선으로 이루어진 바위산맥이 초원멀리 벨트처럼 이어져있고, 그 산맥이 시작되는 푸른 목초지 게르에서 가축들이 새끼를 치는 봄에 태어났다.

나의 존재가 생명을 얻어 태어난 게르가 세워졌던 작은 면적의 대지는 나에게 신성한 땅이다. 몽골의 말馬은 자기가 태어난 곳과, 처음 물을 먹은 곳을 기억하며 언제라도 찾아간다. 하물며 인간인 내가 생명을 얻은 신성한 땅을 외면할 수는 없다.

다섯 살이 되는 어느 날부터 아버지는 게르 앞 넓은 대지에서 나를 말 잔등에 올려놓고 말을 길들였다. 튀는 말 위에서 나는 몇 번이고 떨어졌다. 그럴 때마다 흙투성이가 되었다.

아버지는 단호하게 채근했다.

---

1) 알탕호약Алтан Хуюг : 황금갑옷

"Алтанхуягаа морь унаж сурахгүй бол чи том хүн болж чадахгүй шүү." гэж аавыг хэлэхэд нь би шарандаа дахиж мориноос уналгүй ганцаараа хонио хариулдаг болов.

Тэгж байтал би дүүтэй болж дүүг төрснөөс хойш ээж намайг анзаарахаа болив. Дүүг төрсний дараа намайг хайрладаг байсан тэр их хайраа дүүд зориулж байна гэж бодохоор би хааяа их гомддог байлаа. Нэг удаа унтах гээд хэвтэж байтал ээж аавд.

"дүү нь ч гарлаа Алтанхуягийг сургуульд оруулж тууль сургая."

гэхэд аав,

"харин тэгье. Дүүг нь мал дээр гаргана биз, Алтанхуягийг сургуульд оруулья. Тууль сураг, цаадах чинь сэргэлэн юм чинь нэртэй туульч болж магадгүй."

гэж ярилцахыг сонсов Би ээж аав хоёрын ярьсан 'тууль' гэж юу болохыг мэдэхгүй болохоор их сонин сонсогдож хурдан мэдэхийн хүсэл болов.

-Тууль гэдэг нь монголчуудын дунд маш эртнээс улбаатай ардын аман зохиолын хэлбэр бөгөөд тууль сайн хайлдаг хүнийг туульч

"알탕호약, 말을 타지 못하면 어른이 될 수 없다."

그 뒤 나는 곧 말을 타고 어린 나이로 양떼를 몰아 초원에 방목도 할 수 있게 되었다. 그 무렵 동생이 태어났다. 동생이 태어난 뒤로 어머니는 나로부터 멀어지는 것만 같았다. 처음에는 그것이 얼마나 섭섭했는지 모른다. 내게 쏟았던 모든 정을 동생에게 빼앗기고 말았다. 그러나 동생이 생겼다는 기쁨은 어머니에 대한 섭섭한 마음을 상쇄시키고도 남았다.

얼마 안 되어 침대에 누워 잠이 들려고 할 때 아버지와 어머니가 도란도란 이야기하는 소리가 들렸다.

"둘째가 태어 났는데 알탕호약은 토올 학교를 보내는 게 좋겠어요."

어머니가 하는 말에 나는 토올이 무엇인지 궁금했다.

"그래. 목축은 막내가 상속받아야 하니까, 알탕호약은 토올 학교를 보내기로 해. 총명한 알탕호약이 토올을 한다면 토올치로 이름을 날릴 거야."

―토올(Тууль)은 본래 유목민들이 양을 치다가 부르는 노래이며, 토올치(туульч)는 이를 전문으로 하는 사람을 일컫는다. 다양한 형태의 공명통과 머링호오르처럼 2현으로 이루어진 몽골전통현악기인 톱쇼르를 연주하며 부르는 노래를 토올이라 한다. 가사는 운문형으로 구전된 장편영웅서사시가 토올을 통해 구전으로 전해 온다. 노래를

гэж нэрлэдэг. Янз бүрийн хэлбэртэй ч морин хууртай адил хоёр чавхдастай хөгжим товшуураар аялгуулан тууль хайлах бөгөөд сэдвээсээ шалтгаалан үг ая нь янз бүр байдаг. Товшуур товшиж тууль хайлангаа биелгээ биелэх нь эртний баатруудтай нэгэн бие болж буй мэт сэтгэгдэл төрүүлнэ. Баатарлаг тууль хүй нэгдлийн үеийн эцгийн эрхт овгийн үед буюу баатарлаг гавьяаг алдаршуулан мөнхжүүлэхээр магтан дуулдаг урлагийн хэлбэрээр анх үүссэн бөгөөд Алтайн туульчид намар оройн цагаас өвлийн урт шөнүүдэд тууль хайлан хөгжилдөцгөөдөг. Намрын эхэн сарын арван таванд туульчыг гэртээ урьж тууль хайлуулахад сэтгэл санаа амар амгалан болж, ажил үйлс бүтэмжтэй болдог хэмээн сүсэглэдэг байлаа.

Гэвч социализмын үед нэг хэсэг тууль хайлахыг хорьсон учраас хүссэн цагтаа тууль хайлж болохгүй, сурахад ч хэцүү болсон . 1970,80- аад оноос эхлэн дахин чөлөөтэй тууль хайлах боломж дэлгэрч малчид малаа хариулангаа тууль хайлах зэргээр эргэж сэргэв . Баатар 1903-1946, Уртнасан 1927-2007, Авирмэд 1935-1999 нар бол монголын нэртэй туульчид юм. Туульчдыг нутаг усныхан нь зун ган гачиг болвол урьж залан тууль хайлуулж ган тайлуулдаг байжээ. Туульчид дөрвөн өдөр, шөнө дараалан 7 мянган шад мөр

직접 부르며 연주하며, 얼굴과 몸으로 표현한다. 마음으로 그 옛날 주인공들과 영웅들을 만나며 감정을 나눈다. 본래 무병장수와 토착 신앙의 기원적 의미를 지니며 노래가 있는 마을로 알려지는 서몽골 알타이산맥의 깊은 곳 토트에서는 가을에서 긴긴 겨울 동안 토올을 즐겼다. 가을 첫 달이며 보름달이 뜨는 날 토올치들을 집에 모셨고, 몽골 사람들은 토올을 들으면 마음이 편해지고 기분이 좋아진다는 신앙적 의미를 가지고 있기 때문에, 사회회주의 인민공화국시절에는 이를 금지시켰다. 어느 집에서도 마음대로 토올을 할 수 없었다.

토올 자체를 배우기도 어려웠다. 6~70년대부터 토올을 다시 할 수 있었고, 목자들은 초원에서 가축을 몰다가 휴식을 취할 때 토올을 즐겼다. 바타르(1903-1946)와 그 아래 오루트나승(1927-2007), 그리고 아위드메트(1935-1999)는 몽골토올의 스승이라 할 수 있다.

그들은 여름에 가뭄이 들면 알타이고비의 만년설에서 토올을 하라고 일렀다. 토올치들은 사흘 밤낮을 7만 줄의 가사로 토올을 노래했다. 토올은 지금 몽골의 한정된 지역 홉드아이막에만 존재하고 예술적으로 보면 한 사람이 모든 역할을 하는 완벽한 공연으로 유네스코무형유산으로 등록된 몽골의 전통예술이다. 토올은 몽골에서 보존되고 있으며 홉드아이막 홉드극장과 울란바타르 전통극장에서 외국인을 위해 매일 공연한다. 이와 같이 몽골의 소리꾼들이 토올을 할 때 여러 현악기를 쓰는데 머링호오르는 기본이며 이외 여러 형태의 악기를 들 수 있다. 대략 2종의 비바릭, 2종의 힐 호오르, 2종의

бүхий туулийг хайлж ган гачиг зуд турхнаас хамгаалдаг байсан

гэх. Монголын туулийг Юнескод бүртгэж авсан бөгөөд гадаадын

жуулчдад зориулсан тоглолт Улаанбаатар хотод үндэсний театрт өдөр

бүр тоглодог. Мөн монголын хөөмийчөд моринхуур үндэсний бусад

хөгжмийн зэмсэгтэй хослон тууль хайлдаг. Ц.Дамдинсүрэн гуай

туульс хайлах урлагийг гэрийн театр гэж онож хэлсэн байдаг.

2

Тэр яриа болсны дараа жил намайг Ховд аймгийн Дуут суманд байх сургуульд оруулав. Танихгүй газар ирсэн би ээжээс салахгүй хормойноос нь зуурч ханцуйгаараа нулимсаа арчин уйлсаар хоцорсон билээ. Ээж миний нулимсыг арчингаа

"миний хүү сайн сураад монголдоо нэртэй сайн туульч болоорой. Ээж нь амралтаар нь ирж авна."

гээд гэрийн зүг буцав.

Хичээл эхэлж би дотуур байранд орлоо. Хөдөө малчны хотонд төрж өссөн надад үеийн хүүхдүүдтэй сургуульд сурах сайхан санагдсан ч эхэндээ аав ээжийгээ, гэрээ их санадаг байлаа.

쇼다르가와 허빅스, 샹아강호오르, 피파와, 버서어 등의 현악기와
소리를 내는 악기로 40여 가지의 악기를 들 수 있다.

2

그 후 1월이 되자 어머니는 나를 말에 태워 알타이산맥 토트
로 들어가 토올학교에 입학시켰다. 갑자기 낯선 곳으로 오게
된 나는 어머니를 떨어지지 않으려고 어머니의 옷깃을 휘어잡
고 소매 끝으로 거듭거듭 눈물을 훔치며 얼마나 울었는지 모
른다. 어머니는 눈물을 닦아주며 달래었다.

"알탕호약, 열심히 공부해서 몽골 제일의 토올치가 되어라.
알았지? 방학이 되면 데리러 올게."

여섯 살이 되는 1월부터 학교생활이 시작되었다. 그 때부터
나는 기숙사생활을 해야만 했다. 초원에서 홀로 자란 나는 새
로운 아이들과 사귀었다. 학교생활은 재미도 있었다. 그래도
어머니는 항상 보고 싶었다. 그럴 때마다 나는 초원으로 나가
푸른 대지를 바라보며 어머니노래를 불렀다.

어머니는 많은 가축들의 주인이시다.

무척이나 무척이나 생각이 난다.

이 세상 하나 밖에 없는 우리 어머니······

Гэрээ санахдаа гадаа гарч ээжийн тухай дуу дуулна.

Хөөрхөн борлог мориороо

Хөндийгөө туулах сайхан даа

Хөгшин буурал ээжийгээ

Хүндлэн асрах сайхан даа······

Үдээс өмнө монгол бичиг, дүрэм, орос хэл, түүх зэрэг хичээл орно. Үдээс хойш товшуур хөгжим хөгжимдөх, тууль хайлах, дүрэм, 7 мянган үет тууль цээжлэх зэрэг хичээлийг Батзориг багш минь бидэнд 4 жил заасан билээ. Оройн цагаар социализмын чиг хандлагад суралцах хичээлд сууна. Улирлын амралт болоход манайх сумын төвөөс холгүй ирж буугаад аав намайг ирж авдаг байлаа. Гэрээ бас дүүгээ их санаж байсан надад гэртээ ирэх шиг жаргал үгүй. Сургууль соёлд яваагүй мал дээр байдаг дүүдээ би амралтынхаа хугацаанд чадах чинээгээрээ сурсан мэдсэнээ зааж өгнө. Аав ээжтэйгээ үргэлж цуг байж ээжид байнга эрхэлдэг дүүдээ би хааяа атаархана.

Намайг 18 нас хүрдэг жилийн зун манай нутагт урьд өмнө

오전에는 몽골비칙[2] 언문과 러시아 킬릴자모, 그리고 다른 과목을 포함해 14세기 칭기즈 칸 역사공부를 했다. 오후에는 톱쇼르연주와 토올 소리를 배우며 구전하는 7만 줄의 길고 긴 운문형의 가사를 당시 바트저릭 스승의 입을 통해 외우는 데 만 4년이 걸렸다. 거기에 밤이면 사회주의 사상학습을 받아야 했다. 사상 학습은 천편일률적인 강요와 같았다.

그 때 나는 왜 사회주의가 토올을 반대하는지 알 수 없었다. 방학이 되면 우리가족은 토트 초원으로 가축 떼를 몰고 이동한 뒤 어머니가 찾아와 목축지로 나를 데려갔다. 방학이 되어야만 그리웠던 어머니를 볼 수 있었다.

동생도 볼 수 있었다. 동생은 막내로서 부모의 목축을 상속받아야했기 때문에 초원에서 살았다. 그런 까닭에 문맹인 동생은 그야말로 까막눈이었다. 방학이면 나는 동생에게 내가 배운 언문과 킬릴자모를 가르쳐 최소한 글을 읽도록 했다.

하지만 나는 어머니를 늘 볼 수 있는 동생이 부러웠다. 고등학교 나이가 되어서는 주로 현악기인 톱쇼르를 자유자재로 다루는 것이 중점이 되었다.

내 나이 18세가 되던 그해 여름, 초원에 유래 없는 무서운 여

---

2)몽골비칙 Монгол Бичиг : 내려 쓰는 몽골의 옛 문자

болж байгаагүй ган гачиг болов. Хур бороо орохгүй өвс ногоо хатаж, хамар хатгах юу ч үгүй мал тарга шим аваагүйгээс тэр жилийн урт хахир өвөл, хаврын өдрүүдэд эцэж туйлдсан мал хиарч дуусав.

Хаа сайгүй хэрзийх малын сэг зэмүүдийг тойрон том том бүргэд шувуунууд эргэлдэх.

Тэгтэл Батзориг багш.

"их туульч Баатар, Уртнасан нар ган гачиг болоход Алтайн магтаалаа хайлж нутаг усаа аргадаж байгаарай, туулиа хайлахад Алтайн эзэн тусалдаг, савдаг шивдэгүүд нь дагаж явдаг гэж бидэнд захиж сургасан. Одоо л тэр цаг ирлээ. Алтайн ууландаа очиж туулиа хайлцгаая."

гэж биднийг шалгах бас зоригжуулах аястай хэлэв. Тэгэхэд л би тэр хугацаанд сурсан товшуур хөгжмийн аялгуунд туулиа хайлж, сурсан мэдсэн бүхнээ гарган хэдэн өдөр болоход олон сурагчдын дундаас өндөр үнэлгээ авч багшдаа магтуулж билээ. Бидний дунд эмэгтэй сурагчидаас тууль хайлж, товшуур хөгжимдөж, аянд нь монгол ардын бүжгийг эвлэг сайхан бүжиглэдэг Төгсжаргал гэдэг охин байлаа. Түүнтэй 4 өдөр

름가뭄 '강[3])이 찾아 들었다. 이상기온이 생겼을 때 이것을 만나면 대지의 풀이 마르고 가축들은 긴 겨울과 이듬해 봄을 날 수 없는 지경에 다다르고 폐사하기에 이른다. 건조하고 고갈된 대지에 초원의 풀이 바싹 말라버렸다. 곳곳에 몸집이 큰 가축들이 쓰러지기 시작했다. 먹이를 본 독수리 떼가 몰려들었다. 그것을 본 바트저릭 스승이 걱정스러운 표정으로 메마른 초원을 바라보며 말했다.

"우리 몽골토올의 가장 큰 스승 바타르와 그 아래 오루트나 승 스승께서도 가뭄이 들면 알타이산맥만년설에서 토올을 하라고 일렀다. 만년설산으로 들어가 기우제를 지낼 것이다."

나는 그동안 배운 토올을 가지고 기우제를 지내면서 톱쇼르 연주는 물론, 어려운 토올소리를 소화해 냈고, 여러 학생들 중 가장 완벽하다는 칭찬을 받았다. 그 중 여자아이로 토올을 잘 할 뿐 아니라 토올 소리에 맞춰 전통 춤을 곁들여 잘 추는 '완벽한 행복'이라는 이름을 가진 툭스자르갈이 있었다.

그녀와 나는 토올의 화음을 이루며 기우제를 지냈고, 집단 목축지의 많은 목민들이 몰려와 기원했다.

사흘 밤낮을 7만 줄의 가사로 톱쇼르를 연주하며 토올을 불러 텡게르[4])신에게 비가 오기를 이렇게 발원했다.

---

3)강 ган : 몽골의 살인적인 더위

4) 텡게르тэнгэр :하늘

шөнө дараалан 7 мянган мөр бүхий тууль хайлан товшуурдаж Алтайн эзнээ баясгаж, тэнгэр бурханаас хур бороо хайрлаж зон олныг жаргаахыг гуйн залбирч хайлав.

Увай хээ

Өглөө жингээр униартаж л байдаг

Өдөр дундаа суунаглаж л байдаг гэвэл ло

Үеийн үед өн тарган байдаг

Өргөн өндөр хүдэр баяхан буурал

Алтай хангай хоёр минь билээ дээ...

Ийм л эзэн баяхан буурал

Алтай хангай хоёр

Төгсжаргал бид хоёрыг сайн тууль гэж тэр үеэс хүмүүс мэдэж хэлцдэг болсон юм.Төгсжаргал сумын төвийн хүүхэд болохоор дотуур байранд амьдардаг надад хэрэгтэй зүйлсээр тусалдаг дотны найз минь билээ. 7 мянган мөр бүхий туулиас эхлэн суралцаж сайн туульч гэгдэхэд надад Алтайн эзэн тусалж ямар нэг ид шидийн хүч өгөх шиг санагддаг. Нэг туулийг бүрэн

이렇게 위대하고
정상에는 하얀 만년설이 쌓인
알타이 산과 항가이 산들이여!
산 허리에는 옅은 안개를 두르고
온 세상을 내려다 본다.
남녀노소 모두 함께 축제를 벌려
어린아이들을 놀라게 하고
어르신들의 잠을 깨울 정도로
낮과 밤을 가리지 않고
사시사철 즐거움을 누렸다.

툭스자르갈과 내가 한 쌍의 토올치로 소문이 나기 시작 한 것은 그 때부터였다. 그것을 계기로 우리는 무척 가깝게 지내게 되었다. 읍내가옥에서 살고 있는 툭스자르갈은 어린 시절부터 토올을 배우며 나와 함께 성장했다. 그녀는 기숙사에서 생활하는 내가 부족한 것들을 손수 마련해주기도 했다. 그러면서 우리는 자연스럽게 정이 들어갔다. 토올치가 된 나는 무엇인가 신비한 힘이 도와주지 않으면 7만 줄 긴 가사의 더워하드 부흐를 부를 수 없다고 생각했다. 토올 하나를 완벽하게 하려면 여덟 시간이 걸렸다. 한번 시작하면 보통 사 나흘 동안 토올을 불렀다. 하룻저녁에 세 시간 정도를 쉬지 않고 불렀다.

гүйцэд хайлахад ойролцоогоор 8 цаг болдог. Тууль хайлах гэдэг хэн бүхний чадах амар зүйл биш тиймээс надад ямар нэг нууц хүч тусалдаг гэдэгт би эргэлзэхгүй итгэдэг.

3

Зуны амралт болж намайг авахаар ирсэн ээжид Батзориг багш,

"манай Алтанхуяг маш сайн туульч болсон. Олон хүүхэд сурахаар ирсэн ч Алтанхуяг шиг туулийг гойд сайн эзэмшсэн хүүхэд бараг байхгүй. Харин эмэгтэй сурагчдаас Төгсжаргал гэдэг охин бас товшуур тууль маш сайн сурсан. Энэ хоёр маань монголдоо нэртэй туульчид болох нь тодорхой."

хэмээн магтав.

Багшийн магтаалд баярласан ээж,

"Алтанхуягаа хүний амьдрал гэдэг эрээнтэй бараантай. Хүн өөрөө хувь тавилангийнхаа эзэн нь. Одоо миний хүү туульч Алтанхуяг гэгдэх боллоо." гэж их л бахархангүй хэлж байж билээ.

МАХН-ыг коминтернийхэн удирдаж Монгол орон төөрч будилж эхэлсэн тэр үеэс хойш харамсалтай нь би

지금까지 일 이만 줄에 달하는 긴 토올을 내가 어떻게 외우고 어떻게 전승받았는지 참으로 놀라운 일이었다. 정말 비밀스런 힘이 나에게 있는지도 몰랐다.

3

여름방학이 되어 찾아온 어머니에게 바트저릭 스승은 칭찬을 아끼지 않았다.

"알탕호약은 이제 완벽한 토올치가 되었어요. 여러 학생들이 토올을 배웠지만 완벽하게 전수받은 건 총명한 알탕호약뿐이지요. 여자로는 툭스자르갈로 토올을 연주하며 기우제를 같이 지냈는데 장관이었지요. 둘은 몽골 제일의 토올치로 부족함이 없지요."

스승의 칭찬에 기쁜 표정으로 어머니는 말했다.

"알탕호약! 세상은 만만하지 않다. 네가 그 길을 가는 것은 숙명이다. 이제 토올은 너에게 황금갑옷이 될 것이다."

내가 어머니를 마지막 본 것은 이때였다.

어머니 뿐 아니라, 이후 나의 가족은 평생 다시 볼 수 없었다. 왜냐면, 당시는 사회주의체제 속에서도 손대지 않던 목축 집단화정책이 갑자기 공포될 무렵으로 툭스자르갈과 나를 불러놓고 바트저릭 스승은 만사를 체념한 의미심장한 표정으로 말했다.

гэрийнхэнтэйгээ, ээжтэйгээ дахин уулзаагүй билээ.

Нэг өдөр Батзориг багш Төгсжаргал бид хоёрыг дуудан айдаст автсан байдалтай

"бид тууль хайлж ган гачиг тайлах ёслол хийсэн нь буруутжээ."

"яагаад багшаа?" гэхэд

"Тууль бол монголчуудын үндэсний урлаг халдаж болшгүй соёл хэдий ч, эрт дээр үеэс улбаатай бүдүүлэг бурангуй, хоцрогдсон гэх шалтгаанаар тууль хайлахыг хориглох боллоо. Харин соёлын өв уламжлал болсон туулийг хичээнгүйлэн суралцдаг та нарт энэ талаар ярьж зүрхэлдэггүй байлаа.Одоо харин Алтайн уулсаа аргадан туулиа хайлж, мэдсэн сурснаа харуулсан та нартаа энэ талаар хэлэх цаг нь болжээ. Юмыг яаж мэдэх вэ захиж хэлэхэд надад ямар нэг муу юм тохиолдвол та нар минь тууль хайлах энэ сайхан өв уламжлалаа цааш ямар ч аргаар хамаагүй үргэлжлүүлж авч явдаг юм шүү. Төгсжаргал та хоёрт их найдлага тавьж байгаа шүү." гэсэн юм.

Батзориг багшийн минь хэлж байсан энэ гэрээслэл бодит зүйл болно гэж хэн мэдлээ. Удалгүй манай сургуулийг хүчээр хааж,

"기우제를 지낸 것이 잘못된 것 같구나."

"무슨 말씀이세요?"

"지금 몽골은 사회주의인민공화국이다. 공산국가에서는 무종교사회를 만드는 이념을 가지고 있다. 그래서 샤먼들의 무속행위는 물론 불교도 금지하여 6천여 개의 사찰을 불태웠고, 승려와 샤먼들까지 사형에 처한 것이 이미 오래전 일이다. 토올은 본래 몽골전통이라는 명분으로 손대지 않다가, 무병장수와 토착신앙의 기원적 의미가 있다는 것을 빌미로 금지시킨 것이 불과 얼마 전 일이다. 한참 막바지공부를 하는 너희들에게는 말하지 않았다. 그런데 텡게르 신에게 기우제를 올리고 토올을 했으니 주동자인 내가 무사할 리 없다. 만약 본보기로 나에게 무슨 일이 닥치면, 너희 둘 만큼은 몸을 숨겨서라도 우리몽골의 전통인 토올을 꼭 보존해야 한다. 이제 우리몽골의 토올을 이어 갈 큰 줄기는 너희 둘 뿐이다."

바트저릭 스승의 그 말이 유언이 될 줄 나는 몰랐다. 그러더니 기우제가 끝난 얼마 후, 곧 바로 토올 학교는 강제 폐쇄되었다. 그 대신 온통 사상학습장으로 변했다. 기숙사에 맡겨진 모든 유목민자녀들은 하루 종일 사상학습에 시달려야 했다. 하루하루가 불안한 날이었다. 그리고 학교 폐쇄와 동시 보이지 않던 바트저릭 스승이 다른 몇몇 샤먼들과 초원에서 처형되었

оронд нь сургалт дадлагын бүлгэмийн төв болгон өөрчлөв. Дотуур байранд байрладаг малчдын хүүхдүүд бид бүтэн өдөржин ядарч унатлаа дадлага сургалт хийж түгшүүрт өдөр хоногуудыг өнгөрөөдөг болов.

Сургууль хаагдсаны дараагаас Батзориг багш минь харагдахаа больж, багшийг манай нутгийн хэдэн бөө лам нартай хөдөө хээр аваачин хороосон гэж хүмүүс ярихыг сонсов. Түүнийг сонссон Төгсжаргал бид хоёр айдас түгшүүрт автлаа.

4

Монгол оронд 1930-д онд коминтерны тушаал зааврын дагуу феодал язгууртнуудын мал хөрөнгийг хураах шийдвэр гарч мал хөрөнгийг нь хураан авах ажил эрчимтэй явагдсан. Коммунистууд шашингүй нийгмийг бий болгох гэж бөө лам нарын шашны үйлдлийг хорьж 6 мянгаад сүм хийдийг галдан шатааж, бөө лам нарыг цаазалж их нүгэл хийсэн. 1959 оноос эхлэн амины малыг нийгэмчилж нэгдэлжих хөдөлгөөн өрнөхөд малчид үүнийг эсэргүүцэн дургуйцэж байсан тэр их үймээн самууны үед манайх хаашаа нүүж хаана нутаглаж байгааг ч

다는 소문이 나돌았다. 소문을 들은 툭스자르갈과 나는 불안에 떨었다.

4

공산당 코민테른 측이 결성한 백인회에서 정권을 잡은 뒤. 몽골은 1930년 코민테른 지침에 따라 사유재산보유를 금지하고 부유층의 재산을 빠짐없이 몰수하기 시작했다. 이 후, 1959년부터는 목축 집단화정책에 따라 유목민들의 모든 가축을 몰수하기 시작했다. 그러자 유목민들의 사회주의반대운동이 일어났고 급기야 전국적인 소요사태로 확산되었다. 국가는 탱크와 전투기까지 동원하여 초원을 무력으로 진압했다. 주동자는 시베리아로 끌려갔으며 많은 유목민들이 목숨을 잃었다.

나는 우리가족들이 초원 어디에 있는지 알 수도 없었다. 나는 부모가 찾아와 주기만을 기다렸다. 들리는 소문으로는 목숨을 부지하려고 많은 유목민들이 국경을 넘어간다는 흉흉한 소문이 나돌았다. 며칠을 기다렸지만 나의 부모는 오지 않았다.

사상학습을 마친 날 밤, 나의 옷깃을 잡고 기숙사후원 어두운 그늘로 조급히 끌고 간 툭스자르갈이, 주변을 살피면서 낮은 목소리로 조급히 말했다.

"알탕호약, 지금당장 토트를 떠나야 해. 지난번 우리가 기우제를 지내면서 토올을 했잖아, 토올의 씨를 말리려고 곧 우리

мэдэхгүй намайг ирж авахыг л хүлээдэг байлаа.

Олон айлууд амь нас, эд хөрөнгөө хамгаалж амьд үлдэхийн тулд хил даван нүүж явсан тухай сураг сонсогддог байлаа.

Харин би хичнээн хүлээгээд ч аав ээж минь ирэхгүй л байв. Гэтэл нэгэн орой бүлгэмийн сургалт тарсаны дараа Төгсжаргал миний ханцуйнаас татан хүмүүсээс холдоод нам дуугаар.

"Алтанхуягаа хоёулаа яаралтай эндээс зугтья. Алтайн ууланд очиж тууль хайлсан хүмүүсийг баривчилна гэдгийг манай аав ээж олж сонсжээ. Батзориг багштай хамт явсан хүмүүс гэсэн болохоор чи бид хоёр зайлшгүй баригдах байх. Чи одоо яаралтай очоод хувцсаа аваад ир, манай аав морь аваад энд ирнэ гэсэн."

хэмээн сандрангуй шивнэв.

"хоёулаа тэгээд зугтья гэж үү?"

"амиа аврахын тулд зугтахаас өөр аргагүй."

"үгүй ээ, би аав ээжийгээ иртэл хүлээе !"

"юун аав ээж ирэхийг хүлээх ! Өнөө шөнөдөө Алтайн ууланд очиж бүгэх хэрэгтэй. Амьд байвал аав ээжтэйгээ уулзах цаг ирнэ шүү дээ. Аав надад Алтайн нуруунд байдаг нууц агуйг

까지 잡아 죽인다는 소문을 부모님이 알려 주셨어. 바트저릭 스승처럼 우리도 무사하지 못할 거야, 토올치로 이름이 난 탓이야, 지금 네 의견이 중요해, 빨리 옷가지만 챙겨, 아버지가 곧 말을 가지고 이리 오실 거야."

"그럼, 우리 도망치는 거야?"

"그래, 목숨을 부지해야지."

"아냐, 난 부모를 기다려야 해."

"그게 문제가 아냐. 더 깊은 알타이산맥으로 오늘밤 몸을 피해야만 해, 당장 내일 잡혀갈 수도 있어. 목숨만 부지하고 있으면 언제든지 부모는 만날 수 있어."

"알타이산맥 어디로 가지?"

"아버지가 알타이산맥 바위굴이 있는 곳을 알려 주셨어."

곧 두필의 말에 몇 가지 짐 보따리와 마른음식을 가득 담은 벅츠(안장가방)를 말 잔등에 걸치고 툭스자르갈의 부친이 기숙사후원으로 나타난 것은 자정 무렵이었다. 툭스자르갈의 부친이 말했다.

"일단 몸을 숨겨라. 몸을 숨길 곳은 툭스자르갈에게 말해 뒀다. 날이 새기전에 알타이산맥으로 들어가라. 기우제를 지냈던 곳에서 가까운 곳이다."

5

зааж өгсөн.”

гэж шаардангүй хэлэхэд нь надад яаравчлахаас өөр арга үлдсэнгүй.

Удалгүй Төгсжаргалын аав нь солих хувцас, хуурай идэх хүнстэй богц тохсон хоёр морь хөтлөн ирж бидэнд хандан.

“за хүүхдүүд минь юутай ч сайн нуугдаж бай. Төгсжаргалд агуй хаана байдгийг зааж өгсөн болохоор уулруу түргэн явцгааж үз. Тууль хайлж байсан газартай ойрхон бий.”

гэж шавдуулав.

<h2 style="text-align:center">5</h2>

“Алтанхуягаа хүний амьдрал гэдэг эрээнтэй бараантай. Хүн өөрөө хувь тавилангийнхаа эзэн нь. Одоо миний хүү туульч Алтанхуяг гэгдэх боллоо.”

Ээжийн минь хэлсэн энэ үг надад хүч зориг өгч энэ үгийг нь бодон түнэр харанхуйд хурдлан давхиж байв. Шөнө сарны гэрэлд мал сүргээ хаа нэг тийш тууварлан холдуулсан малчин айлуудын хот нь бүр ихээр харанхуйлан харагдах ч, тэднээс

"알탕호약! 세상은 만만하지 않다. 네가 그 길을 가는 것은 숙명이다. 이제 토올은 너에게 황금갑옷이 될 것이다."

이렇게 이르던 어머니의 한마디당부는 나에게 최후의 결심을 하게 만들었다. 힘을 주었다. 어머니의 그 당부를 되뇌이며 그녀와 나는 깊은 밤 초원을 달리고 또 달렸다. 나의 가족들이 어떻게 되었는지 알 수 없었다. 어둠 속 여러 곳의 목축지를 눈여겨보았다. 초원에는 의례 있을 법한 목축지는 모든 가축을 한 곳으로 몰수해갔기 때문에 곳곳에 빈 양 우리 그림자만 달빛 속에 홀연히 남아있었다. 유목민들도 보이지 않는 텅 빈 초원일 뿐이었다. 밤이 새도록 검은 대지를 달렸다.

동이 틀 무렵이 되어서야 공산정권의 손이 미치지 않는 알타이산맥 깊은 곳, 협곡을 기어오른 우리는 바위굴 속으로 마침내 숨어들었다. 수많은 승려들이 소련 죽음의 군대에 의해 사원 밖 구덩이에서 총살되어 매장된 어워르항가이 하라호롬의 에르덴죠사원에서, 알탕호약의 부모는 모든 가축을 몰수당하고 항가이 초원에서 살길을 잃고 몰려든 유목민들의 주동자가 되어 대대적인 사회주의반대운동을 일으켰다.

몰수한 가축을 돌려달라고 총 궐기를 한 것이다. 몽골경제의 전반을 다스리던 유목민의 삶이 네그델 정책[5])으로 무너진 것이다. 에르덴죠 사원의 유목민궐기는 입에서 입으로 번졌다.

5) 네그델 Нэгдэл : 통일. 단일화 배급주의.

холуур өнгөрч шөнөжингөө давхисаар үүр хаяарахаас өмнө хадан агуйд иржи нуугдлаа. Алтайн нуруунд тэмцэж байж л аж төрөх болж дээ.

Манайх хаана байгааг мэдэхгүй байсаар би ийнхүү айдсын шууранд хөөгдөн гэрийнхнээсээ холдлоо.1932 онд ноёд, баян лам нар, баячуудын хөрөнгийг хураан, малчдыг хүчээр хамтралжуулах бодлого баримталсны хор уршгаар зэвсэгт бослого гарсан төдийгүй олон тооны хүн хилийн чанадад дүрвэн гарав. Улаанбаатар- Улаанбаатар гэх хөдөөний малчидын их нүүдэл нийслэл хотыг чиглэж хөлтэй нь хөлхөж, хөлгүй нь мөлхөж байв.

Энэ үед Алтанхуягийн ээж

"хүүгийн багш нь хороогдсон гэсэн, хүүгээ яасныг мэдмээр байна.Чиний санаа зовохгүй байна уу?" хэмээн уйлан хайлахад аав нь

"тэгвэл маргааш хөтөлгөө морьтой Дуут сум руу явчихаад ир. Өөрийнх нь үгийг сонсоод тэндээ үлдэнэ гэвэл үгээр нь болоорой."

Ээж өглөө үүрээр хөтөлгөө морьтой гарч Дуут суманд ирсэн ч

그러자 살길을 잃은 수많은 유목민들이 구름처럼 사원으로 모여들었다. 이것은 1932년 초기, 몽골인민혁명당의 정책에 반대하는 전국적 범위의 비무장인원들이 일으킨 소요사태이후 두 번째 일어난 유목민들의 대 항거였다.

울란바타르로-, 울란바타르로-, 유목민들이 함성을 지르며 수도 울란바타르를 향해 말을 타고, 혹은 소련제트럭을 빼앗아 올라타고 함성을 지르며 몰려갔다. 그러나 1924년 몽골인민공화국이 선포된 이후, 대규모 사회주의계몽운동전개와 곳곳에 주둔한 소련군대의 무력지배 하에서 자리가 잡혀가는 공산주의정책에 유목민들의 뜻은 관철될 리 없었다.

알탕호약의 어머니는 말했다.

"알탕호약 스승이 총살을 당했다는데, 그 아이가 어찌 되었는지 이만저만 걱정이 되는 게 아니에요."

알탕호약 어머니의 잔뜩 걱정 꽃이 핀 얼굴을 본 아버지는,

"그 아이가 타고 올 말 한 필을 몰고 내일 새벽 알타이 토트로 들어가 보구려. 여기보다 안전하거든 거기 있도록 놓아두고."

그 길로 알탕호약의 어머니는 새벽길 토트에 들어갔지만 이미 몸을 피한 아들을 만날 수 없었다. 이 이야기는 토트에 왔던 어머니가 툭스자르갈의 부모를 만났기 때문에 후일 전해들

хүү нь тэндээс нэгэнт явсан байлаа.

Ээж хайж сураглаж явсаар Төгсжаргалын аав ээжээс миний тухай сонссон байв.

Алтайн нуруудын дундах нэгэн нууц агуйд хоргодсон Төгсжаргал бид хоёр агуйн ойр хавиар харуй бүрийгээр бууж, дүрвэсэн хот айлын жижиг гэрийг зөөн авчирч агуйн аманд барьж төвхнөв. Газрын дээрээс тууль хайлахад алс хол хүртэл сонсогдох аюултай тул бид хоёр агуйдаа орон Алтай нутаг, зон олондоо амар амгалан цаг ирүүлэхийг хүсэн өдөр бүр туулиа хайлдаг байв. Бид агуйд бүгж амьдарч байсан ч, сайхан хүүтэй болж хүүдээ Мөнх-Өлзий гэж нэр өгөв. Гэр, хотоо орхин дүрвэсэн айлуудаас идэх юм зөөж нөөцөлж авсных махтай холин хоолны асуудалгүй амьдардаг байв. Алтайн их уулсын агуйдаа туулиа хайлсаар цөвүүн цаг намжтал агуй гэртээ байцгаасаар байв. Бид тийнхүү цөвүүн цаг өнгөртөл агуйд муу зүйл тохиолдохгүй удаан амьдарсан бас нэг шалтгаан бий.

6

은 이야기다. 알타이산맥 8부 능선을 기어올라, 바위굴 속으로 몸을 숨긴 툭스자르갈과 나는 가축을 빼앗긴 유목민의 빈 게르 하나를 동굴입구에 세웠다. 토올 소리는 초원멀리 날아가기 때문에 목숨과도 같은 토올을 보존하기 위한 바위 굴속은 제격의 장소였다. 구전으로만 내려오는 7만 줄의 긴 가사를 보존하려면 툭스자르갈과 나는 매일매일 토올을 노래하며 생활해야만 했다. 그리고 먼 후일 굴속에서 보물 같은 사내아이하나를 낳았다. 아기의 이름은 '뭉흐울지'라고 지었다.

몇 마리의 양도 숨어 기를 수 있었다. 게르를 주면서 떠난 어느 유목민이 남기고 간 밀가루는 양고기와 함께 처음 유용한 식량이 되었다. 우리는 설산 아래로 내려가는 것을 금했다.

토올을 지킬 수 있는 수단은 알타이산맥 바위굴속에서 숨어 사는 방법 밖에는 없었다. 그리고 우리가 오랜 세월 견딜 수 있었던 것은 유일하게 알타이고비 초원에 자리잡은 하나 뿐인 집단목축지에서 민주화를 꿈꾸는 서너 명의 목동들과 집단목축지 반장덕분이었다.

6

토올을 노래하던 어느 날, 굴 밖 인기척에 소스라치게 놀란 우리는 토올을 멈추고 몸을 사렸다. 검은 모습으로 나타나 안

Нэг өдөр тууль хайлж байтал хаанаас ч юм гэнэт хоёр хүн гарч ирэхэд бид айж сандран нуугдах гэж оролдов. Гэнэт ирсэн тэр хүмүүс бол уулын бэлд байдаг айлуудын ахлагч, өөр нэг эр хоёр байв. Бид хоёр коммунистууд байх гэж маш их айж

Би

"хэн бэ?" гэж айж түгшсэн хоолойгоор арайхийн асуув.

"Айж сандарсны хэрэггүй ээ, доод бэлд байдаг айлуудын ахлах байна."

гэж тэр хүнийг тайван хэлэхэд арай нэг санаа амарч

"та нар манайхыг яаж олж ирээ вэ?"

"гүй ер, та нар яаж энэ агуйг мэддэг юм бэ? бас тэгээд энд тууль хайлж байдаг. Эндээ хүүхдээ төрүүлсэн хэрэг үү?"

хэмээн нэг дор баахан асуулт асууснаа үргэлжлүүлэн

"энэ хавиас хааяа утаа гараад бас хааяа тууль хайлах дуу ч бүдэг сонсогдох шиг болохоор нь гайхаад ирж үзэж байгаа ухаантай, та нар чинь юу идэж уудаг улс вэ, хөөрхий туулиа хайлан хайлан ингэж амьдарч байгаа та нарт бид туслалгүй яахав, хэрэгтэй зүйл байвал бидэнд хэл, бид чадахаараа дөхүүлж өгч байя."

으로 들어온 것은, 산맥아래 집단목축장반장과 또 한 사람의 목동이었다. 툭스자르갈과 나는 공포감에 떨었다. 만약 그들이 골수공산당원이라면 이 운명도 끝이었다.

"누군가요?"

떨리는 목소리로 겨우 입을 떼었다.

"놀라지 말게, 나는 저 아래 집단목축장반장이야. 걱정하지 않아도 되네."

그의 어투가 마음이 놓이자 알탕호약이 비켜서며 그를 바라보았다.

"어떻게 알고 오셨나요?"

"원-세상에, 어떻게 여기를 알고 숨어서 토올을 하고 있었단 말인가! 원, 아이까지 있구먼."

자초지종을 듣고 그가 다시 말했다.

"이렇게 숨어있으려면 연기를 피워서는 안 되네. 여러 번 연기가 눈에 띄고, 토올소리가 들릴 때가 있어서 오늘 올라와 본 건데, 세상에……, 어떻게 먹고 살았는가, 이제 먹을 걸 올려보내 주겠네. 토올을 지키는 당신들을 나도 함께 지켜주겠네."

"아-반장님, 감사합니다."

그 뒤부터 집단 목축장반장은 버터와 양고기, 식량을 목동에게 올려 보냈다. 때로는 자신이 가지고 올라와 토올을 들으며

гэж бидниийг өрөвдөх, сайшаах зэрэгцүүлэн урсгав.

"за? гялайлаа ахлах аа. Хүний бараа харах ямар ч сайхан юм бэ." гэж эхнэр баярлана.

Түүнээс хойш хааяа идэх уух юм, тос зөөхий, мах хүнс нууцаар дөхүүлж өгөнгөө ахлах өөрөө ирж тууль сонсон сэтгэл санаагаа тайвшруулж, уужраад буцдаг байв.

7

Бид тэр аймшигт цаг үед ч туулиа хайлсаар өдийг хүргэж ирсэн нь тэр сайхан хүмүүсийн ач тус бас сүрлэг Алтай бидниийг нүдэнд үл өртөх хадан агуйгаараа хаалт халхавч болгон авран хамгаалсных билээ. Өвлийн шөнөд агуйдаа өөхөн тосоор дэн барьж гэрэлтүүлэн хэдэн өдөр хэдэн шөнө дараалан туулиа хайлж амар амгалан цаг ирэхийг аврал эрэн хүсч хайлна. Тууль хайлснаар сайхан цаг шууд ирэхгүй ч Төгсжаргал бид хоёр монгол хүний зөн совин, бэлгэдлийг бодож өөрсдийн чадлаар тууль хайлах уламжлалыг мартагдаж орхигдуулахгүйг хичээж байсан билээ. Нэгэн үдэш ахлах ирж бидэнд сайхан мэдээ дуулгалаа.

마음을 달래고 가기도 했다. 토올을 들으면 마음이 편안해 진다는 신앙적 의미가 있기 때문이다. 심지어 멀리 이동을 할 때는 다시 돌아올 때까지 먹을 마른음식을 몽땅 보내주었다.

그는 철저하게 우리를 보호해줬다. 돌아와서는 바깥소식도 가져와 전해줬다.

7

우리가 토올을 지속할 수 있었던 것 또한, 그들의 보호와 눈에 띄지 않는 산맥의 절벽에 돌 그림이 새겨져있는 바위굴이 있었기 때문에 가능했다. 밤이면 우리는 바위굴속에서 버터에 심지를 세운 놋쇠 등잔으로 불을 밝히고, 몇날 며칠 토올을 노래하며 민주화를 기원했다.

토올을 가지고 민주화를 기원했다고 해서 꼭 그 뜻이 이루어진 것은 아닐 테지만, 어떻든 그러한 암울한 세월 속에 툭스자르갈과 나는 오랜 세월 나이를 먹어가며 몽골샤머니즘적인 정신문화가 담겨있는 토올을 보존했다.

어느 날 밤, 집단목축장반장이 희망적인 바깥소식을 전해줬다.

"알탕호약, 얼마전 중국에서 천안문사태가 일어나더니 몽골을 감시하던 바가노르, 아르항가이 체체를랙. 그리고 아이막

"За Алтанхуяг минь, саяхан хятадад соёлын хувьсгал гарч гэнэ. Монгол нутагт байрлаж байсан зөвлөлтийн цэргүүд нутаг буцаж байгаа сурагтай. Монголд ч улстөрийн байдал тогтворгүй болж улс оронд их өөрчлөлт ирж байгаа бололтой."

"ашгүй дээ одоо л нэг өөрийн эрхтэй туулиа хайлж мал сүргээ өсгөж, нутаг орныхоо эзэн шиг амьдрах цаг ирэх нь дээ."

"тэгэлгүй дээ. Тэгэлгүй яахав удахгүй эрх чөлөөт улс болох нь."

20-иод жил Алтайн уулсын агуйд нуугдаж амьдарсаар би хэдийн 50 нас хүрсэн байлаа. Нийслэл Улаанбаатар хотод Монголын ардчилсан хувьсгал ялж, анхны цуглаанаа хийж олон намын систем тогтоох, хүний эрхийг дээдлэх, бүх нийтийн сонгуулийг хугацаанаас нь өмнө явуулах, хэлмэгдэгсдийг цагаатгах, хэвлэлийн эрх чөлөөг баталгаатай болгох зэрэг шаардлага тавьснаар Монголд ардчилсан хувьсгал эхэлсэн сураг дуулдлаа. Төд удалгүй Пунсалмаагийн Очирбат БНМАУ-ын ерөнхийлөгч болсон гэж сонссон бид ч энх амар цаг ирлээ хэмээн Алтайн их уулсаасаа буун өөрийн төрсөн газар Дуут сумруу яаран тэмүүллээ. Аав ээж минь өвөлжөөндөө байж

전역에 주둔해 있던 소련군들이 철수를 시작했다는 소식이네. 몽골정세가 심상치가 않아. 지금 우리몽골에 큰 변화가 일어나고 있어."

"네? 소련군이 철수를? 아―이제 마음껏 가축을 기르고 토올을 노래할 수 있는 자유로운 날이 왔으면 좋겠어요."

"그렇다네, 이를 말인가? 당연히 그래야지. 이제 곧 자유몽골이 될 걸세."

이 때가 70년 동안 사회주의체제 속에서 20년을 숨어살아온 내 나이 50세가 넘은 때였다. 몽골에 큰 변화의 물결이 넘쳤다. 이듬해 수도 울란바타르에서는 민주연합이 결성되었다.

대중적인 민주화운동이 시작되었다는 소식과 함께 수흐바타르 광장에서는 여러 당들이 힘을 합해 사회체제변화를 요구하는 단식투쟁에 들어갔고, 정권을 잡았던 공산주의자들이 물러났다는 소식을 접했다. 그러더니 곧 자유총선과 자유몽골대통령으로 페오치르바트가 선출되었다는 소식을 전해들은 나는, 비로소 숨어 살던 알타이산맥을 벗어나, 내가 태어난 신성한 땅으로 먼저 가기로 했다. 그곳은 토트 솜 가까운 초원이었다.

언제나 우리부모님은 겨울목축지로 정했던 곳이어서 확실하지는 않지만, 행여 만날지도 모른다는 간절한 생각에서였다.

магадгүй гэж бодлын үзүүртээ тээсээр.

8

Эхнэртэйгээ, өсөж том болсон хүүгийнхээ хамт хоёр өдөр явж Дуут сумандаа ирлээ Өчнөөн цаг хугацаа өнгөрч юуг ч өршөөлгүй элээн одогч цаг хугацааг буцаах аргагүй.

Төрсөн гэрийнхээ буурин дээр ирээд хүүдээ

"хүү минь энэ аавынх нь төрсөн газар, миний хүү мөргөж адис аваарай, өөрийнхөө төрж өссөн Алтайн уулсдаа ч мөргөж залбирч яваарай." гэж сургав.

Эхнэр цай чанаж дээжийг нь өргөн залбирав. Би ч хувцсаа тайлж буурин дээрээ хөлбөрөн залбирав. Тэндээсээ хөдөлж Дуут сумын төвд байх Төгсжаргалын аав ээж дээр очив. Тэд минь эсэн мэнд байсан бөгөөд биднийг хараад туйлын их баярлаж бас гайхацгаав. Хадам аав их хөгширч доройтсон байлаа.

"ээж нь та нарыг явсны дараахан ирсэн боловч, та нарыг аюулаас өрсөж дайжин явсан гэдгийг сонсоод тайвшираад буцсан ч⋯⋯⋯" гэж хэлээд дуугаа хураав.

8

이틀 동안 말을 몰고 아내 툭스자르갈과 다자란 아들 뭉흐울 지를 데리고 비로소 토트 초원으로 내려왔다.

바람에 쓸려 무늬 진 초원의 대지는 아무 흔적도 없었다. 다만 내가 태어난 게르가 세워졌던 자리는 바로 알 수 있었다. 아들 에게 말했다.

"뭉흐울지, 이 땅은 아버지가 태어난 신성한 땅이다. 경배를 올려라. 너 또한 네가 태어난 알타이산맥 바위굴을 잊어서는 안 된다. 그 굴은 너에게 신성한 굴이다."

툭스자르갈이 먼저 그곳에 수태채를 뿌리며 경배했다. 나는 웃옷을 벗은 다음 신성한 땅에 알몸을 딩굴고 엎드려 입을 맞 추며 경배했다. 그리고 토트 솜으로 들어가 아내의 부모를 만 났다. 살아있었다. 모두 놀라며 반가워했다. 지난 세월에 곧 임종을 맞을 듯 노쇠해진 툭스자르갈의 아버지가 말했다.

"모친께서 왔었지만 토트를 떠난 뒤였네. 바트저릭 스승처 럼 처형할 거라는 소문을 듣고 멀리 도망을 시켰다니까 안심 하고 돌아갔지만……."

그는 말을 더는 이어가지 않고 된 침을 삼켰다.

"네, 그럼 그 뒤에 소식은 없었나요?"

"사회주의반대운동을 주동했다는 이유로 쫓기다가 처형당

"түүнээс хойш сураг гараагүй юу?"

"хувьсгалын эсрэг үймээнд идэвхийлэн оролцсон гэж хавчигдан зугатсаар Казакстан руу хил даван дүрвэж яваад хил дээр өөр бусад айлуудын хамт баривчлагдан хороогдсон гэж сонссон."

Аянга ниргэх мэт гэнэтийн энэ мэдээг сонссон би яах учираа олохгүй газарт лагхийн суулаа. Гэрийнхнийхээ тухай хэцүү мэдээ сонссон би ихэд гашуудаж нутагтаа хэд хоноод, эхнэр хүүтэйгээ Улаанбаатар хотод ирлээ. Улаанбаатарт адчилсан хувьсгал ялж, бүх юм өөрчлөгдөж хувирсан байв. Хэлмэгдсэн лам хар хүмүүсийг цагаатгаж, ганданд лам нар шавилан сууж эргэн тойронд нь гэр хорооллууд дүүрсэн байв.

Социалист нийгмийн үед гаргасан алдаа завхралыг засаж залруулан хэлмэгдэгсдийг цагаатгах, хураагдсан хөрөнгийг буцаан олгох ажлууд хийгдэв. Бидний амь насаараа хамгаалж ирсэн тууль хайлах урлаг дахин сэргэж, залуу хойч үеийнхэнд сурталчлах ажил өрнөж төр засгаас туульчдыг хөхүүлэн дэмжих бодлого явагдаж, Алтайн ууланд нуугдан байж тууль хайлах өв соёлоо хадгалан үлдээсэн гэдгийг нөгөө ахлах

할 것이 두려워 카자흐스탄으로 도망을 치다가 국경을 목전에 두고 여러 유목민들과 온가족이 모두 잡혀 현장에서 총살되었다는 소식을 들었네."

청천벽력 같은 가족의 소식을 들었다. 행여나 하는 기대를 가졌지만 나는 할 말을 잊었다. 풀썩 그 자리에 주저앉았다. 충격적인 소식에 먹먹해진 가슴으로 가족을 이끌고 나는 울란바타르 수도로 들어갔다. 울란바타르는 민주화열풍으로 들끓는 용암바다가 되어있었다. 종교 활동이 허용되고 불교는 물론 샤먼들의 무속 행위까지 자유롭게 되자, 간등 사원을 중심으로 샤먼들의 게르가 여기저기 세워졌다. 깃발도 나부꼈다. 이어 얼마 안 되어 정부는 사회주의에 잃어버렸던 소중한 것들을 찾기 시작했다. 먼저 유목민들에게는 몰수했던 가축을 되돌려줬다. 민속 문화 장려를 위한 정책도 폈다.

특히 유목민의 정신문화가 담겨있는 토올 장려정책이 특별하게 발표되었다. 그리고 정부는 곧바로 토올 전수자를 찾기 시작했다. 토올의 맥을 이으려고 게르를 세운 것이 기화가 되고, 알타이산맥 동굴 속에서 토올을 지켜온 사실이 집단 목축

маань батлан илтгэснээр эхнэр бид хоёрыг төр засгаас өндрөөр үнэлж төрийн дээд гавъяа шагнал хүртэв. Ахлах ч бас энэ үйлсэд ихээхэн хувь нэмэр оруулсан хүний хувиар төр засгаас шагнал урамшуулал авлаа. Дуут сумын туульчийн сургуулийг үргэлжлүүлэн ажиллуулах эрхийг надад өгсөн нь хамгийн том шагнал, ач гавъяатай хүмүүсийнхээ ачийг хариулсан хэрэг боллоо. Энэ бүхний эхлэлийг тавьж өгсөн миний ээж, Батзориг багш нар байгаагүй бол би энэ зэрэгт хүрэхгүй байсан биз. Тууль бол миний нэр Алтанхуяг гэдэгтэй ижил намайг төлөөлж явдаг эрхэм нандин зүйл минь билээ. Нас өтөлсөн ч намайг туульч болгох замыг нээж өгсөн ачтан ээжийгээ үргэлж бодож дурсаж явдаг.

Би, ер нь нийслэл хотод амьдардаг ихэнх хүмүүс өдрийн сайныг товлон байж нийслэл хотоос 4 цаг явж хүрдэг төв аймагт байдаг 'Ээж хад' -ыг зорьдог.

'Ээж хад' гэдэг нь хувцас өмссөн эмэгтэй хүний төрхтэй хад бөгөөд тэнд очсон хүмүүс сайн сайхан бүхнээ дээдлэн өргөж, хүслээ шивнэн өөрийн ээж бүх хүслийг биелүүлдэгтэй адил түүнд хүслээ биелүүлэхийг хүсэн шивнэнэ.

장반장과 목동들로부터 증명되자, 툭스자르갈과 나는 국가의 부름을 받았다. 그리고 토올을 지켜온 그 공로를 인정받아 자유몽골 최고의 문화훈장을 수여받았다. 또 유일하게 남아있는 토올 전수자인 나는 물론, 아내 툭스자르갈의 목숨을 지켜준 집단 목축장반장 또한 공로훈장을 받았다. 아울러 토트의 토올 학교를 다시 운영하며 토올을 공연할 수 있는 수흐바타르구 전통극장 책임자가 되었다. 이 모든 것은 토올 학교를 손수 입학시켰던 어머니와, 토올을 지키도록 유언했던 바트저릭 스승이 아니었더라면 상상조차 할 수 없는 일이었다.

토올은 나의 이름 뜻과도 같은 황금갑옷이었다. 하지만 나이가 들어도 그리운 것은 내가 이름난 토올치가 되도록 길을 터준 어머니였다. 그래서 나는 아니, 몽골사람들은 길일吉日이 되면 울란바타르에서 네 시간 거리의 툽 아이막 초원의 에쯔하드[6])를 찾는다. 어머니바위는 치마를 입은 여인의 모습으로 그곳에 가장 좋은 것으로 공물을 올리고 진심으로 자신의 소원을 간구하면, 어머니께서 소원하는 바를 반드시 성취시켜준다는 신앙적 속신을 가지고 있다.

이곳을 찾는 대부분의 사람들은 신체가운데 아픈 부분을 바

6) 에쯔하드 ЭэжХад : 어머니바위

'Ээж хад'-нд өвдөж зовсон хүмүүс очиж өвчинтэй газраа хүргээд эдгээхийг гуйхад өвчин эмгэгээс нь салгадаг гэж ярьцгаадаг. Өвлөөс бусад улиралд, өдөр бүр маршруттай автобус унаанууд явдаг бөгөөд 3 жил дараалан очих ёстой гэцгээдэг. Ээж бол хамгийн эрхэм хүн. Энэ нутаг усныхан уг хадыг ээж шигээ хүндлэн дээдэлдэг учраас эрхмийн дээд эрхэм энэ нэрээр овогложээ. Эхнэр бид хоёр 'Ээж хаданд'- аа очиж туулиа хайлж ээждээ сонсгож,

бас ээжийнхээ дууг сонсох шиг болдог.

*

"Алтанхуягаа хүний амьдрал эрээнтэй бараантай. Чи өөрөө хувь тавилангийнхаа эзэн нь. Одоо миний хүү туульч Алтанхуяг гэгдэх боллоо." .‹Төгсөв›

위에 문지르며 치병을 소망하기도 한다. 하루 한 차례 어머니 바위로 가는 버스가 운행된다. 그러나 겨울이면 버스가 가지 못할 때가 많다. 몽골사람들은 봄부터 공물을 준비하여 어머니바위를 찾기 시작하며, 1년에 한차례 모두 세 번 찾는다. 어머니바위는 몽골인의 어머니다.

어머니의 가슴은 보름달 같은 것이다. 그 보름달 속에는 생명의 젖이 있다. 툭스자르갈과 나는 어머니바위에 공물을 올리고 톱쇼르를 연주하며 7만 줄 가사의 토올을 노래한다.

어머니의 말소리가 들린다.

*

"알탕호약! 세상은 만만하지 않다. 네가 그 길을 가는 것은 숙명이다. 이제 토올은 너에게 황금갑옷이 될 것이다."

〈끝〉

6

Пүрэв гаригт анх дэлбээлсэн цэцэг

6

목요일 처음 핀 꽃

Пүрэв гаригт анх дэлбээлсэн цэцэг

Намайг Пүрэвийн Анхцэцэг гэдэг. Аавын минь нэр Пүрэв гариг гэсэн утгатай харин миний нэр анх цэцэглэж буй цэцэг гэсэн утгатай эмэгтэй хүүхдийн гоё нэр л дээ. Би боломжийн амьдралтай малчин айлын охин билээ.

1

Миний бага нас Монгол орны баруун хязгаар Увс аймгийн Зүүнговь суманд өнгөрсөн. Намайг багад Улаанбаатар хотоос манай нутагт иртэл хэд хэдэн аймгаар дайрч, бараг сар шахам болдог байсан болохоор хотруу ирж очиход их төвөгтэй байсан бөгөөд Монгол оронд ид социализмын үе байлаа. Баян ядуугийн ялгаа байхгүй, би аав ээжийнхээ гар дээр амьдралын хатуу

목요일 처음 핀 꽃

내 이름은 푸렙 앙흐체첵이다. 아버지의 이름 푸렙(Пүрэв/목요일)은 성姓이며 앙흐체첵(Анхцэцэг/처음 핀 꽃)은 이름이다. '목요일 처음 핀 꽃'이라는 뜻을 가진 여자이름으로 아주 예쁜 이름이다. 그리고 부유한 유목민의 딸이다.

1

나는 몽골동쪽 옵스아이막 러시아국경 가까운 주웅 고비에서 유년시절을 보내며 성장했다. 몽골의 수도 울란바타르에서 다녀오자면 몇 개의 아이막을 거쳐, 가고 오는데 거의 한 달이 넘게 걸린다. 때문에 한번 고향을 떠나면 평생 가지 못할 수도 있는 아주 먼 곳이다. 내가 태어났을 때 몽골은 사회주의였다. 여덟 살 때 나는 삶이 무엇인지 존재이유가 무엇인지 모르는 나이었다. 부모그늘 속에서 먹고 입을 것만 있으면 그것으로 족했다. 모든 사람이 잘 살거나 못 살거나 다 똑같이 사는 때였다.

хөтүүг мэдэхгүй найман нас хүрэв. Би сурлагандаа тийм ч сайн байгаагүй алтан дунджаас дээш байсан гэх юм уу даа. Тэр үейн гайгүй амьдралтай айлуудад хар цагаан зурагт байснаас компъютер, утас гэж байсангүй. Монголчууд оросуудтай их дотно байсан үе болоод ч тэр үү багаасаа гадаад хэлэнд сонирхолтой байсан би орос сурагчидтай захидлаар харилцдаг байлаа.

Тэр үед манай нутагт оршин суудаг байсан 'местны' оросуудын гэрт аавтайгаа цуг очиж оросуудын амьдралыг нүдээр хараад үнэхээр гайхаж байж билээ. Аав минь багш хүн байсан болохоор хичээл ном их давтуулдаг байлаа. Манай ээж хүүхдийн цэцэрлэгт ажилладаг байв. Аав улсын байгууллагад цалин пүнлүү сайтай ажил хийдэг мөртөө хөдөө мал маллаж амьдрахыг илүүтэй хүсэж социалист нийгмийг буруушаадаг байлаа. Би харин аавыгаа яагаад бүгд эрх тэгш амьдардаг социалист нийгмийн амьдралыг буруушаан, малчин болох гээд байдгийг нь ойлгодоггүй байв. Тэр үед би олон найзуудтай байсан ч хөвгүүдээс хамгийн сайн найзыг минь Баянбат гэдэг байв.

Түүний аав нь хөдөө мал малладаг багийн дарга хүн

나는 학교에서 공부를 잘하는 편은 아니었다. 그러나 나름대로 중상中上은 넘었다. 그 때 몽골에는 고급공직자가정에 배급된 흑백 TV만 있을 뿐 컴퓨터나 핸드폰은 없었다. 몽골은 러시아와 가깝게 지냈다. 어릴 때부터 나는 외국어에 관심이 많았다. 러시아아이들과 러시아어로 편지를 주고받을 정도였다.

그리고 아빠와 우리 동리에 살던 러시아사람 집에 놀러갔는데 러시아사람들의 삶이 색다른 것이 퍽 신기했다. 아버지는 학교선생이었기 때문에 공부를 많이 시키는 편이었다.

어머니는 탁아소에 나갔다. 그런데 아버지는 나라가 준 직장이 보장되어있지만 사회주의이전 가업이던 목축을 항상 꿈꾸어 왔고, 사회주의에는 불만이 컸다. 나는 왜, 아버지가 다 똑같이 잘사는 사회주의를 싫어하는지, 왜 유목민만을 꿈꾸는지 알 수 없었다.

어린 시절, 나는 남자아이들 하고 잘 놀았던 편이었다. 가장 가깝게 지냈던 남자친구는 바양바트다. 그의 아버지는 초원의 집단목축장반장으로 유목민이어서, 바양바트는 학교기숙사에서 생활하며 공부했기 때문에 항상 혼자였다. 그런 바양바트는 언제나 나와 잘 어울렸다. 그러나 방학이 되면 나는 바양바트를 볼 수 없었다. 부모가 찾아와 초원목축지로 데려갔기 때문이다. 방학이 끝나고 돌아와야만 바양바트를 볼 수 있었다.

나는 언제나 그것이 퍽 아쉬웠다.

болохоор Баянбат сургуулийн дотуур байранд амьдарна. Гэрээсээ хол амьдардаг байсан болоод надтай их найзархана харин сурагчдын амралтаар Баянбатыг хөдөө гэрлүүгээ явчихаар би их уйддаг байлаа.

2

Анх 4-р ангид сурч байхдаа өвлийн амралтаараа аав ээжийнхээ зөвшөөрлөөр Баянбаттай хамт тэднийд очилоо. Манайх Зүүнговь сумын төвд оросуудын барьсан байшинд амьдардаг байсан юм.Тэр үед манай ангийн Батаа Төөрөгт сайн болж, Буганчулуу Энхтайванд сайн болсон гэцгээж байв. Баянбат бид хоёр ч тэдэнтэй адил нэр холбогдохоор дотно найзууд байлаа. Хөдөөгийн уудам талд байх Баянбатын гэрт хамтдаа орж гаран зугаатай өдөр хоногуудыг өнгөрөөж байлаа. Баянбат бид хоёр мөсөн дээр тоглож, цасан дунд морь унан явдаг байлаа. Бид ийнхүү явахдаа өөрсдийнхөө ирээдүйг мөрөөдөн ярилцана.

Тэр үед би аавыгаа нэр хүндтэй багшийн ажилаасаа илүү малчины амьдралд дурладгийн учирыг сайн

2

4학년 겨울방학이 되었을 때 부모의 허락을 받고 처음으로 바양바트와 함께 그의 부모를 따라 옵스에서 얼마 떨어진 초원목축지로 가게 된 적이 있었다. 그 무렵 학교에서 바타는 투루를 좋아하고, 보강촐로는 엥흐타이방을 짝사랑 하고, 하는 말들이 무성했다. 나는 바양바트를 따라 그의 부모목축지에서 방학을 지내고 올 정도로 바양바트를 무척 좋아했다.

혼자 학교생활을 하는 바양바트 역시 나를 많이 의지했다. 나는 옵스아이막 주웅 고비 솜, 소도시에 공직자에게 배급되는 러시아조립식아파트에서 생활했다. 그런데 바양바트를 따라간 목축지설원의 넓은 대지, 몽골전통가옥인 게르의 침대에서 바양바트와 함께 잤고 그와 즐거운 겨울방학을 보냈다.

유목민들이 겨울철에 즐기는 얼음놀이를 바양바트와 즐길 수도 있었다. 말을 타고 함께 설원을 달려도 보았다. 그 생활은 나에게 전혀 낯설지 않았다. 우리는 어렸지만 한 침대에 누워 자면서 서로 장래도 꿈꿨다.

그때 나는 아버지는 남들에게 존경받는 선생님을 마다하고, 왜 목축을 원하고 있는지 이해가 안 되었다.

어린생각으로 이렇게 말을 타고 싶어서일까? 하는 생각도 했지만 그건 전혀 이유가 안 되는 생각이었다. 여하튼 나는 그

мэдэхгүй. морь унах сайхан болохоор тэгдэг юм бол уу гэж гэнэхнээр бодож байсан ч мэдээж юу гэж л тийм байх вэ дээ. Ямартай ч тиймэрхүү байдалтайгаар Баянбатынд хамт ирж очин бага насаа үдлээ.

8-р ангид орж 16 нас хүрсэн жил Баянбатын аав надад манай гэр бүлийн өнгөрсөн амьдралын талаар ярьж өгөхөд л би аав яагаад социалист нийгэмд дургүй байдаг, бас яагаад малчин болох гээд байдгийн учрыг ойлголоо. Миний мэддэггүй социализм гэж юу болохыг тэр үед мэдэж үнэхээр гайхан цочирдсон юм.

"Анхцэцэг охин минь чи одоо том болж аливаа юмны учрыг ойлгохтой болсон болохоор энэ бүхнийг чамд ярьж байгаа юм шүү. Социализмын шуурганд өртөөгүй бол танайх маш олон малтай баян айл байх байлаа."

гэж яриагаа эхлэв.

"Монголчууд бид эртнээс нүүдэлчин малчны удамтай ард түмэн шүү дээ. Танай өвөг дээдэс ч малчин хүмүүс байсан бөгөөд хориод туслах малчинтай тэднийхээ амьдрал ахуйг ч авч явдаг байлаа.Танай өвөг дээдэс их сайн хүмүүс байсан юм шүү."

"тийм үү? Би сайн мэдэхгүй л дээ."

때를 기화로 방학이면 바양바트 부모의 목축지초원에서 바양바트와 방학을 보내며 함께 성장했다.

8 학년이 되는 16세 때였다. 바양바트의 부모와 저녁식사를 하면서 바양바트의 아버지가 처음으로 우리집안일에 대하여 전해주는 말을 듣고, 우리아버지가 사회주의를 싫어하는 이유와 왜 유목민이 되기를 꿈꾸는지 처음 알았다. 바양바트의 아버지가 몽골의 실상을 말해주었기 때문이다. 충격적인 집안의 내력을 소상하게 말해준 것이다. 내가 몰랐던 몽골의 사회주의는 나를 놀라게 만들었다.

"앙흐체첵, 네가 이제 다 컸구나. 몽골이 사회주의가 되지 않았더라면, 아버지가 지금쯤 가장 많은 가축을 거느린 큰 부호가 되었을 게다."

"무슨 말씀이세요?"

"몽골은 수천 년 동안 목축으로 유목생활을 해왔다. 너희 선조역시 대대로 목축을 해왔다, 덕망 높은 네 조부는 스무 명이나 되는 목동을 거느린 큰 부자였지, 목동들의 많은 가족까지 후하게 보살피며 먹여 살릴 정도였어. 그러니까 앙흐체첵, 넌 자랑스러운 몽골전통유목민의 후손이다."

"그래요? 전 전혀 몰랐어요."

"넌 모르지, 1930년에 몽골이 사회주의가 되면서 사유재산 보유를 금지하는 법을 제정하고, 몽골전역부유층의 가산과 모

"чи яаж мэдэх вэ, 1930-д оноос монгол оронд социализмын нөлөөгөөр ноёд лам нар, баячуудын хөрөнгө малыг хураан, малчидыг хүчээр хамтралжуулах бодлого баримталж мал, үл хөдлөх хөрөнгөнд дааж давшгүй татвар ногдуулснаар олон тооны хүн хилийн чанадад дүрвэн гарах, эсэргүүцлийн хөдөлгөөнүүд гарсан. Танай өвөө эмээ нар энэхүү татвар, хөрөнгө хураалтыг эсэргүүцсэн олон хүмүүсийн адилаар сибирт цөлөгдөн амь үрэгдэцгээсэн дээ. Эсэргүүцлийн хөдөлгөөнд оролцсон нүүдэлчин малчид 5190 орчим хүн амь үрэгдсэн гэдэг. Мал хөрөнгөө хураалгаж хоморголон баривчлагаанд өртөн амьдралын эх үүсвэр нь үгүй болсон малчид ихэнх нь амьдрахын эрхээр нийслэл хотруу нүүцгээсэн. Энэ үеэс эхлэн нүүдэллэн амьдардаг монголчуудын амьдрал мал аж ахуйн орноос суурин амьдралтай аж үйлдвэрийн орон болон хувирч эхэлсэн юм шүү дээ."

"манай улсад бас тийм хэцүү, аймшигтай үе байсан байх нь ээ?"

"та нар сайн мэдэхгүй байх нь аргагүй. Аав чинь өвөөгийнх нь хураагдсан мал хөрөнгийг буцааж авах

든 가축을 강제로 몰수하기 시작했다. 이뿐만이 아니라 국교가 불교인 사원의 재산도 남김없이 몰수했다. 재산을 숨기거나 내놓지 않으면 체포 감금했고, 인민혁명당은 중산층과 하층민까지 모든 재산을 몰수했다. 그때 너의 조부는 사회주의반대운동을 주동했다가 결국 반동분자로 몰려 소련 죽음의 군대에 의해 시베리아로 끌려가 본보기로 처형되고 말았어. 반대운동에 가담했던 스무 명의 목동들은 물론, 다른 유목민들까지 초원에서 공개총살을 당한 이들이 정확히 5,191명에 이른다. 집단목축으로 남아도는 유목민과 몰수당한 초원유목민들은 살길이 없자, 수도 울란바타르로 몰려들었다. 그 수는 십만 명에 도달했고 공업화가 진행되고 도시사회구조로 변화하면서, 몽골은 유목생활에서 거주정착문화가 그때부터 뿌리를 내리기 시작했다."

"뭐라구요? 저는 전혀 모르고 있었어요. 우리나라에 그런 일이 있었나요?"

"너희 세대는 당연히 모르지, 아버지는 조부의 목축을 이어받지 못한 미련을 버리지 못하고 있을 게다. 입을 막으려고 그 보상으로 직계후손인 너희아버지의 직장이 보장된 것은 정말 큰 다행이지만……."

"그럼, 인민들은 그냥 가만히 당하기만 했나요?"

"물론 아니지, 인민혁명당정책에 반대하는 소요사태가 크게

хүсэлтэй яваа. Үр хүүхдийнх нь сэтгэлийг хуурах гэж улсаас ажилаар хангаж байгаа болохоор л······."

"тэгээд хэлмэгдэгсдийн үр хүүхдүүд нь эсэргүүцэлгүй, хохироод л хоцорсон хэрэг үү?"

"тухайн үед монгол ардын хувьсгалт намын бодлогыг эсэргүүцсэн том бослого гарсан. Мал хөрөнгийг хураах, лам бөө нарыг хоморголон баривчилж устгах, нийгмийн анги давхаргын ялгаварлан гадуурхах, хэлмэгдүүлэлт гээд ард олныг үймээн самуунд турхирсан олон үйл явдлууд ард олныг хилэгнүүлж үүнээс үүдсэн тэмцэлд олон хүн амь үрэгдсэн. 2 жилийн хугацаанд онцгой бүрэн эрхт комисс гэх хэлмэгдүүлэлтийг гардан хэрэгжүүлэгч бүтэц 30 мянгаад хүнийг хилс хэрэгт унаган таслан шийтгэж, 600 орчим сүм хийдийг галдан шатааж нураан устгахад хадгалагдаж байсан ховор ном зохиол бараг бүрмөсөн устсан. 1932 оны зэвсэгт бослого малчдыг хүчээр хамтралжуулах, тайж лам нар болон хөрөнгө хураах бодлогыг эсэргүүцсэн монголчуудын зэвсэгт бослого гарсан. Эсэргүү бослогыг богино хугацаанд дарах арга хэмжээ авахаар тусгай хороонос хөнгөн пулемёт, винтов, гранатаар зэвсэглэсэн байлдааны

발생했다. 재산몰수, 가축집단화, 종교핍박, 사회계층구분, 대량체포. 정치박해를 반대하는 민중소요는 아주 컸다. 이때 많은 사람이 목숨을 잃었다. 무종교사회정책으로 2년 동안 3만 명의 사람들과 사원의 승려, 그리고 무당들까지 살해되었고. 6천 여 개의 사원과 수백만 건의 불경과 문화재들을 불태워버렸다. 그러자 1932년 여름에 국민적인 소요가 크게 일어나, 비무장인민들이 금지되어있는 우리민요 토올을 부르며 항거했다. 이에 맞서 정부는 탱크와 전투기까지 동원하여 무력으로 진압 했고, 내전형태로 확대되었다. 그 때 살기위해 3만 명이 넘는 사람들이 국경을 넘어 탈출하여 목숨을 부지했지 뭐냐. 그 난리 통에 바양바트 두 삼촌이 죽었는지 살았는지, 아니면 국경을 넘어간 건지 지금도 행방을 모르고 있다. 이 시기 몽골성인남성 20%가량이 희생되었다. 1만 7천 명의 승려들이 사형에 처해졌지. 그런데 지도자 초이발상은 총56,938명이 체포만되었다고 기록했다. 이때 몽골인구가 70만 명이었다. 이런 대량학살과 박해는 뒤에서 조종하는 소련의 주도적 역할이 있었던 거지."

"아버지께선 그런 말씀 단 한마디도 해주지 않았어요."

"해줄 수가 없지. 사회주의를 가르쳐야 하는 선생인 걸……."

тусгай отряд гаргаж байжээ. Тэр үед амьд үлдэхийн тулд 30-д айл өрхийн хүмүүс хил давсан гэж ярьдаг. Тэр их үймээний үеэр Баянбатын 2 авга үхсэн амьд нь мэдэгдэхгүй аль эсвэл хил даваад явчихсан уу гэдгийг одоо хүртэл олж мэдээгүй. Тэр үед Монголд багцаагаар 50-д мянган эрчүүд түүний дотор 17 мянга орчим лам хувраг цаазлуулсан нь тухайн үеийн эрчүүдийн 20 орчим хувь нь алагдсан гэсэн баримт байдаг. Тухайн үед монголын хүн ам 700 мянга гаруйхан байсан гэж байгаа. Энэ бүхнийг Зөвлөлтийн шууд удирдлага даалгавраар гүйцэтгэж байсан гэх,”

“манай аав энэ талаар юу ч ярьж байгаагүй юм байна.”

“тэгэлгүй яахав, аав чинь энэ талаар ярьж болохгүй л дээ·······.”

3

Аав заримдаа хөдөө зайдуу газар товшуур хөгжмөөрөө тууль хайлахыг хараад хөдөө гарч нүүдэлч малчин удмаа үргэлжлүүлж, мал маллан амьдрахыг ихэд хүсэж байгаа нь мэдрэгддэг. Би гэртээ эргэж ирээд Баянбатын аавын ярьсан зүйлийн талаар аавaaса асуусангүй. Аав минь

나는 아버지가 평소 어쩌다 초원으로 나가면 유목민들이 즐기는 톱쇼르를 연주하고, 특히, 사회주의체제에서 금지되어 있는 토올을 부르는 모습을 자주 보았다. 그것은 유목민으로 회귀하고자하는 마음과 향수에서 비롯되었다는 것을 이해하게 되었다. 나는 집에 돌아와서도 바양바트의 아버지에게 들은 이야기를 말하지 않았다. 교사라는 신분 때문에 교육적으로도 사회주의를 미화하여야하는 그런 입장의 아버지의 내면을 혼자 가슴에 담아두고 아버지의 모든 생각을 존중하기로 마음먹었다. 그리고 과거와 같은 유목민이 되기를 꿈꾸는 아버지의 소원이 이루어지기를 바랐다. 아버지의 그 꿈은 1990년대로 접어든, 내가 17세가 되던 해 이루어졌다. 이때부터 동유럽 국가들이 민주화와 자유화를 선택하기 시작했다. 공산주의국가들이 붕괴되기 시작한 것이다.

1989년 중국천안문사태가 발생했고, 소련사회주의가 붕괴되면서 소련위성국가였던 몽골에서 소련군이 급기야 철수했다. 그리고 1989년 12월 12일에 설립된 민주연합이 민주화운동을 주도하고, 대중적인 움직임으로 확산되었다. 이어 민주당, 사회민주당, 국민민주당 등이 창당되고, 사회체제변화를 요구하며 수도인 울란바타르 수흐바타르 광장에서 단식투쟁을 벌였다.

багш хүн болохоор тухайн үеийн нийгмийн байдлыг аялдан дагаж өөрийнхөө бодол, хүсэл мөрөөдлийг дотроо л хадгалж яваг нь мэдсэн би аавыгаа өрөвдөхаас цаашгүй. Гэтэл 1990 онд намайг 17 настай байхад аавын мөрөөдөж явсан хүсэл нь биелэх эхлэл тавигдлаа. Манай улс хувийн өмчид суурилсан, чөлөөт зах зээлийн эдийн засагтай, ардчилсан улс төрийн бүтэцтэй нийгэм рүү шилжиж эхлэв. 1989 онд хятадад ардчилсан хөдөлгөөн өрнөн цэргийн хүчээр дарагдаж, ЗХУ-д өөрчлөн байгуулалт шинэчлэлийн хөдөлгөөн өрнүүлсэн үе бөгөөд энэ үед зөвлөлтийн цэргүүд монголын нутаг дэвсгэрээс гарлаа.1989 оны 12 сарын 12-нд ардчиллын төлөөх анхны цуглааныг Сүхбаатарын талбайд зохион байгуулж Ардчилсан холбоог байгуулснаар Монголд ардчилсан хувьсгал эхэлсэн юм. 1990 оны гуравдугаар сарын 4-нд олон арван мянган хүн оролцсон цуглаан зохион байгуулж, 1990 оны 3 сарын 19-нд МАХН-ын Төв хорооны Улс төрийн товчоо бүрэн бүрэлдхүүнээрээ огцорсноор монголд ардчилал жинхэнэ утгаараа ирснээр аавын мөрөөдөл биелэв. 1991 оны 5 дугаар сард БНМАУ-ын өмч хувьчлах тухай хууль батлагдаж нэгдэлжих

그러자 1990년 3월 19일, 사회주의인민혁명당 정치상임위원회가 도망치듯 사퇴했다. 몽골에 대변혁의 소용돌이가 휘몰아쳤다. 때를 기다렸다는 듯 우리몽골은 6월에 자유총선이 실시되고, 임시국회인 국가소회가 구성된다. 이렇게 몽골은 자유민주화 되어 개방사회시장경제 체제로 전환하여 완전한 자유국가로 변신했다. 이와 같이 소용돌이치는 나라의 큰 변화는, 아버지의 꿈이 실현되는 초석이 되었다. 왜 그러냐 하면, 1991년 5월 국민소회의는 공산주의식 네그델(집단주의)을 철폐하고 가축사유화결정을 내린 것이다.

이 때부터 93년까지 3년에 걸쳐 가축사유재산 화 결정에 따라 몰수했던 가축분배를 실시했다. 당시 2천 2백 만 두였던 가축 수는 자유화이후 5천 만 두로 크게 증가했다.

사유화는 전체가축에서 40%를 민영-사유화 하면서 아버지는 공산화이전, 모범적 가축사육으로 국가로부터 조부가 받은 여러 개의 훈장을 근거하고, 몰수재산기록부에 의해 가축재산의 60%를 후손의 자격으로 맨 먼저 돌려받은 것이다. 당초 조부가 몰수당했던 가축 수가 워낙 많았기 때문에, 돌려받은 가축은 실로 엄청났다.

그러자 공식직업을 목자로 등록한 아버지는 모든 것을 팽개치고, 원하던 유목민이 되어 가축을 몰고 날듯이 초원으로 떠났다. 학교를 막 졸업한 나는 어머니와 함께 아버지의 목축에

хөдөлгөөн цуцлагдсан юм. 1993 он хүртэл өмч хувьчлал явагдсанаар тэр үед 22 сая орчим байсан мал сүргийн тоо огцом өсөж 50 сая болон өссөн гэдэг.

Өвөө коммунизмаас өмнө олон тооны малтай нэр хүндтэй малчин байсан,бас өвөөгийн тухайн үед авч байсан олон шагнал урамшууллыг баримт болгон улсаас нийт малынх нь 60 хувийг аавд үр удам нь хэмээн буцаан олголоо. Ийнхүү аавын олон жилийн хүсэл биелж малчин болж манайх хөдөө гарсан билээ. Дөнгөж сургуулиа төгссөн би аав ээждээ туслахаар хөдөө мал дээр гарах болов. Манайх олон малтай болсон болохоор мал сүргээ даган өвс бэлчээр соргог нутагруу нүүдэллэн явах болж, Баянбат ч бас өөрийнхөө мал сүрэг гэр орныхноо даган өөр газар нутагруу нүүдэллэн одсоноор бидний зам салсан билээ. Баянбатаас холдох хамгийн хэцүү байлаа. Тэгэхэд л би хагацал гэдэг ямар хэцүү зүйл болохыг, сэтгэл зүрхний шаналал гэж юу болохыг мэдсэн дээ. Бас хайр гэж юу болохыг······, Би хайр сэтгэл гэж юу болохыг тэгэхэд л анх мэдэрсэн.

4

편승해야 했다. 그러나 반면 그것은 유년기부터 성년기까지 함께 성장한 바양바트와의 뼈아픈 이별이 되었다. 그때 나는 이별이라는 것은 슬픈 것이며, 가슴을 쓰리게 한다는 것을 처음 알았다.

또 그것이 사랑이라는 것을……,

나는 세상에 태어나 비로소 사랑이 무엇인지를 처음 느낀 것이다. 이제 많은 가축을 기르려면 풍성한 초지를 찾아 넓은 몽골대륙 광활한 초원으로 대이동을 거듭해야 했고. 바양바트는 바양바트대로 유목민아버지와 양떼를 몰고 몽골초원을 떠돌며 살고 있을 터였기 때문에, 그가 몽골 땅 어디에 있는지조차 알 길이 없었다.

4

나는 아버지가 어릴 때부터 성년이 될 때까지, 방학을 바양바트 아버지의 목축지에서 바양바트와 함께 지내는 것을 반대하지 않은 이유도 알게 되었다. 이를테면 아버지는 장차 유목생활을 하는데 내가 그 생활을 익혀두도록 함묵으로 일관해왔던 것이다. 어느 날 아침, 말에 올라 말떼를 몰아 강 건너 초원으로 방목하고 돌아오자 아버지는 말했다.

"앙흐체첵, 말 모는 솜씨가 보통이 아니구나. 말몰이가 가장 힘 드는데 저 많은 말떼를 혼자 강 건너까지 몰고 가는 솜씨가

Намайг бага байхын л аав Баянбаттай хамт тэднийхрүү хөдөө явахыг дуртайяа зөвшөөрдөг байсны учир нь малчны амьдралын зах зухтай танилцуулж байжээ. Нэг өдөр малд яваад эргэж ирэхэд аав,

"миний охин ч адуунд гарамгай юмаа. Энэ олон адууг тууж гол гаргах ч барагтай эр хүн ч хийх ажил бишдээ. Адуунд эрэмгий охин болох нь ээ."

хэмээн магтаж билээ. Тэгээд цааш нь,

"чамайг Баянбаттай хамт тэднийхрүү явуулж малын дөртэй болгох гэдэг байсны хэрэг ч гарч байна?"

"......"

"аав нь хэзээ нэгэн цагт социалист нийгэм өөрчлөгдөн улирч сайхан цаг ирнэ гэдэгт итгэлтэй байсан. Монгол улсын эдийн засгийг авч явах гол зүйл бол мал аж ахуй шүү дээ. Хэдэн мянган жилийн турш мал сүргээ адгуулсаар ирсэн үндэстэн. Нэгдэлжиж мал сүргээ өсгөх гэдэг бол манайд зохицохгүй зүйл байсан. 70 жил болсон социализм ч нүүдэлчин монголын ёс заншил эрх чөлөөг хааж дийлсэнгүй. Социализмын үед нэгдэлжих хөдөлгөөн нэрийн дор малтай айлуудын малыг хурааж тарааж, түүнээс болоод ихэнх хүмүүс хот төв газарлуу

사내 못지않구나. 유목민 딸 답구나."

하고 칭찬과 함께 만족해했다. 그러면서 다시 말했다.

"네가 바양바트 아버지목축지에서 성년이 다되도록 매번 바양바트와 방학을 보내는 것을 그냥 놔둔 것이, 지금은 아버지목축에 큰 도움이 되는 구나. 아버지가 그런 네 뜻을 받아줬던 이유를 알겠느냐?"

"……."

"나는 몽골사회주의가 언젠가 이렇게 무너질 줄 예상하고 있었다. 그리고 이런 날이 올 줄 알고 있었다. 몽골경제기반을 다스리는 것은 초원에서 유목하는 목축에 있다. 몇 천 년 동안 집착해온 우리몽골의 유목은 통제되지 않는 최상의 자유 안에서만 발전을 기약할 수 있는 것이다. 어떻게 집단화한 목축이 성공할 수 있겠느냐. 70년간의 사회주의도 결코, 자유적인 몽골유목문화를 없애지 못했다. 사회주의 시절 네그델 정책으로 가축이나 재산을 빼앗기고 살길을 찾아 모두 울란바타르 수도로 몰려간 많은 목민들의 어려운 시련은 물론, 재산을 몰수당했던 사람들까지 지금 우리의 자급자족적인 목축이 아니면 당장 해결되지 않는게 국가의 현실이다."

이렇게 아버지는 처음으로 마음에 두었던 말을 하며, 자신의 부富를 뛰어넘어 몽골민족전체를 생각하는 교육자출신으로서의 사고를 보여줬다. 나는 아버지의 사고와 그릇이 크다는 것

бөөгнөрч суурин амьдралыг сонгосон болохоор одооноос бид эртнээс уламжлалт нүүдэлчин ахуй амьдралаа үргэлжлүүлэн малаа даган нүүдэллэн амьдрах ёстой л доо."

хэмээн аав анх удаа надад том хүн шиг сэтгэлийн үгээ хүүрнэв. Хавар мал төллөн, төл малын тоогоор манай мал сүрэг жил ирэх тусам тоо толгой нь өссөөр. Хавар болсон ч шөнөдөө хасах хэмтэй хонодог болохоор аав илүү гэр барьж хааяа гал түлнэ. Тэндээ нялх төлнүүдээ оруулж өглөөд нь өвөлжөөний хашаанд оруулахаас эхлээд малчин хүний ажил дуусахгүй. Ээж минь өглөөнөөс эхлэн шинэ төллөсөн малаа ялгаж заримыг нь сааж уураг сүү бэлдэх гээд мөн л ажил мундахгүй. Эргэх дөрвөн улиралд малынхаа сүүгээр айраг, шар тос бэлдэж хэрэглэнэ. Мөн хавар ямаагаа самнаж ноолуурыг нь тушааж худалдана. Мал өсөж тоо толгой нь ихсэх тусам ажил дийлдэхээ больж аав.

"туслах малчинтай болохгүй бол болохгүй нь дээ. Хонь мал хариулахаас эхлээд хүн бүл хэрэгтэй байна."

хэмээн сумын төв явж хэдэн хүн дагуулан ирлээ. Манайх туслах малчидтай болсны хэдэн гэр нэмж

을 느꼈다. 아버지의 가축 수는 해가 넘어갈 수 록 늘어갔다. 가축이 새끼를 치는 봄이면 양이 먼저 새끼를 쳤고, 이어 망아지와 낙타, 야크까지 새끼를 쳤다. 봄이라지만 밤 기온이 영하로 내려가기 때문에, 아버지는 새로운 게르를 세우고 난로에 불을 지폈다. 그곳에 새끼 양들을 넣어뒀으며, 아침이면 다시 꺼내어 어미 양을 찾아 젖을 먹이기에 온가족이 항상 바빴다. 어머니는 종일 양젖을 짜서 샤르터스[1]를 만들었고. 말 젖 짜기에 바빴으며, 아이락[2]을 만들었다. 또 봄에는 온가족이 며칠 동안이나 양털을 깎아 모아 인근 솜에 내다 팔았다.

갈수록 힘이 겨워지자 아버지가 말했다.

"목동을 구해야지 아무래도 안 되겠다. 네 엄마랑 네가 너무 힘들구나. 가축몰이도 힘이 드는데."

그런 다음 아버지는 말을 타고 인근 솜에서 일곱 명의 목동들을 솜에 등록하고 데려와 고용했다. 그 중 책임자로 지명된 목자와 또 한 목동은 가족도 있었다. 가족이 늘어남에 따라 여러 개의 게르를 더 세워야 했다.

그런 다음 아버지가 말했다.

"너희 조부는 스무 명의 목동을 고용할 정도로 가축이 많았는데, 이대로 가면 할아버지 못지않을 것 같다."

---

1) 샤르터스Шартос : 버터
2) 아이락Айраг : 말젖으로 만든 술. 마유주馬乳酒

барилаа. Аав тэдэнд.

"өрх тус бүрт мал хуваарилж өгнө. Би ч өвөг дээдэс шигээ л амьдрах болох нь дээ"

гэж хошигнон ярина.

Аавын насаараа мөрөөдөж ирсэн мөрөөдөл нь биелж, харин би Баянбатыгаа маш их санадаг ч уудам талд нүүдэллэн амьдрах малчин хүний амьдралаас холдож чадахгүй хааяа Баянбатыг тэсэлгүй ихээр санахдаа энэ их энгүй талыг, энэ амьдралаа орхиод явчихмаар санагдана.

Үүл хөлөглөн уул талыг даван хайж олмоор санагдах үедээ товшууραар тууль хайлна. Аав хөдөө гарч малаа маллахыг хүсэж мөрөөдөхдөө тууль хайлдаг байсантай адил би ч бас Баянбатыг санасан сэтгэлээ туулинд шингээн холын хол Туул голын урсгалаар тээгдэн очих мэт санадаг ч мэдээж тэр дуу яахин хүрэх билээ. Талд малаа хариулаад явж байхад хааяа нүүж яваа айл харагдвал сум шиг давхин очивч Баянбатынх биш байх нь харамсалтай.Ийнхүү би хорин нас хүрлээ. Туслах малчидтай болсон болохоор завтай болж үргэлжлүүлэн суралцах бодолтой байгаагаа аавд хэлж зөвшөөрүүлэв. Ер нь аав намайг багаас л миний хүссэн бүхнийг

하며 만족해 했다. 아버지는 평소 가졌던 꿈과 소원을 이루고 있었다. 하지만 나는 바양바트가 견딜 수 없도록 그리웠다. 초원의 유목생활은 더더욱 바양바트를 그립게 만들었다.

그가 없는 초원의 삶은 외롭기 짝이 없었다. 바양바트의 그리움에 나는 초원을 떠나고만 싶었다. 넓은 대지로 찾아 나서고 싶었다. 바양바트가 그리워지면 홀연한 구릉에 올라 바람무늬드 푸른 초원을 바라보며, 아버지가 그랬던 것처럼 톱쇼르를 연주하며 토올을 불렀다. 유목을 시작한 뒤 아버지는 톱쇼르[3] 켜는 법과 토올을 내게 가르쳤다.

나의 토올 소리는 슬프게 울렸다. 토올 소리는 바양바트를 부르는 소리였다. 짝을 찾는 늑대의 긴 울부짖음처럼, 토올 소리는 타미르 강줄기를 타고 멀리 흘러갔지만, 바양바트는 추억 속에만 존재될 뿐이었다. 가축을 몰고 대초원으로 이동하면서 멀리보이는 유목민을 보면 쏜살같이 말을 타고 달려가행여 바양바트 가족이 아닌지 눈여겨보기도 했다. 바양바트를 아는지 묻기도 했다. 그러나 바양바트를 말하는 유목민은 아무도 없었다. 내 나이 스무 살이 넘어서였다. 고용된 목동들이 여러 일을 하게 되자 여유가 생긴 나는 공부를 계속 하고 싶었다.

그렇게 마음먹은 결과 내가 몽골국립8번 대학에 입학하는 것을 아버지는 허락했다. 그것은 아버지가 고용한 목동들이 많았기 때문에 가능했다. 아버지는 어릴 적부터 나의 뜻을 한

3) 톱쇼르 Тувшуур : 2현으로 된 전통 현악기

зөвшөөрдөг байв.

Аав.

"за тэгвэл хүүгээ дагаж өвөлдөө хоттой ойр төв аймагт өвөлжье. Сургуулийн төлбөр, чиний зардал мөнгийг бодсон ч ирж очиход ойрхон."гэв.

Аав хэлснээрээ бүхнийг хийв. 9 сард эхний цас орж 10 сар гэхэд хүйтэрдэг болохоор хүйтрэхээс урьтаж хоттой ойрхон Төв аймагруу нүүж ирлээ. Тэгээд нилээд тооны хонь гаргаж түүнийгээ махны зах дээр аваачин зарж миний сургалтын мөн дотуур байрны төлбөр надад хангалттай хэмжээний хэрэглээний мөнгө өгөв. Ингээд сургуульдаа сурч харвасан сум шиг л 6 дугаар сар төгсөлтийн баяр дөхөхөд сэтгэл зүрхэндээ үргэлж бодож явдаг Баянбатыгаа хүрээд ирээсэй гэж мөрөөдөн бодов. Удаан мөрөөдсөн хүслээ биелүүлэхээр шийдэж би нэг сарын амралтаараа Баянбатыг хайж уулзахаар зориглон шийдлээ. Юуны түрүүнд эхлээд төрсөн нутаг Увс аймагруугаа явахаар шийдлээ.

Хэд хэдэн аймаг дайрч автобусаар явж очино. Миний суусан автобус үдээс хойш 4 цагт хөдлөөд шөнөжингөө явсаар дараа өдрийн 9 цагт эхний суманд очино.

번도 거절한 적이 없었다.

그리고 이렇게 말했다.

"앙흐체첵, 겨울목축지는 울란바타르 가까운 툽 아이막 초원으로 정하겠다. 그래야만 겨울에는 너를 볼 수 있고 네 학비와 생활비도 마련해줄게 아니냐."

아버지는 그 약속을 지켰다. 9월에 첫눈이 오고, 본격적으로 10월 강추위가 닥칠 무렵이면 가축 떼를 몰고 울란바타르에서 가까운 툽 아이막 초원으로 이동하여 자리를 잡았다.

그리고 며칠 동안이나 많은 양을 잡아 나랑토시장4) 고깃간에 내다 판돈으로 학비와 기숙사비, 거기에 생활비까지 충분하게 주었다. 4학년 6월이 되어 졸업을 앞둔 방학이 되자 나는 결코 잊을 수 없는 바양바트의 졸업축하를 받고 싶었다.

바양바트를 단 하루도 잊은 적이 없었다. 그런 까닭에 한 달 동안의 방학을 바양바트를 찾는 일로 쓰기로 마음먹은 나는, 가고 오는데 한 달이 넘게 걸리는 고향 옵스아이막, 먼 길을 가기로 작정했다. 버스를 갈아타가며 몇개의 아이막을 거쳐야만 했다. 어떤 곳은 오후 4시에 출발하면 다음날 오전 9시에 다음 솜에 도착하는 곳도 있었다. 다른 승객들과 버스에서 자야 했고, 주행 중 기사가 머물러주는 솜의 식당에서 식사를 하며 버스는 다시 달렸다. 차창 밖 멀리 초원에 보이는 양떼 속에 말에 오른 바양바트와 내가 양떼를 모는 그림이 펼쳐 보였다.

4)나랑토Нараантуу시장:본시 울란바타르 초원에 형성된 거대한 몽골전통시장

Автобусандаа унтаж, жолоочийн зогссон хоолны газарт хоол идээд хөдлөх маршруттай байв. Автобусны цонхоор хээр талд хонин сүргийн дэргэд морь унан давхих хоёр хүн харагдах нь яг л Баянбат бид хоёр шиг харагдав.

5

Сүүлд насанд хүрсний дараа ч Баянбатын аавынд очиход бидэнд гэрт нэг ор засаж өгдөг байв. Баянбат бид хоёр ч нэг оронд унтахыг юман чинээнд бодохгүй. Хар багаасаа л бид хоёр ах дүүс шиг ижилдэн дасаж нэг өвөртөө унтаж өссөн сургуульд сурч байхдаа ч хоёр биенээ гэдэг хичээлийн амралтаа ч нэгнийхээ гэрт хамт өнгөрөөсөн хоёр шүү дээ. Би явсаар төрөлх нутаг Увс аймгийн Зүүнговьдоо ирээд ангийнхаа найзуудыг хайсны эцэст нэг ангид байсан Энхтайваныг олж уулзав. Хоёул тэврэлдэж хоёр хацар дээрээ үнсэж маш дотноор уулзалдлаа. Энхтайван монгол бичиг, хуучны түүх судлах ажилд хамаг цаг заваа зориулан ажиллаж байгаа гэнэ.

Би түүнд ирсэн зорилгоо нэгд нэггүй ярив.

"Тайванаа чи л Баянбатыг хаана байгааг мэдэж байгаа

5

지난 날, 성년의 나이가 되었어도, 바양바트 아버지의 목축지에 가서도, 바양바트의 부모는 우리를 한 게르 한 침대에서 재웠다. 그것은 유목민의 전통이었다. 고대부터 이어오는 유목생활의 특성과, 칭기즈 칸 통일전쟁의 역사와, 사회주의로 급변하는 20세기 몽골역사 속에서 많은 성인 남성이 살해되었다. 그 결과 남성이 부족할 수밖에 없는 성 비율의 부조화에서 오는 종족보존을 위한 방책으로 옛 부터 전통이 되어 왔다는 것을 몽골 역사학을 전공하면서 알게 되었다. 바양바트와 나는 한 게르 안에서 잠을 자게 된 것을 처음부터 자연스럽게 받아들였다. 그 현실은 바양바트와의 일생이 자연스럽게 약속되는 지극히 당연하고 형이상학적인 사고로 발전했다. 유년기부터 바양바트와 나는 오누이처럼 방학을 즐겼다. 학교생활을 하면서도 우리는 서로를 찾았고, 언제나 단둘이 지낼 수 있는 방학을 기다렸다.

고향 옵스아이막, 주웅고비에 도착한 것은 보름 만이었다.

소도시 옵스는 사회주의시절과 달리 활기에 차있었다. 며칠을 머물면서 학교친구들을 찾았다.

байх. Би аавыг дагаж мал дээр гарснаас хойш Баянбаттай
огт уулзаагүй. Тэдний аавынх хаана өвөлждөг болсныг
мэдэж чадалгүй холдсон. Би Баянбатыг маш их санадаг
байсан. Тэднийх Зүүнговьд өвөлжиж байгаа бол чи л нэг
сураг гаргаж үз.”

“манайхан чинь хувьчлалаар хэд хэдэн малтай болоод
л ийш тийш малаа дагаад тарцгаасан шүү дээ. Ер нь
шилжиж явсан айлуудаас ихэнх нь эргэж ирээгүй тэндээ
суурьшицгаасан. Харин хамгийн анх чи ирлээ. Би
Баянбат та хоёрыг суусан хамт амьдардаг гэж боддог
байлаа, та хоёрыг хүмүүс сууна гэж хэлцдэг байсандаа.
Харин ангийн найзуудаас ганцхан Заяа л энд байгаа.
Заяатай уулзвал цаадах чинь бараг мэдэж байгаа байх.”

гэв.

Би Заяаг хайсаар олж уулзахад тэр.

“нилээн дээр сураг сонсоход хотод очоод галт тэрэгний
жолооч болсон гэж байсандаа.”

хэмээн Баянбатын сургийг там тум дуулгав.

Явсан хүн яс зууна гэж Баянбат надтай маш ойрхон
Улаанбаатар хотод амьдарч байгааг мэдэж аваад хотруу

겨우 하나 만난 친구는 같은 반이었던 엥흐타이방이었다. 껴안고 양 볼을 맞추며 서로는 깜짝 반갑게 맞았다. 타이방은 몽골이 러시아 킬릴 문자를 받아들이기 이전에 사용하던 몽골비칙(몽골의 구문자)과, 고어古語 연구에 빠져있었다. 나는 애달피 내 마음을 그에게 토로했다.

"타이방, 바양바트 소식 모르지? 아빠 따라 유목 길을 떠난 뒤 바양바트를 단한번도 보지 못했어. 바양바트 아버지가 겨울을 보내는 목축지를 어디로 정했는지, 그것만 알아도 찾을 수 있을 텐데. 내가 미쳐 바양바트 아버지에게 그걸 묻지 못하고 떠났어. 바양바트가 보고 싶어 죽겠어. 혹시 바양바트 아버지가 고향인 여기 주웅고비 초원으로 겨울목축지를 정해서 온다면, 네가 바양바트를 만나게 될지도 몰라. 그럼 내말을 꼭 전해주렴. 아마 바양바트도 나를 찾을 거야."

"그래? 우리몽골이 자유화가 되면서 유목민들이 분배받은 가축을 몰고 모두 초원으로 떠났는데, 주웅 고비를 떠난 뒤 지금까지 누구한번도 여길 오지 않았어. 네가 처음이야. 이제 이먼 곳에 올 일도 없겠지. 난 네가 바양바트와 함께 사는 줄 알고 있었어. 소문이 좀 났었잖니? 학교친구로 겨우 하나 자야가 여기 살고 있는데 자야를 만나보렴, 자야가 알지도 모르지."

"그래?"

나는 다시 자야를 찾아갔다. 그가 말하기를,

буцлаа. Баянбат галт тэрэгний жолооч болсон бол орос хятадын хооронд явдаг суудлын галт тэргээр нааш цааш явдаг гэсэн үг. Галт тэрэгний ганцхан төв байдаг болохоор Баянбатыг олоход амархан санагдаж хөдөөнөөс очсон автобуснаас дөнгөж буугаад л вокзалруу хар гүйхээрээ очив. Ахлах нь гэх настайвтар хүн.

"Баянбат 10 өдөр ээлжинд гарч гурван өдөр монголд амардаг олж уулзахад ч хэцүү дээ. Азаар нөгөөдөр амралтын өдөр нь юм байна маргааш орой 6 цагт ээлж солигдоно тэр үед нь ирж уулзаж болох юм"

гэлээ.

6

Тэгэхээр Баянбат минь монголд амардаг өдрүүдийг нь эс тооцвол бусад цагт нь галт тэргээр орос юм уу хятадруу явж өнгөрөөдөг байх нь.

Тэр шөнө миний нойр хулжиж маргааш нь галт тэрэгний буудалруу зүглэлээ. Сүхбаатарын талбайн буудлаас жижиг автобусанд суух гэтэл хоцорч цахилгаан автобусанд сууж хүрэв. Яаран зам хөндлөн гарах гэтэл

"내가 오래전에 들은 바로는 바양바트가 열차기관사가 되었다더라."

하고 바양바트의 소식을 알려줬다.

그러고 보니 바양바트가 나와 같은 하늘, 울란바타르 수도에 들어와 있었다. 나는 다시 주웅고비를 떠나 울란바타르로 돌아왔다. 열차기관사라면 중국과 러시아를 오가는 몽골중심 노선으로, 열차의 통제와 모든 인력관리가 울란바타르 역에서 이루어지기 때문에 그를 찾는 일은 어렵지 않았다. 도착하기가 바쁘게 기차역으로 달려가 묻자 나이든 역장이 말했다.

"바양바트는 10일을 근무하고 몽골에서는 삼일을 쉬는데 보기가 어렵지. 마침 모레부터 쉬는 날이어서 내일저녁 6시에 교대를 하니까, 그 시간에 오려므나."

6

그러니까 바양바트는 몽골에서 쉬는 날을 제외하면 나머지는 중국이나 러시아역 관사에서 숙박하는 것 같았다. 그날 밤 나는 잠을 이루지 못했다. 그리고 다음날 서둘러 역으로 향했다. 수흐바타르 광장에서 미크로버스를 놓쳐 전차를 타고 가는 바람에 시간을 조금 지체하고 말았다.

전차는 역반대편에서 정차했다. 서둘러 길을 건너려는데 퇴

ээлж солилцох цаг болоод тэр үү галт тэрэгнээс бууж суусан галт тэрэгний олон ажилтангууд дундаас алтан хүрээтэй цагаан малгай өмссөн Баянбатыг галт тэрэгнээс бууж ирэхийг хараад миний зүрх хүчтэй цохилов. Түүнийг бужигнасан олны дундуур орон алга болчихвий гэхээс би сандарсандаа яаран

"Баянбат-аа -."

гэхээр нэг гараа өргөн чангаар,

'Баян -!'

гээд зогтусав. Өлгийтэй нялх хүүхэд тэвэрсэн нэгэн бүсгүй түүний дэргэд ирэхэд Баянбат хүүхдийг гар дээрээ авч жаргалтайгаар инээмсэглэн байхыг олж харав.

*

Нийслэл хотын урд талаар махирлан урсах Туул голын зүгээс хүйтэн салхи үлээнэ. Дотор харанхуйлж, дарж өмссөн хурган малгайны бүч нүдрүү хийсэхэд хацар даган урсах халуун нулимсанд бүч нь норов. <Төгсөв>

근시간 때여서 열차에서 내리고 타려는 인파와 도로에 붐비는 차량사이로 기관사복장에 금테문양차양 모자를 쓴 바양바트가 역 광장으로 나오는 모습이 보였다. 그가 눈에 띄자 나는 당장 뛸 듯이 기뻤다.

그가 붐비는 인파 속으로 일순간에 사라질 것만 같았다.

다급해진 나는 얼른,

"바양바트-."

한 손을 높이 들고 이렇게 큰 소리로 그를 부르다가,

'바양 -!'

하고 말문을 닫아야 했다. 두발이 더는 떨어지지 않았다.

갓난아기를 안고 바양바트에게 반갑게 안기는 다른 여인이 있었기 때문이다. 아기를 받아 안은 그가 기뻐하는 모습을 먼 빛으로 마냥 바라볼 수밖에 없었다.

*

피 빛처럼 붉게 물든 석양의 톨 강변[5])을 거닐었다. 강바람이 불었다. 속울음에 입술이 떨렸다. 눌러쓴 호르강말가이 차양에 붙은 양털 끝이 바람에 날려 눈을 가리며 뜨겁게 어린눈물에 젖었다. 〈끝〉

---

5) 톨골/Туул Гол: 동쪽에서 서쪽으로 흐르는 울란바타르 남쪽에 위치한 강 이름

ӨВӨРХАНГАЙ Өлзийт/어워르항가이 산맥 2017

БАЯНХОНГОР Баян Уул/ 바양헝거르 바양올 2017

АРХАНГАИ цэцрлэг /아르항가이 체체를랙 2021

Монгол, Нүүдэлчний охин

Монгол, Нүүдэлчний охин

몽골 유목간의 딸

초판인쇄 | 2023년 1월 20일
초판발행 | 2023년 2월 20일

지 은 이 | 김한창
펴 낸 곳 | 도서출판 **바밀리온**
주   소 | 전주시 덕진구 기린대로 359,(2층)
전   화 | 063- 253 - 2405
펙   스 | 063- 255 - 2405
출판등록 | 제2017-000023
I S B N | 979-11-90750-16-5
정   가 | 16,000 원

Printed in KOREA